COLLECTION SÉRIE NOIRE
créée par Marcel Duhamel

*Nouveautés du mois*

2044 — UNE MINE ÉPATANTE
(BILL PRONZINI)
*Qu'est-ce que c'est au juste, un contrefacteur ?*

2045 — UN FLINGUE PEUT EN CACHER UN AUTRE
(III. — Faisans et malfaisants)
(MAX ALLAN COLLINS)
*La vie est un cinéma dont on sort les pieds devant.*

2046 — LE GRAND PATRON A EU LA TROUILLE
(IV. — Faisans et malfaisants)
(MAX ALLAN COLLINS)
*Travail, Famille, Tueries.*

2047 — ONDES DE CHOC
(ROSS THOMAS)
*Attention ! Microglycérine. Danger de mort !*

ROSS THOMAS

# *Ondes de choc*

TRADUIT DE L'AMÉRICAIN
PAR MAURICE TASSART

*nrf*

GALLIMARD

*Titre original :*

BRIARPATCH

Ce matin d'août, à 7 h 30 précises, M$^{lle}$ l'Inspecteur de la Brigade criminelle, une rouquine, sortit de chez elle. La température atteignait déjà 31 degrés. Sur le coup de midi, le thermomètre monterait à 38, pour plafonner aux environs de 40 vers deux ou trois heures. C'est alors que les nerfs fatigués commenceraient à flancher, d'où un surcroît de travail pour la Crim'. Un temps à sortir les couteaux à découper, se dit la policière.

La porte qu'elle venait de franchir s'ouvrait sur le palier supérieur d'une maison de brique jaune, à un étage, couverte de cuivre vert-de-grisé. La jeune femme se retourna pour s'assurer que la porte était bien fermée, puis commença à descendre l'escalier extérieur. Le pavillon, situé dans le quartier encore élégant de Jefferson Heights, avait été solidement construit cinquante-deux ans plus tôt sur un terrain joliment ombragé à l'angle sud-est de la 32$^{e}$ Rue et de Texas Avenue. A force d'astuces financières pas très claires, M$^{lle}$ l'Inspecteur en était propriétaire depuis dix-sept mois ; elle s'était réservé l'appartement du premier et louait le rez-de-chaussée, pour 650 dollars par mois, à un représentant en ordinateurs de ménage et à sa petite amie, qui payaient généralement en retard.

Il était 7 h 31, ce matin du 4 août qui tombait un jeudi, quand M$^{lle}$ l'Inspecteur arriva au bas des marches, tourna à gauche et pressa le bouton de sonnette à la porte du représentant. Au bout d'une trentaine de secondes, la porte s'ouvrit sur un Harold Snow pas rasé, l'air endormi, qui fit de son mieux pour jouer la surprise et y réussit presque.

— Tiens ! dit-il. Mais c'est la rouquine ! Ne me dites pas que je suis encore à la bourre pour payer.

— Mais si, Harold, mais si !

— Oh merde ! J'ai oublié. Entrez donc, le temps que je fasse le chèque.

Snow, un homme d'une trentaine d'années, n'était vêtu que d'un slip douteux qui lui avait visiblement servi de pyjama.

— Merci, je préfère rester dehors, il y fait plus frais.

— J'ai déjà branché le climatiseur.

— Je reste dehors, répéta la rouquine avec un petit sourire qui ne voulait rien dire.

Il haussa les épaules et referma la porte pour ne pas laisser entrer la chaleur. Pendant qu'elle attendait, elle remarqua sur la moulure de couleur brune qui encadrait la porte une cloque grisâtre, de près de cinq centimètres de diamètre, qu'elle sonda avec une lime à ongles dans la crainte d'y trouver des termites, ses « bêtes noires ». Il n'y en avait pas dans la boursouflure suspecte, qui se révéla être une simple cloque de peinture. Rassurée, elle laissa échapper un soupir de soulagement au moment même où Harold Snow, portant maintenant un polo bleu mais toujours pas de pantalon, ouvrait la porte en brandissant le chèque du loyer. C'était un de ces chèques en couleur avec une belle image dessus. Elle trouvait cette mode idiote, mais elle n'en accepta pas moins le bout de papier et l'examina soigneusement pour le cas où il l'aurait post-daté, oublié de le signer, voire même — c'était déjà arrivé — libellé pour une somme inférieure.

— Désolé d'être en retard, dit Snow. Ça m'était complètement sorti de l'idée.

Elle sourit gentiment pour la seconde fois :

— Ce n'est pas grave, Harold.

Il lui rendit son sourire avec une expression niaise, d'une fausseté évidente, qui s'accordait mieux avec sa longue tête de mouton qu'avec ses yeux rusés de coyote.

Arborant toujours son sourire, Snow lui souhaita bonne chasse comme il le faisait toujours en pareil cas. Et pas plus que d'habitude, elle ne prit la peine de lui répondre.

— A un de ces quatre ! dit-elle simplement en tournant les talons.

Une allée de ciment la séparait d'une Honda Accord vert foncé, deux ans d'âge, deux portes et cinq vitesses, garée au bord du trottoir du mauvais côté. Snow referma sa porte.

La jeune femme ouvrit celle de la Honda, s'installa au volant, enfonça la clé de contact et lâcha le frein à main. Il y eut un éclair blanc-orangé d'une clarté aveuglante, immédiatement suivi d'une détonation fracassante et d'un tourbillon d'épaisse fumée blanche. Quand le nuage se dissipa, la portière gauche de la Honda pendait, retenue par un seul gond. La conductrice était à demi éjectée, la tête en bas, dans un paquet fumant de fils noirâtres où il n'y avait plus rien de roux. La jambe gauche finissait au-dessous du genou dans une espèce de bouillie qui ressemblait à de la confiture d'airelles. Seuls les yeux verts bougeaient encore ; un battement des paupières exprima l'étonnement, un autre la peur, et ce fut tout. La femme-flic était morte.

Harold Snow fut le premier sur les lieux, suivi de près par Cindy McCabe, une blonde mince et bronzée approchant la trentaine, avec des bigoudis verts dans ses cheveux relevés. Snow avait maintenant un pantalon, mais pas de chaussures. Cindy McCabe, également pieds nus, portait un T-shirt d'homme blanc et beaucoup trop grand et un jean délavé. L'homme l'arrêta d'un geste du bras.

— N'approche pas ! Le réservoir pourrait sauter.

— Ça alors ! Qu'est-ce qui a pu se passer ?

Harold ne pouvait détacher son regard du cadavre étalé de M^lle^ l'Inspecteur.

— Je suppose, dit-il lentement, qu'on a rectifié notre propriétaire.

# CHAPITRE I

L'appel du chef de la Brigade criminelle par l'interurbain atteignit Benjamin Dill au bout de trois heures. Par le jeu des fuseaux horaires, il était alors près de onze heures et demie à Washington. Quand le téléphone sonna, Dill était encore au lit, seul et bien réveillé, dans son appartement de North Street à trois rues au sud de Dupont Circle. Il avait ouvert l'œil à cinq heures du matin, et découvert qu'il était incapable de se rendormir. A 8 h 30, il avait téléphoné à son bureau et, invoquant une crise de rhume des foins, avait informé Betty Mae Marker de son absence pour cette journée de jeudi et, probablement, celle du lendemain. Betty Mae lui avait conseillé le repos, l'aspirine et beaucoup de liquides variés.

Dill avait décidé de sécher le bureau, non pour cause de santé, mais parce que c'était son trente-huitième anniversaire. Pour quelque raison obscure, il en était venu à considérer l'étape des trente-huit ans comme le point culminant de son existence, à partir duquel il se trouverait sur la pente descendante, en route vers la vieillesse. Il avait passé la matinée à flemmarder en se demandant, sans curiosité excessive, comment il s'y était pris pour réaliser si peu de chose en un peu plus de trois douzaines d'années.

Certes, se dit-il, tu as réussi à te marier une fois et à divorcer deux. Faut le faire. Un an après que son ex-épouse fut sortie de sa vie sans crier gare, par un soir pluvieux de juin 1978, il avait demandé le divorce dans le District de Columbia pour abandon du domicile conjugal. Elle, de son côté, apparemment persuadée qu'il ne ferait jamais les choses correctement, avait entamé la procédure en Californie pour incompatibilité d'humeur. Aucun des deux divorces ne rencontrant d'opposition, tous deux avaient été accordés. Maintenant, le souvenir de sa femme n'encombrait guère la mémoire de Dill ; il se souvenait surtout de ses longs, très beaux cheveux blonds, et de sa manie impardonnable de saupoudrer de sucre ses tomates en tranches. Quant à son visage, c'était devenu quelque chose de très flou, mais, tout de même, en forme de cœur.

Tout au long de cette matinée de remise en question, qui se révéla aussi déprimante qu'ennuyeuse, Dill ignora sagement son bilan financier, ridicule comme à l'accoutumée. Il n'avait pas d'assurance sur la vie, pas d'actions ni d'obligations, pas de pension ni de biens au soleil. Tout son actif se résumait à un compte courant de 5 123 dollars et 82 *cents* à la succursale Dupont Circle de la Riggs National Bank, et une Volkswagen décapotable modèle 82 (d'un jaune fâcheux) parquée au sous-sol de l'immeuble.

Le téléphone allait sonner pour la septième fois quand Dill s'arracha à sa vaine méditation, se décida à décrocher et dit : « Allô ! »

— Monsieur Dill ? fit une voix sévère, voire dure, une voix rocailleuse et autoritaire, comme prête à aboyer et mordre.

— Lui-même.

— Vous avez bien une sœur du nom de Felicity, Felicity Dill ?

— Pourquoi ?

— Je m'appelle Strucker, John Strucker, et je dirige la Brigade criminelle d'ici. Si votre sœur s'appelle Felicity, elle est sous mes ordres. C'est pourquoi je vous appelle.

Dill respira un grand coup et dit :

— Morte ou seulement blessée ?

La réponse vint aussitôt, sous forme d'un soupir qui en disait long.

— Morte, reprit Dill, sans point d'interrogation.

— Je suis désolé.

Et comme il éprouvait le besoin de parler d'autre chose pour éloigner le chagrin au moins temporairement, Dill ajouta au bout de quelques instants :

— C'était son anniversaire.

— Son anniversaire... répéta patiemment Strucker. Je ne savais pas.

— Le mien aussi, précisa Dill sur un ton presque léger. Nous sommes nés tous les deux le même jour, mais à dix ans d'intervalle. Un 4 août. Aujourd'hui.

— Aujourd'hui, hein... (La grosse voix de Strucker se faisait compatissante, presque aimable.) Je suis vraiment désolé.

— Vingt-huit ans aujourd'hui.

— Vingt-huit ans.

— Moi, j'en ai trente-huit. (Au bout d'un long silence, Dill articula le commencement d'une question.) Comment ça... (Mais un chat dans la gorge, à moins que ce ne fût un sanglot, lui coupa la voix.) Ça s'est passé comment ? dit-il enfin.

— Voiture piégée. Elle est sortie de chez elle ce matin à l'heure habituelle. Elle est montée dans sa voiture — une de ces minuscules Honda en fer-blanc —, et c'est en desserrant le frein à main qu'elle a fait détoner la bombe. Du C4. Du plastic, quoi !

— Et qui a fait ça ?

— Ne vous en faites pas. Que ce soit un type seul ou une douzaine, nous l'aurons. C'est notre boulot.

— Est-ce que... (Il respira profondément avant de poursuivre.) Je veux dire : est-ce qu'elle...

Strucker n'attendit pas la fin de la question.

— Non, elle n'a pas souffert. La mort a été instantanée.

— J'ai lu quelque part que ce n'était jamais vraiment instantané.

Strucker avait certainement autre chose à faire que de discuter avec ce parent affligé.

— Ç'a été très rapide, monsieur Dill. Elle n'a pas eu le temps de souffrir. (Il marqua un temps, se racla la gorge et poursuivit :) Nous aimerions nous charger des obsèques. Je veux dire, le ministère. Si vous n'y voyez pas d'inconvénient.

— Quand ?

— Vous êtes d'accord ?

— Oui, c'est d'accord. Quand ?

— Samedi. Il viendra du monde de partout. Ce sera une belle cérémonie, vraiment belle, et je suis sûr que vous voudrez y assister. Alors, si nous pouvons faire quelque chose pour vous, retenir une chambre à l'hôtel par exemple, vous n'avez qu'à...

— Le Hawkins, coupa Dill. Il existe toujours, le Hawkins Hotel ?

— Mais oui.

— Vous pouvez me retenir quelque chose ?

— Pour quand ?

— Pour cette nuit. J'y serai dans la soirée.

# CHAPITRE II

Derrière l'une des fenêtres qui montaient presque du plancher au plafond de son living-room, Dill regardait le vieux schnock au polaroïd photographier une Volvo bleue en stationnement irrégulier près du carrefour.

Ce vieillard était le propriétaire de la maison d'en face, une grande baraque de trois étages, couleur de bile, pour l'instant inoccupée. Il l'avait naguère louée à un service officiel d'aide aux drogués repentis. Mais cette bonne œuvre ayant épuisé ses crédits, les camés avaient déménagé, abandonnant sur place un plein sac de dessins que la benne à ordures avait laissé tomber en route, de sorte qu'ils s'étaient éparpillés dans le voisinage. Dill avait ramassé une de ces œuvres d'art, grossièrement coloriée, qui semblait être l'autoportrait d'un des pensionnaires. Une figure pourpre avec des yeux ronds à la pupille en croix et une grande bouche verte garnie d'énormes crocs. Sous cette caricature du niveau de l'école primaire, sinon de la maternelle, s'étalait une légende laborieuse crayonnée en lettres bâton : « JE SUIS UN SALLE CON DE DROGUE DE MERDE. » Dill en avait conçu quelques doutes quant à l'efficacité du traitement.

Après l'évacuation de l'immeuble par les camés, son propriétaire y était resté seul, refusant de le vendre comme de le louer. Il meublait ses loisirs en prenant des photos des voitures qui se garaient devant chez lui, en fignolant les cadrages de manière à réunir sur le même cliché le disque de « stationnement interdit » et le numéro minéralogique de la voiture en infraction. Puis, preuve en main, le vieux maniaque alertait les flics, qui se dérangeaient quelquefois. Dill observait souvent son manège et s'émerveillait de sa constance.

Il se détourna de la fenêtre, baissa les yeux et s'aperçut qu'il tenait une tasse vide avec sa soucoupe. Il ne se souvenait pas d'avoir fait du café, ni de l'avoir bu. Il traversa lentement la pièce en direction de la cuisine...

Grand et mince, il avait un corps d'athlète, plus précisément de coureur à pied, sans avoir jamais rien fait pour ça. Il le tenait de son défunt père, tout comme le visage taillé à la serpe que les Dill léguaient à leurs descendants mâles depuis que le premier d'entre eux avait débarqué d'Angleterre en 1831.

De cette figure, le trait le plus caractéristique était le nez, qui partait tout droit et se rabattait brusquement vers le bas, un peu comme un bec d'aigle. Sous ce nez, la bouche en coup de sabre n'avait rien de rassurant, encore qu'elle fût capable de sourire pour un bon mot ou en agréable compagnie. Le menton était beaucoup trop fort pour être mou, mais pas tout à fait assez pour être volontaire. Les oreilles de même fabrique auraient été assez grandes pour claquer au vent si elles n'avaient solidement collé à la tête. C'étaient le regard qui sauvait de la laideur ce visage plutôt ingrat. De grands yeux gris qui, sous un certain éclairage, pouvaient paraître doux, aimables, voire innocents. Mais que l'éclairage vînt à changer, c'en était fait de la candeur et ils redevenaient de glace.

Penché sur l'évier d'acier inoxydable, Dill rinça distraitement la tasse pendant deux bonnes minutes avant de se rendre compte de ce qu'il était en train de faire. Puis il ferma le robinet, posa tasse et soucoupe sur l'égouttoir et s'essuya la main droite sur son épaisse chevelure de cuivre sombre. Il ouvrit le réfrigérateur, regarda dedans pendant au moins trente secondes, le referma et retourna dans le living où il resta les bras ballants, complètement absorbé par le deuil qui le frappait, tout en s'efforçant de penser aux dispositions à prendre dans l'immédiat.

En priorité, décida-t-il, s'occuper des bagages. Il fit un pas vers la chambre et aperçut la valise de cuir fauve, déjà prête, qui l'attendait près de la porte du vestibule. Il se rappela alors l'avoir ouverte à plat sur le lit, et y avoir entassé machinalement chaussettes, chemises, caleçons et cravates extraits des tiroirs, puis le funèbre costume bleu marine décroché dans la penderie, avoir bouclé le colis et traîné dans le séjour. Puis il avait fait du café, l'avait bu et s'était offert le spectacle du vieux au polaroïd.

Il vérifia qu'il n'avait pas oublié de s'habiller et se vit en veste grise, pantalon léger de couleur anthracite, chemise blanche, cravate noire de tricot et chaussures de cuir noir grainé. Il ne se rappelait pas avoir ciré ses souliers, mais ils l'étaient, et même bien. Il se tâta le poignet où était sa montre, puis fit l'inventaire de ses poches : portefeuille, chéquier, clés, tout était en place sauf les cigarettes, pour la bonne raison qu'il ne fumait plus. Il jeta encore un coup d'œil dans l'appartement, ramassa sa valise et sortit.

Au carrefour, il héla un taxi, convint avec le chauffeur pakistanais qu'il faisait plus frais que la veille, mais à peine, et se fit conduire au Carroll Arms en passant par la banque.

Le Carroll Arms, au 301 Première Rue Nord-Est, c'est-à-dire tout près du Capitole, avait été un hôtel très fréquenté par les politiciens, leurs collaborateurs, ceux qui tirent leurs ficelles, écrivent sur eux et, parfois, couchent avec eux. Par la suite, il avait été annexé par le Congrès, qui y logeait quelques-uns de ses services accessoires, dont une obscure sous-mission sénatoriale d'enquête et de surveillance comprenant trois membres, celle-là même qui payait 168 dollars par jour à Benjamin Dill pour rémunérer ses services d'expert consultant.

Son patron n'était autre que « le Petit Sénateur » du

Nouveau-Mexique, ainsi surnommé à cause, non pas de sa taille, mais de son jeune âge, et que ce sobriquet fâchait d'autant moins qu'il lui valait beaucoup de publicité gratuite dans la presse et sur les ondes. Il s'appelait en fait Joseph Ramirez et était né trente-trois ans plus tôt à Tucumcari. Sa famille était riche, et sa belle-famille plus riche encore. Il possédait aussi une licence en droit de Harvard et une licence ès-lettres de Yale, et n'avait jamais travaillé un seul jour de sa vie avant d'être nommé procureur adjoint d'arrondissement dans l'année qui suivit la fin de ses études. Sa popularité locale datait du jour où il avait contribué à faire coffrer un conseiller général accusé d'avoir touché un pot-de-vin de 15 000 dollars. Et bien que la vénalité du vieux faisan fût de notoriété publique depuis des années, son arrestation causa autant de surprise que d'admiration. Ce môme a de l'avenir, se dit-on. Et il fut généralement admis qu'avec tout son pognon (sans compter celui de sa femme !), il irait loin.

Ramirez fut d'abord élu au Sénat local du Nouveau-Mexique, puis se propulsa au Sénat fédéral dans sa trente-deuxième année. Maintenant, il ne faisait plus mystère de son ambition d'être le premier président des Etats-Unis d'origine latine, en 1992 ou 96, tout au moins en l'an 2000 « quand nous autres, les basanés, serons majoritaires de toute façon ». Simple boutade ? Ce n'était pas l'avis de tout le monde.

Pour Benjamin Dill, les couloirs du Carroll Arms sentaient toujours le politicard ranci, le parfum bon marché du sexe sans amour, du bourbon d'origine et des cigares sous cellophane qui se vendaient à la pièce. Tout en se considérant comme agnostique en matière de politique, Dill avait un faible pour les politiciens et presque tout ce qui gravitait autour d'eux plus ou moins professionnellement : apôtres des droits de l'homme et protecteurs des baleines, militants syndicalistes et défenseurs des consommateurs, pêcheurs de lune en tout genre et pourfendeurs du nucléaire. Sans parler du brave couillon qui, lors des réunions du mardi soir au sous-sol de la chapelle unitarienne, se lève de sa chaise pliante pour demander gravement : « Et nous ici présents, qu'allons-nous faire à cela ? » Depuis longtemps persuadé que personne ne pouvait changer grand-chose à quoi que ce soit, Dill n'en éprouvait pas moins une vive sympathie pour ceux qui y croyaient encore. Il les trouvait amusants et d'une conversation intéressante.

Il franchit la porte marquée 222 et entra dans le bureau de réception très encombré où trônait Betty Mae Marker, intendante du petit domaine de la sous-commission. Elle le regarda un moment, attentivement, et une expression de compassion inquiète se répandit sur sa face noire aux traits réguliers.

— Vous avez perdu quelqu'un, n'est-ce pas ? Quelqu'un de très proche.

— Ma sœur, précisa Dill en posant sa valise.

— Oh, mon Dieu ! Je suis navrée. Dites-moi ce que je peux faire.

— Il faut que j'y aille. Cet après-midi.

Betty Mae avait déjà le téléphone à l'oreille.

— American, ça va ? s'enquit-elle en commençant à composer le numéro.

— C'est parfait, acquiesça Dill, sachant bien que s'il n'y avait qu'une place sur le vol de l'American Airways, il l'aurait. Et même s'il n'y en avait pas, Betty Mae s'arrangerait pour lui en trouver une en faisant virer un autre passager. Elle travaillait à l'ombre du Capitole depuis vingt-cinq de ses quarante-trois ans, presque toujours au service d'hommes très importants ; aussi disposait-elle d'une réputation immense, d'un réseau de renseignements impressionnant et d'un stock de renvois d'ascenseur pratiquement inépuisable. On se disputait ses services, parfois férocement, et depuis qu'elle collaborait à cette sous-commission de rien du tout, la cote du Petit Sénateur avait grimpé de plusieurs points.

Dill attendit sagement sans prêter attention à ce qu'elle chuchotait dans la passoire. Puis elle glouglouta un petit rire, griffonna quelque chose sur un bout de papier qu'elle lui tendit avant de raccrocher.

— Départ de Dulles à 14 h 17, première classe, dit-elle.

— Mais je n'ai pas les moyens de voyager en première.

— Ils sont débordés en classe touriste. C'est pourquoi ils vous collent en première pour le même prix avec les consommations gratuites et la fine fleur des hôtesses ; je me suis dit que ça vous réconforterait un peu. (De nouveau, une expression de réelle sympathie passa sur son visage.) Je suis vraiment désolée, Ben. Vous étiez très unis, n'est-ce pas ?

Dill approuva tristement d'un signe de tête et indiqua du menton l'une des deux portes fermées, celle du bureau de la sous-commission.

— Il est là ?

— Oui. Le Sénateur aussi. (Elle reprit le téléphone.) Laissez-moi annoncer la nouvelle. Après, vous n'aurez plus qu'à passer la tête, dire bonjour et raconter votre triste histoire.

Cette fois encore, elle murmura dans l'appareil d'une voix de contralto très étudiée, si grave que Dill, à un mètre de là, comprenait à peine ce qu'elle disait. Puis elle raccrocha, montra la porte fermée et dit avec un sourire : « Attention ! »

La porte s'ouvrit à la volée. Dans l'encadrement parut un grand type blond d'environ trente-six ans, en manches de chemise, la cravate desserrée, avec une ceinture qu'il portait à peine au niveau des hanches pour laisser sa bedaine s'épanouir à l'aise. Il arborait aussi une mine de circonstance, débordant d'un chagrin irlandais pur jus.

— Bordel de merde ! s'écria-t-il. Je ne sais pas quoi te dire, mon pauvre vieux, sauf que ça me fiche un drôle de coup.

Il passa une main énergique sur le bas de son visage, d'une étrange beauté malgré l'empâtement, comme pour en effacer des marques d'affliction qui ne disparurent pas pour autant. Secouant la tête sur le mode tragique, il dégagea l'entrée de son bureau et dit : « Entre donc. Que ça ne nous empêche pas de nous en jeter un ! »

Il s'appelait Timothy A. Dolan, ancien combattant des batailles politiques de Boston que les pontes de la minorité avaient détaché à Washington pour se refaire une santé, en qualité de conseiller de la sous-commission Ramirez. « Deux ans dans la capitale fédérale ne lui feront pas de mal, avaient-ils décidé. Après, nous verrons. » Dill était d'ailleurs persuadé que Boston était à la politique américaine ce que la base d'essais d'Aberdeen est aux armements.

Comme Dill suivait Dolan dans le bureau, le Petit Sénateur se leva et lui tendit une main.

Une intense préoccupation se lisait sur son visage juvénile, ce qui confirma Dill dans l'idée qu'il était malin comme un Espagnol.

Le sénateur Joseph Luis Emilio Ramirez (démocrate du Nouveau-Mexique) paraissait plus grand qu'il ne l'était vraiment, probablement parce qu'il se tenait droit comme un I et portait des costumes à fines rayures admirablement coupés. Ses cheveux d'un brun foncé retombaient sur un front haut, et il lui fallait souvent relever la mèche d'un revers de main pour l'empêcher de voiler le regard éclatant de ses yeux noirs. Le nez était parfait, le teint légèrement olivâtre, la bouche grande avec un rien d'agressivité. Une profonde fossette, que la plupart des femmes et même quelques hommes avaient envie de toucher, divisait le menton. Il était beau à la façon d'un acteur, d'une intelligence qui ne touchait pas tout à fait au génie, extrêmement riche et, à trente-trois ans, en paraissait dix de moins.

La voix allait avec le reste : un baryton-basse au timbre

assourdi, inoubliable, dont il faisait ce qu'il voulait. Pour le moment, il s'agissait de présenter ses condoléances.

— Vous avez toute ma sympathie, mon cher Ben, dit-il en serrant des deux mains la dextre de Dill. Même si je ne puis que me faire une idée de votre chagrin.

— Merci, prononça Dill en découvrant qu'il n'y avait pas autre chose à répondre à des condoléances.

Il prit la chaise voisine du fauteuil du sénateur tandis que Dolan, revenu derrière son bureau, s'emparait d'une bouteille de Scotch et commençait à remplir trois verres.

— Elle était dans la police, je crois ? dit Ramirez en se rasseyant.

— Inspecteur à la Criminelle. De deuxième classe. Elle venait d'être promue.

— Qu'est-ce qui s'est passé ? interrogea Dolan en se penchant sur le bureau avec deux verres.

— Voiture piégée, à ce qu'il paraît.

— Assassinée ? s'exclama le sénateur, plus surpris que choqué.

Dill hocha la tête, avala son whisky et posa le verre sur le bureau de Dolan. Il remarqua que Ramirez avait à peine trempé les lèvres dans le sien avant de le poser, et sut qu'il n'y toucherait plus.

— Je serai absent une semaine ou une dizaine de jours, dit-il. Je tenais à passer vous prévenir.

— Besoin de quelque chose ? s'enquit le sénateur. L'argent ?

Il semblait incapable d'imaginer quoi que ce soit d'autre.

Dill secoua la tête en souriant. Dolan, qui était resté debout, le regarda pensivement de haut en bas et dit :

— Tu comptes être là-bas huit ou dix jours, c'est bien ça ?

— A peu près.

Dolan tourna la tête vers le sénateur.

— On pourrait peut-être, dit-il, lui coller une note de frais, puisque Jake Spivey se planque toujours dans ce trou.

Le sénateur regarda Dill.

— Vous connaissez Spivey, bien sûr.

Dill acquiesça.

— Eh bien ! reprit Dolan, Ben pourrait enregistrer la déposition de Spivey. Ça nous économiserait un voyage aller et retour et on pourrait lui rembourser ses frais au titre de l'affaire Brattle.

Presque convaincu, le sénateur s'adressa de nouveau à Dill.

— Ça vous ennuierait d'interviewer Spivey, pendant que vous y êtes ?

— Non, pas du tout.

— Donc, c'est réglé.

Dill se leva.

— Je vais demander un double du dossier Spivey à Betty Mae.

Le sénateur se leva à son tour.

— Spivey, dit-il, pourrait nous être d'une aide précieuse pour résoudre ce... ce problème. S'il n'est pas tout à fait coopératif, soyez — heu — ferme. Très ferme.

— En le menaçant d'une citation à comparaître ?

— Pourquoi pas ? Qu'en pensez-vous, Tim ?

— Moi ? Je ne me gênerais foutre pas.

Dill lui adressa un petit sourire ironique.

— Cette assignation, on pourrait l'obtenir de la commission ?

— Sûrement pas. Mais Spivey n'a pas besoin de le savoir.

## CHAPITRE III

Il y avait un peu plus de dix ans que Dill n'avait pas remis les pieds dans sa ville natale, qui était aussi la capitale d'un Etat situé assez loin dans l'Ouest et le Sud pour que les fayots de la prison y fassent figure de trésor culturel. Le blé y prospérait, tout comme le serpent à sonnette, le sorgho, la paille à balais, le coton, le soja, le chêne à faire des triques et le bétail à face blanche. Il y avait aussi du pétrole et du gaz ainsi qu'un peu d'uranium, et les familles de ceux qui en avaient trouvé étaient fort à leur aise, quelquefois même riches.

Quant à la ville elle-même, on racontait que les parcmètres y avaient été inventés dans les années trente en même temps que les chariots de supermarché. Son aéroport international portait le nom d'un aviateur à peu près oublié, William Gatty, qui avait été le navigateur de Wiley Post pour son tour du monde en 1931. On ne trouvait pas beaucoup de Juifs dans la ville ni dans l'Etat, mais quantité de Noirs, de nombreux Mexicains, deux tribus d'Indiens, tout un monde de Baptistes et 1 413 Vietnamiens.

A en croire les services fédéraux de recensement, la population de la ville s'élevait à 501 341 habitants en 1970. Dix ans plus tard, elle avait atteint le chiffre de 501 872. La statistique faisait également état d'une moyenne de 5,6 meurtres par semaine, commis pour la plupart le samedi soir.

Quand Dill sortit de l'aérogare peu après 16 heures, la température était tombée à un peu plus de 38 degrés et un vent brûlant soufflait du Montana et des deux Dakotas. Dill ne se souvenait pas d'un seul jour sans vent. Qu'il montât du Mexique ou descendît des Grandes Plaines, il y en avait toujours, desséchant l'été, glacial l'hiver, et toujours éprouvant pour les nerfs. Dans le cas présent, il soufflait chaud et sec, chargé de poussière et de sable rouges. Penché en avant pour joindre un taxi, Dill essuya de brusques rafales qui lui coupaient la respiration et tiraient sur sa veste.

Comme celui de la plupart des cités américaines, le plan de la ville natale de Dill avait la forme d'une grille. Les rues dirigées d'Est en Ouest étaient numérotées. Celles orientées Nord-Sud portaient un nom, souvent celui de quelque pionnier de la spéculation foncière, le reste réparti entre des généraux de la Guerre de Sécession (tant sudistes que nordistes), un gouverneur ou deux, et une poignée de maires dont l'administration avait laissé un souvenir d'une relative honnêteté.

Mais l'imagination n'avait pas suivi la croissance de la ville, et les voies Nord-Sud les plus récentes reçurent des noms d'arbres (Pins, Erables, Chênes, Hêtres, et ainsi de suite). Quand les ressources de la botanique furent épuisées, ou parurent telles sans raison apparente après l'Eucalyptus, les anciens présidents des Etats-Unis furent mis à contribution. C'est pourquoi « Nixon Avenue » est reléguée au diable, à deux cent trente et un pâtés de maisons à l'Ouest de l'artère principale, laquelle s'appelle évidemment Main Street, et que croise une large transversale non moins évidemment appelée « Broadway ».

Comme le taxi se rapprochait du centre ville, Dill constata que la plupart des points de repère de sa jeunesse n'existaient plus. Trois salles de cinéma avaient disparu : le Criterion, l'Empress et le Royal. Le hall d'attractions Eberhardt aussi. Ç'avait été un merveilleux lieu de perdition, du moins aux yeux du Benjamin Dill de treize ans que Jack Sackett, un vague copain de quinze ans, bien parti pour devenir l'un des voyous les plus en vue de la Côte Ouest, avait entraîné là un dimanche après-midi.

La fièvre de construction qui suivit la Seconde Guerre mondiale n'avait atteint le cœur de la ville qu'avec une trentaine d'années de retard, dans les années 70. Jusqu'alors, les quartiers du centre étaient restés à peu près tels que la grande crise de 1929 les avait arrêtés dans leur croissance, avec deux gratte-ciel de trente-deux étages et un troisième arrêté à mi-hauteur.

Les deux tours avaient été bâties l'une en face de l'autre, de chaque côté de la rue ; l'une par une banque, l'autre par un spéculateur que le krach allait ruiner. Il y avait eu une vraie course à qui finirait le premier — simple coup de pub selon certains — et la banque avait gagné. L'autre avait été rachetée pour une bouchée de pain rassis par un groupe pétrolier, qui termina les travaux. Le lendemain de l'inauguration, le spéculateur prit l'ascenseur jusqu'au sommet de son rêve brisé et sauta en bas. Quant au troisième gratte-ciel, il ne fut jamais achevé. On l'abattit dans les années 50.

Vers 1970, le centre ville avait donc conservé son aspect de 1940, sauf qu'il n'y avait plus tant de monde. Les grands magasins avaient depuis longtemps émigré vers la périphérie, accompagnant leurs clients.

D'autres entreprises suivirent. La décrépitude urbaine s'installa, la criminalité monta en flèche et plus personne n'alla en ville. Les édiles pris de panique s'assurèrent les services coûteux d'un bureau d'études de Houston, lequel produisit un plan de redéveloppement. Puis ils extorquèrent une énorme subvention fédérale au ministère compétent de Washington. Le plan consistait à raser la plus grande partie du centre ville pour y édifier une de ces mirobolantes « cités de demain ». Comme il arrive généralement, la première partie du programme — c'est-à-dire la démolition — suffit à absorber les fonds. Le centre ville en sortit à peu près dans l'état où était celui de Cologne après la guerre. Mais les engins de destruction n'étaient vraiment entrés en action qu'au milieu de 1974 et, à cette époque, Benjamin Dill n'y était déjà plus.

Il découvrit avec surprise que les changements survenus ne l'affectaient pas outre mesure ; pas même les étincelants bâtiments de verre qui commençaient à surgir des témoins abolis de sa jeunesse et de son enfance. Il en déduisit qu'il n'était pas encore tout à fait un vieux jeton.

Le chauffeur du taxi, un Noir que la quarantaine ne semblait pas réjouir, tourna à droite dans Our Jack Street, qui séparait les deux vieux gratte-ciel. Cette appellation bizarre réclame une explication. A l'origine, cette voie avait été baptisée Warder Street pendant le premier mandat de Jack T. Warder, le seul gouverneur qui ait réussi le prodige de se faire invalider par deux fois : la première pour avoir copieusement arrosé trois sénateurs de l'Etat, la seconde pour l'avoir fait aux frais de la princesse. Il avait démissionné en 1927, mais pas avant de s'être amnistié lui-même. Le gouverneur en disgrâce avait conclu sa dernière conférence de presse sur cette boutade souvent citée : « Après tout, les gars, j'aurais pu me sucrer deux fois plus. »

Ce cynisme n'avait nullement déplu, et les vieux de la vieille gardaient un souvenir attendri de « notre Jack », *Our Jack*. La rue fut par la suite rebaptisée « United Nations Plaza », mais tout le monde persista à l'appeler Our Jack. Pourtant, bien peu savaient encore pourquoi et les autres avaient rarement la curiosité de se renseigner.

Le Hawkins Hotel se trouvait en plein cœur de la ville, à l'angle d'Our Jack et de Broadway. C'était une grande baraque de dix-sept étages, d'un gris sombre, construite soixante ans plus tôt dans le style néo-gothique de l'Université de Chicago. Il avait été quelque temps le seul hôtel digne de ce nom dans le centre, les autres ayant succombé à la dynamite ou à la masse des démolisseurs. Puis un nouveau Hilton était sorti de terre, bientôt suivi d'un Sheraton et, comme toujours, d'un gigantesque Holiday Inn.

Pour la course d'une vingtaine de kilomètres depuis l'aéroport, le tarif était d'un dollar le kilomètre. Dill tendit au chauffeur morose vingt-cinq dollars en lui disant de garder la monnaie. Le loche répondit qu'il y comptait bien et fila, tandis que Dill ramassait sa valoche et entrait dans l'hôtel.

Il ne le trouva pas beaucoup changé. Ses hauts plafonds voûtés lui donnaient toujours l'ambiance feutrée de ces cathédrales hors-circuit qu'on ne visite pas souvent. Le grand hall offrait toujours des fauteuils de cuir rougeâtre et de confortables canapés pour s'asseoir, regarder passer les gens ou piquer un roupillon. Il y avait aussi des tables basses avec de gros cendriers et des lampes massives pour faciliter la lecture des journaux gratuits fixés à l'ancienne mode, comme des drapeaux, à une espèce de hampe : la *Tribune* locale, le *News-Post* publié dans une cité voisine qui se piquait d'élégance, le *Wall Street Journal,* le *Christian Science Monitor* et l'édition condensée du *New York Times* dont le contenu était transmis par satellite, imprimé sur place en fac simile et distribué par courrier le jour même, parfois avant midi si le facteur était à la hauteur.

Il n'y avait pas foule dans ce hall majestueux : une demi-douzaine d'hommes entre deux âges qui avaient l'allure de V.R.P. de haut niveau, quelques couples, une jeune femme mieux que jolie et une sexagénaire qui — Dieu sait pourquoi — contemplait Dill par-dessus son *Wall Street Journal.* Il lui sembla qu'elle habitait l'hôtel en permanence. La température, avec 21°, paraissait plus que fraîche. Comme il se dirigeait vers le comptoir de la réception, Dill sentait sa chemise trempée de sueur lui coller au dos comme une compresse glacée.

Le jeune employé trouva la réservation et demanda à son

client combien de temps il comptait rester. Sur la réponse de Dill, « une semaine, peut-être plus », il dit que c'était parfait, lui tendit la clé de sa chambre, s'excusa de n'avoir pas de bagagiste sous la main (il s'était fait porter pâle), mais qu'il s'arrangerait pour faire monter sa valise plus tard s'il avait un problème. Dill assura que ce n'était pas la peine, remercia, ramassa son bagage et faillit entrer en collision avec la jeune femme mieux que jolie qu'il avait remarquée un peu plus tôt.

— Vous êtes Pick Dill, dit-elle.

— Je l'ai été. C'était à l'époque du lycée.

— A l'école primaire Horace Mann, on vous appelait même Pickle. Jusqu'au jour où vous avez flanqué une raclée à trois de vos persécuteurs.

— Le plus beau jour de ma vie...

— Après ça, Pickle est devenu Pick et vous avez gardé ce surnom pendant toutes vos études secondaires. Puis vous êtes entré à l'Université et seule votre sœur a continué à vous appeler Pick. Mais il est temps que je me présente : Anna Maud Singer, comme les machines à coudre. Je suis... je n'arrive pas à dire ça au passé... une amie de Felicity. Son avocate aussi, et j'ai pensé que vous pourriez avoir besoin de quelqu'un qui soit au courant de ses affaires.

Dill serra la main tendue, qui était fraîche et ferme.

— Je ne savais pas que Felicity avait un avocat.

— Elle en avait un : moi.

— Bon. Ce que je voudrais pour le moment, c'est prendre un verre.

— Le Slush Pit, ça vous va ?

— Parfait.

A l'origine, le Slush Pit portait le nom plus flatteur de Select Bar. C'est au début des années trente que des pétroliers s'étaient mis à le qualifier de « fosse à gadoue » en raison de l'obscurité qui y régnait, et la direction de l'hôtel avait officiellement consacré cette appellation non contrôlée, en 1946, par une discrète plaque de cuivre. C'était un endroit plutôt exigu, très sombre et très frais, avec un bar en forme de fer à cheval, de lourdes tables basses et des chaises assorties, plus ou moins confortables. Deux hommes seulement consommaient au bar ; un autre couple était installé à une table. Dill et Anna Maud Singer en choisirent une qui était près de la porte. Quand la serveuse se présenta, la jeune femme commanda une vodka « on the rocks » et son compagnon dit la même chose.

— Je suis vraiment navrée de ce qui est arrivé à Felicity, déclara Anna Maud un peu comme une formalité.

Il hocha la tête en disant merci.

Rien d'autre ne fut prononcé avant le retour de la serveuse avec les consommations. Dill avait remarqué dans l'élocution de l'avocate un léger défaut dans la prononciation des R. Si petit à la vérité qu'il ne s'en était aperçu qu'au moment où elle avait articulé un « vraiment navrée » qui tirait un tantinet sur « vouaiment navouée ».

Puis il aperçut la très fine cicatrice blanche, à peine visible, laissée sur sa lèvre supérieure par l'habile chirurgien qui avait corrigé son bec-de-lièvre. Les R mis à part, sa diction était parfaite, sans trace d'un accent régional. Dill se demanda si un orthophoniste l'avait rééduquée.

Le reste de sa personne, vêtu d'une stricte jupe foncée et d'un chemisier à rayures avec des manchettes et un col blancs, semblait joliment bronzé, bien proportionné, voire athlétique. Dill essaya de deviner si elle s'adonnait à la course à pied, à la natation ou au tennis. Sûrement pas le golf, en tout cas.

Il observa aussi que ses yeux étaient d'un bleu soutenu, autant que peuvent l'être des yeux bleus sans tourner au violet, et qu'elle louchait imperceptiblement pour porter son regard vers le loin. Ses cheveux bruns parcourus de mèches blondes étaient coiffés dans le style « page florentin », ou quelque chose d'approchant. Le genre de coiffure

— avait-il entendu dire — d'une femme qui fait sa rentrée ou vient de la faire, pour repartir à l'assaut sur des bases nouvelles. Le visage était d'un ovale parfait, les sourcils à peine plus foncés que la chevelure. Le nez légèrement retroussé lui donnait un air timide ou un petit peu bêcheur, au choix. La bouche était pulpeuse, pas plus grande qu'il ne faut, et les dents avaient visiblement bénéficié des soins attentifs d'un bon spécialiste. Un très joli cou de danseuse classique reliait ce visage aux épaules.

Quand les vodkas furent arrivées, Dill attendit qu'elle eût trempé les lèvres dans la sienne pour poser la question :

— Il y a longtemps que vous connaissiez Felicity ?

— Je l'avais rencontrée un peu à l'Université, puis je l'ai perdue de vue quand j'ai poursuivi mes études à la fac de droit. Quand je suis revenue ici pour ouvrir mon cabinet, elle a été une de mes premières clientes. C'est moi qui ai rédigé son testament. Elle ne devait guère avoir plus de vingt-cinq ou vingt-six ans à l'époque, mais comme elle venait d'entrer à la brigade criminelle, elle a cru raisonnable de faire un testament. Là-dessus il y a, disons, seize ou dix-sept mois, elle a acheté son duplex et je l'ai encore aidée, mais dans l'intervalle, nous étions devenues amies intimes. Elle m'a aussi envoyé quelques clients, surtout des flics qui voulaient divorcer. Et elle m'a énormément parlé de vous. C'est comme ça que j'ai su qu'on vous appelait Pickle à l'école, et tout.

— Et de son boulot, elle en parlait ?

— Quelquefois.

— Est-ce qu'elle était sur une affaire qui aurait pu inciter quelqu'un à foutre une bombe dans sa voiture ?

— Pas à ma connaissance. (Elle s'interrompit pour boire une gorgée.) Mais il y a quelque chose que vous devez savoir.

— Quoi donc ?

— Elle travaillait pour un nommé Strucker.

— Le chef de la Brigade criminelle, oui. Il m'a appelé ce matin.

— Il m'a appelée aussi. Deux heures après sa mort, et avant même de me dire ce qui s'était passé, il m'a demandé si j'étais son exécuteur testamentaire. Sauf qu'il n'a pas dit exécuteur, mais exécutrice.

Dill apprécia la nuance. Le mouvement féministe, décidément, marquait des points.

— Je lui ai répondu, certainement monsieur, c'est moi, et il m'a annoncé qu'elle était morte. Puis sans me laisser le temps de demander pourquoi ou comment, ni même de dire : « Mon Dieu ! comment est-ce possible ? » il m'a donné rendez-vous à la banque de Felicity.

— Elle y avait un coffre ?

— En effet. J'ai assisté à l'ouverture en pleurant comme une Madeleine, révoltée par ce satané gâchis. Ils ont sorti tout ce qu'il y avait dedans : son acte de naissance, son testament, quelques photos de vos parents, puis son passeport. Elle parlait toujours d'aller faire un tour en France, mais elle n'y est jamais arrivée. Elle était calée en français, vous savez ?

— Je sais.

— Pour finir, ils ont sorti sa police d'assurance, qu'elle avait signée il y a tout juste trois semaines. Une assurance-vie dont vous êtes l'unique bénéficiaire.

Elle se tut et regarda ailleurs.

— De combien ?

— Deux cent cinquante mille, fit-elle en reportant son regard sur Dill, comme pour guetter sa réaction.

Il n'y en eut pas, sauf dans ses grands yeux gris qui soudain devinrent de glace.

— Deux cent cinquante mille, répéta-t-il enfin.

Elle confirma d'un signe de tête.

— Ça s'arrose, dit-il.

## CHAPITRE IV

A 17 h 45, Dill était en train d'accrocher son costume bleu marine dans la penderie de sa chambre d'hôtel quand on frappa à la porte. Il alla ouvrir et sut tout de suite à qui il avait affaire : des policiers. Tous deux étaient en civil, et bien vêtus, mais le regard faussement blasé, l'allure intimidante et l'expression beaucoup trop neutre de la bouche trahissaient leur profession.

L'un et l'autre dépassaient les 1 mètre 80, mais le plus âgé était large et épais à proportion, tandis que la maigreur de l'autre frisait l'élégance. Le gros tendit la main et dit :

— Strucker, chef de la Criminelle. Je vous présente le capitaine Colder.

Dill serra le battoir couvert de taches de son, puis la pince de Colder qui était mince, mais vigoureuse.

— Entrez, dit-il.

Ils s'avancèrent d'un pas circonspect, les yeux faisant le tour de la pièce comme pour inventorier son contenu, y compris son occupant, non par curiosité, mais par habitude. Dill les invita du geste à prendre place dans les deux fauteuils. Strucker posa ses fesses précautionneusement, imité par Colder qui s'assit avec une souplesse féline. Puis il tira un cigare de sa poche et le montra à Dill.

— Vous permettez ?

— Je vous en prie. Vous prendrez bien quelque chose ?

— Pas de refus. La journée a été rude.

Dill sortit de sa valise une bouteille d'Old Smuggler, arracha l'emballage de cellophane de deux verres posés sur la table à écrire, alla en chercher un autre dans la salle de bains et versa les trois doses.

— De l'eau ?

Strucker secoua la tête et Colder dit non merci. Dill leur tendit leurs godets, retourna dans la salle de bains avec le sien, y fit couler un peu de flotte et revint s'asseoir au bord du lit. Puis il attendit que Strucker eût allumé son cigare et avalé un peu de scotch.

— Qui a fait ça ? questionna-t-il.

— Nous ne le savons pas encore.

— Et pour quel motif ?

— Nous ne le savons pas non plus. (Il soupira encore, mais plus profondément.) Nous sommes ici pour deux raisons. Essayer de répondre à vos questions en est une ; l'autre, c'est de vous présenter officiellement les condoléances de la Ville et de la Direction de la police. Nous sommes salement touchés, monsieur Dill. Nous tous, et vous pouvez me croire.

— Votre sœur, compléta Colder cherchant ses mots, était un être... heu... exceptionnel.

— Combien gagnait-elle par an ? reprit Dill.

Du regard, Strucker consulta Colder qui répondit :

— Vingt-trois mille cinq.

— Et la prime annuelle d'une assurance-vie de 250 000 dollars pour une femme de vingt-huit ans en bonne santé, ça va chercher combien ?

Strucker se renfrogna. Quand ça lui arrivait, l'épaisse calotte de ses cheveux gris fer s'abaissait vers ses sourcils noirs qui abritaient des yeux déjà enfoncés, d'une couleur plus verte que noisette, très rapprochés d'un nez mobile qui avait été cassé au moins une fois. A bonne distance de ce nez, la bouche serrée aux lèvres minces semblait désapprouver à peu près tout. Le menton en marche d'escalier achevait de composer un visage marqué, buriné, qui aurait pu en être à son troisième propriétaire de cinquante-trois ans.

— Vous êtes au courant, hein ?

— On ne peut rien vous cacher.

Colder eut un petit sourire, trop mince pour découvrir une dent, qui exprimait un léger reproche avec une pointe de regret.

— Son avocate ? Ou je me trompe ?

Dill fit oui de la tête. Strucker finit son verre, le remit sur la table et se retourna vers Dill.

— D'après les gens de l'Arbuckle Life Insurance, dit-il, la prime annuelle était de 518 dollars et elle l'a payée en une fois, en espèces, le 14 du mois dernier.

— Ce n'était pas un bien fameux placement pour une personne seule, observa Dill. Pas de valeur de rachat. Elle ne pouvait même pas emprunter dessus. Evidemment, on peut imaginer que, sachant sa fin proche, elle ait souhaité laisser quelque chose à un être cher, moi en l'occurrence. Vous ne croyez quand même pas qu'elle s'est suicidée, non ?

— Ce n'était pas un suicide, dit Colder.

— Je ne le crois pas non plus. (Dill se leva, alla à la fenêtre et regarda le carrefour de Broadway et Our Jack sept étages plus bas.) Et puis, il y a son duplex. Quand elle m'a écrit qu'elle s'achetait une petite maison, il y a de ça dix-sept mois à peu près, j'ai pensé qu'il s'agissait d'un vieux bungalow de soixante ou soixante-dix mille dollars. Ça se trouve encore dans le coin, à ces prix-là ?

— Sans doute, dit Colder, mais ça devient rare.

— Combien aurait-elle dû aligner comptant pour une propriété de cette valeur ? Vingt pour cent ? Ça fait douze ou quinze mille. J'avais quelques dollars de côté. Pas des masses. Je lui ai donc téléphoné pour lui demander si deux ou trois mille dollars pourraient l'aider à régler l'apport initial. Elle m'a répondu que ce n'était pas la peine, l'affaire étant financée « créativement ». Je n'ai pas insisté, croyant comprendre qu'elle avait trouvé une combine quelconque — une hypothèque, des traites, que sais-je ! — pour amortir les dégâts. Avec vingt-trois mille cinq par an, elle pouvait s'en tirer tout juste.

Dill s'interrompit, but une gorgée de son scotch à l'eau, et ajouta :

— Seulement, ce n'est pas comme ça que ça s'est passé.

— Eh, non ! approuva Strucker.

— Ce qu'elle a acheté, c'est une belle villa ancienne au coin de Texas Avenue et de la 32e Rue, pour cent quatre-vingt-cinq mille dollars. Elle en a payé trente-sept mille cash et a souscrit une première hypothèque de cent mille, à quatorze pour cent, ce qui lui coûtait quelque treize cents dollars par mois, moins les six cent cinquante que lui rapportait son locataire du rez-de-chaussée. Autrement dit, elle avait à casquer six cent cinquante, peut-être sept cents par mois. Vous me dites qu'elle gagnait dix-neuf cents dollars brut. Qu'est-ce que ça fait après les retenues ? Quatorze, quinze cents ?

— Dans ces eaux-là, estima Colder.

— Il lui restait donc pour vivre six ou sept cents dollars. Ça doit être possible en se nourrissant et s'habillant au rabais, avec le secours d'œuvres sociales, et en bornant les distractions aux bibliothèques de prêt et à la télé. Mais ensuite, il y avait encore le solde à payer sur la maison : quarante-huit mille dollars, plus les intérêts, venant à échéance, d'après son avocate, le premier du mois prochain. Dix-huit mois exactement après la signature du contrat.

Dill cessa de regarder par la fenêtre et s'adressa à Strucker :

— Combien ma sœur avait-elle à son compte bancaire ?

— Trois cent trente-deux dollars.

— Alors, comment imaginez-vous qu'elle aurait pu en allonger une cinquantaine de mille le premier septembre ?

— C'est bien de ça que nous avons à causer, monsieur Dill.

Ben alla se rasseoir à la tête du lit, appuyé au montant.

— Okay, dit-il. Causons.

Strucker se racla le gosier, tira une bouffée de son cigare, chassa la fumée de la main et commença :

— L'inspecteur Dill était aussi bien notée qu'on puisse l'être à son âge, même pour un homme, mais je dois avouer que si nous l'avons fait passer des Jeux à la Criminelle, avec trois moricauds et deux Mexicains, c'est pour la forme. Il fallait une femme dans le lot, sans quoi nous perdions une subvention fédérale. N'empêche que c'était une excellente recrue. Nous l'avons promue inspecteur de deuxième classe avant des tas de types, dont certains avaient infiniment plus d'ancienneté. Encore deux ans, peut-être moins, et elle passait sergent haut la main. Je vous le répète, monsieur Dill, votre sœur était un sacré flic, un flic d'élite. Et jusqu'à plus ample informé, elle est morte victime du devoir. Nous lui rendrons donc hommage samedi matin, comme je vous l'ai dit. Ensuite, nous trouverons ce qui est allé de travers.

— En d'autres termes, dit Ben, quelle connerie elle a faite.

— Rien ne prouve qu'elle en ait fait une, observa le capitaine Colder.

Son demi-sourire était revenu, timide et modeste. Ou bougrement trompeur, pensa Dill, car absolument rien d'autre ne respirait la timidité dans la personne du capitaine. Il s'agissait donc d'un déguisement qu'il portait comme une fausse barbe, mais qui ne suffisait pas à dissimuler le vrai visage, rusé, avec son nez fureteur, son front d'intellectuel, la froideur de ses yeux bleus incrédules et le menton qui disait presque « prouvez-le ». Une figure qui, sous un éclairage un peu différent, aurait fait un tabac sous l'Inquisition.

Strucker s'éclaircit la voix et reprit la parole.

— Nous irons au fond des choses, monsieur Dill. Comme je vous l'ai dit au téléphone, c'est notre boulot. Nous sommes là pour ça.

Dill approuva d'un signe, se leva, prit le verre vide de Colder, puis celui de Strucker. Les deux hommes marquèrent une hésitation, mais le quinquagénaire acquiesça finalement avec un nouveau soupir

— Je ne devrais pas, mais tant pis. Merci.

Quand Dill eut rempli les verres, Colder lui demanda doucement :

— Que faites-vous exactement à Washington ?

— Je travaille pour une sous-commission du Sénat.

— Ça consiste en quoi ?

Dill sourit.

— A aller au fond des choses.

— Ça doit être intéressant.

— Quelquefois.

Strucker éclusa une lampée de scotch, soupira de satisfaction et dit :

— Vous étiez très liés, Felicity et vous.

— Je pense que c'était le cas.

— Vous n'avez plus vos parents.

Ce n'était pas une question non plus.

— Ils ont été victimes tous les deux du même accident d'auto, dans le Colorado, quand j'avais vingt et un ans et Felicity onze.

— Que faisait votre papa ?

Pour la première fois, Strucker interrogeait comme s'il ne connaissait pas déjà la réponse.

— Demandez-moi plutôt ce qu'il n'a pas fait. Il a été pilote de chasse pendant la guerre. Démobilisé, il a profité des facilités d'alors pour faire des études aux frais de l'Etat. Ça a duré quatre ans, autant que son service militaire. Il a fréquenté la Sorbonne, l'université de Mexico et celle de Dublin, sans jamais décrocher le moindre diplôme. Quand ça n'a plus marché, il a bricolé dans toutes sortes de trucs : camelot, représentant de commerce, etc. Un moment, il a figuré pour la pub des Planter's Peanuts. « M. Cacahuète » — vous voyez ? — c'était lui. Puis il s'est fait organisateur de courses de stock-cars, de matches de base-ball à dos d'âne et autres foutaises. A la fin, il avait racheté une école de langues par correspondance au bord de la faillite. Il s'en occupait encore lorsqu'il est monté dans le Colorado pour étudier une affaire de ville-fantôme, et c'est là que l'accident s'est produit. Tous les deux y ont passé. Je me dis quelquefois que ma mère n'y a pas perdu grand-chose.

Compatissant, Strucker hocha la tête.

— Dans ces conditions, il ne devait pas y avoir lourd à hériter.

— Pas un rond.

— Felicity restait à votre charge, en quelque sorte.

— J'étais en première année de droit. J'ai dû laisser tomber pour prendre un boulot de journaliste parlementaire à l'UPI. Felicity avait onze ans ; j'ai fait de mon mieux pour veiller à ce qu'elle aille à l'école et fasse ses devoirs. Vers douze ans, elle faisait les courses, la cuisine et une bonne partie du ménage. A dix-huit ans, elle a obtenu une bourse complète pour l'Université, et comme elle pouvait désormais se passer de moi, j'ai accepté un poste à Washington.

— Eh bien ! fit Strucker, on peut dire que vous l'avez bien élevée. Beau travail, vraiment !

— Nous nous aimions bien. Nous étions... bons amis. C'est ça : bons amis.

— Vous étiez restés en rapports suivis ? questionna Colder.

— Généralement, je lui téléphonais tous les huit ou dix jours. Elle, pour ainsi dire jamais. En revanche, elle m'écrivait. Des nouvelles du pays, selon son expression. Elle trouvait qu'un expatrié devait être tenu au courant des potins, du train-train, des petits scandales. Savoir qui était ruiné et qui faisait fortune, qui passait l'arme à gauche, qui divorçait et pourquoi. Une espèce de journal, pas tellement de sa vie à elle, mais de celle de sa ville. Elle y était extrêment attachée, Dieu sait pourquoi.

— Ce qui n'est apparemment pas votre cas, remarqua Colder.

— Non.

— N'avez-vous pas par hasard conservé ces lettres ? dit Strucker.

— Non, hélas.

— C'est dommage, en effet. Pour nous aussi. Et elle ne gardait pas de copies. Nous sommes allés chez elle tout à l'heure. Rien.

— Et les talons de chéquiers ?

— Rien non plus, intervint Colder. Dépenses courantes, mensualités pour la maison, notes de téléphone, épicerie, voiture, quelques achats dans les grands magasins. La routine.

— Pas trace du versement comptant pour l'achat de la baraque ?

— Les trente-sept mille en liquide ? Nous savons seulement que toute la somme a été versée en billets de cent, qui seront bientôt aussi répandus que les billets de vingt il n'y a pas si longtemps.

— Qui détenait l'hypothèque ?

— L'ancienne propriétaire, qui n'a vu aucun inconvénient à empocher tout ce tas de billets. C'est une veuve de soixante-sept ans qui s'est installée à Petersburg, en Floride. Je lui ai téléphoné aujourd'hui. Elle n'a pas de réclamations à formuler. Les échéances mensuelles étaient presque toujours réglées à temps. Mais maintenant, elle s'inquiète un peu pour le solde.

— Je la comprends, dit Ben.

Strucker fouilla dans ses poches de pantalon et en ramena une clé, qu'il offrit à Dill.

— Qu'est-ce que c'est ?

— Sa clé. L'étage supérieur est encore sous scellés pour l'instant, mais nos gars auront fini avant demain midi. Rien ne vous interdit d'aller y jeter un coup d'œil, et d'y rester si ça vous chante.

Dill se leva, prit la clé et se rassit. Il regarda Strucker, puis son acolyte.

— Sur quoi travaillait-elle ?

Cette fois, le sourire de Colder n'eut rien de timide. Il était du genre sardonique et relevait le côté gauche de la bouche pour découvrir trois ou quatre dents très blanches.

— Vous voulez dire la raclée qui a mis fin à la carrière du principal trafiquant de coco de la ville ? Ou du pétrolier millionnaire retrouvé au fond de sa piscine privée ?

— Peu importe ce que je veux dire. Ça peut toujours aider.

— Elle enquêtait aussi sur un patron de bistrot qui s'est fait descendre un mardi soir pour trente-trois dollars. Egalement sur une bonne femme qui, rentrant du boulot, a trouvé son bonhomme au plumard avec sa fille et les a tués tous les deux avec le couteau à pain. J'allais oublier le type qui se tournait les pouces sur la banquette d'un arrêt de bus, s'est levé brusquement pour aller tirer quatre balles de .22 sur un automobiliste et s'est évanoui dans la nature. Encore une enquête que nous avons confiée à Felicity. Elle me disait l'autre jour qu'elle pensait être sur une piste.

— Elle devait pourtant bien être mêlée à quelque chose, insista Dill.

Strucker soupira encore un coup et quitta pesamment son fauteuil.

— Peut-être oui, peut-être non. Pour l'instant, il s'agit de trouver qui l'a tuée. Quand nous le saurons, nous saurons le reste. Dites-vous bien, monsieur Dill, qu'en matière criminelle les affaires d'assassinat sont les plus faciles à résoudre. De temps en temps, bien sûr, on tombe sur un cas tordu, comme celui-ci. (Un nouveau soupir, venu des profondeurs.) Quoi qu'il en soit, le service sera célébré samedi à dix heures, à l'église baptiste de la Trinité. Il y aura une voiture à votre disposition, à moins que vous ne préfériez venir avec moi et le capitaine ici présent.

— Je ne sais pas... Il me semble que j'aimerais mieux être seul.

— C'est bien naturel.

— Mais pourquoi la Trinité ? Felicity n'était pas baptiste. Ni rien d'autre, d'ailleurs.

— Moi, dit Colder, je le suis. Et diacre de cette paroisse.

— Vous !

Une expression de tristesse envahit soudain le visage du capitaine, effaçant le scepticisme qui s'y peignait de façon chronique.

— Votre sœur et moi, dit-il, allions nous marier dans quelques mois, le temps que mon divorce soit prononcé. (Il guetta la réaction de Dill.) Vous n'étiez pas au courant ?

— Non. Elle ne me l'a jamais dit.

# CHAPITRE V

Dans les dix dernières années, Dill avait fait des séjours plus ou moins prolongés à New York, Los Angeles, Londres, Barcelone et, par deux fois, à Washington. Il rêvait rarement de ces villes, pas même de Washington où il avait vécu le plus longtemps. De temps à autre, les images de ces cités lointaines se superposaient invariablement à celles de sa ville natale. Wilshire Boulevard et la Troisième Avenue, Edgware Road et même les Ramblas défilaient curieusement devant des maisons qu'il avait habitées enfant, des écoles où il avait usé ses fonds de culotte et des bars qu'il avait fréquentés par la suite.

Bien des années auparavant, en 1926 selon certains, une immense bouteille de lait avait poussé sur le toit d'une construction sans étage qui occupait un petit terrain triangulaire délimité par Ord Avenue, la 29ᵉ Rue et TR Boulevard, comme on appelait la voie sinueuse dédiée au premier Roosevelt, Theodore. Ce monument qui mesurait au moins neuf mètres de haut et qui avait servi d'enseigne à une crèmerie — Springmaid Dairy — revenait toujours dans ses rêves. Il devait y avoir là quelque chose de freudien.

A 19 h 15, le jour du drame qui avait coûté la vie à sa sœur, Dill conduisait une grosse Ford de location sur TR Boulevard, l'une des trois artères qui rompaient la régularité du damier urbain en serpentant du sud au nord.

Autrefois, des tramways avaient circulé le long du terre-plein central, mais ils avaient été remplacés par des autobus à la fin des années 40. Tout le monde disait depuis près de quarante ans que ç'avait été une erreur grossière, imputable à un sombre complot de la General Motors et des compagnies pétrolières.

Dill, qui roulait d'ordinaire en Coccinelle, avait délibérément choisi la plus grosse Ford disponible chez Budget, à défaut d'une Lincoln encore plus imposante. Il avait pour principe de s'offrir un monstre de Detroit chaque fois qu'il en avait l'occasion.

A l'endroit où la longue courbe du TR croise la 27e Rue, la bouteille de lait entra dans son champ de vision. De lait ? Elle n'était plus blanche, avec de la crème dans le goulot, mais d'un noir uni. Il ralentit pour mieux voir. La boutique était vide, sauf quelques verres non moins vides qui traînaient sur des étagères certainement poussiéreuses. Au-dessus de l'entrée s'étalait une grande pancarte en couleurs psychédéliques qui commençaient à passer : « NABUCHODONOSOR'S FRINGUERIE. » Ledit Nabucco avait dû mettre la clé sous la porte depuis belle lurette. Décidément, ce commerce ruiné était un clou de plus dans le cercueil des années 60 et 70.

Trois rues après la bouteille de lait tourné en encre, à l'angle de la 32e, il y avait une maison de deux étages de style victorien barbouillée en deux tons de badigeon vert pastel déjà écaillé. C'était le siège du Club de la Presse, l'un des trois ou quatre plus anciens à l'ouest du Mississippi. Dans les soixante premières années de son existence, le club avait partagé un immeuble bien situé dans le centre avec le célèbre Ordre Bénévole et Protecteur des Elans, autrement dit les « Elks ». Mais le maire en voulait aux médias (non sans cause) au moment où démarrait le plan de redéveloppement de la ville, et l'immeuble fut condamné en priorité.

Le club n'avait jamais vraiment été autre chose qu'une

cantine qui restait souvent ouverte après l'heure légale ; on y trouvait des steaks d'une qualité incomparable, venus tout droit d'un mystérieux fournisseur du quartier des abattoirs, et une partie de poker qui commençait le samedi à midi pile et finissait non moins ponctuellement le dimanche à cinq heures du soir.

Au moins trente pour cent des membres du club appartenaient effectivement à la presse, de près ou de loin. Le reste était dans la publicité, les professions juridiques, la politique ou les relations publiques. Ceux-là, qualifiés de membres associés, payaient une cotisation cinq fois plus élevée que journalistes et assimilés. La minorité estimait que si la majorité sans droit de vote tenait à l'honneur de fréquenter la noblesse de plume ou de micro, elle pouvait bien cracher un peu de fric.

Dill n'avait pas mis les pieds au club depuis son déménagement. Il avait été presque un habitué de l'ancien local, situé aux deux derniers étages tandis que les Elks occupaient le rez-de-chaussée et le premier. Il avait même souvent fait la fermeture quand il travaillait de nuit pour l'UPI.

Il gara la Ford le plus près possible de la maison verte en se demandant s'il avait payé sa dernière ardoise au bar. S'il avait oublié de le faire, il y aurait au moins une personne pour lui rafraîchir la mémoire : le Grec.

Il restait une heure avant le coucher du soleil quand Dill escalada les six marches de la véranda et sonna à la porte fermée. Une voix métallique, toujours aussi irascible, posa la question rituelle : « C' que c'est ? »

— Ben Dill.

— Merde alors ! dit la voix.

L'instant d'après, le ronfleur bourdonna et la porte s'ouvrit. Un petit vestibule conduisait à une salle qui, sauf la cuisine au fond, semblait occuper tout le rez-de-chaussée de la vaste vieille baraque. Du côté droit étaient rangées les tables et les banquettes. Près de la cheminée se trouvait la partie salon éclairée par une immense baie vitrée, où il y avait de quoi s'asseoir comme dans tous les clubs du monde avec, en plus, la possibilité de regarder la pluie tomber sur le populo. Dill se dirigea vers le bar en équerre qui était à gauche de la partie salon. Il reconnut la construction d'acajou dont s'enorgueillissait le club au temps des Elks, et la rampe de cuivre qui courait au-dessus. De cette barre pendaient des courroies récupérées de l'ancien tramway, fort secourables à ceux qui avaient forcé sur le gin.

L'homme qui se tenait derrière le comptoir en s'appuyant dessus des deux mains cumulait depuis trente ans les fonctions de gérant et de chef barman. Il s'appelait Christos Levides, ou Christ le Grec, ou, le plus souvent, « le Grec » tout court. Il avait environ cinquante-cinq ans et à peu près la même apparence qu'à vingt-cinq : les yeux noirs reflétant toute la ruse d'Ulysse, la moustache conquérante, l'air toujours un peu dédaigneux. Il avait gagné quelques rides, bien sûr, qui creusaient verticalement les abords du nez et horizontalement son front. La physionomie remarquable d'un homme qui a entendu tous les mensonges de la vie avec les circonstances atténuantes.

Levides ne bougea ni ne parla jusqu'à ce que Dill se fût juché sur un tabouret en regardant autour de lui s'il y avait une autre figure de connaissance. Il n'y en avait pas.

Deux hommes à l'autre bout du bar lui parurent être des avocats. Une douzaine d'autres étaient attablés.

— Comme ça, dit finalement le Grec, te voilà revenu.

— Comme tu vois.

Levides hocha la tête pensivement, comme si la tête de son interlocuteur confirmait toutes ses craintes.

— J'ai appris, pour ta sœur... (Il se tut un bon moment, comme pour réfléchir à ce qu'il allait dire d'autre.) Je suis désolé.

— Merci.

— C'est vache.

— Oui.

— Je me rappelle que tu l'amenais là-bas, quand elle n'était pas plus haute que ça. (Il leva une main à hauteur d'épaule.) Dix ans, peut-être onze.

— A peu près. Pas beaucoup plus en tout cas.

Ayant ainsi sacrifié aux convenances en prenant sa part du deuil, Levides passa aux choses sérieuses :

— Qu'est-ce que tu bois ?

— Une bière. Beck's, si tu en as.

Le Grec pivota sur ses talons, cueillit une bouteille dans le casier, en fit sauter la capsule et la posa sur le bar avec un verre rafraîchi.

— Deux dollars, dit-il. Et tu m'en dois toujours trente-huit et quatre-vingt-deux *cents* pour l'ardoise que tu as sûrement oublié de payer quand tu t'es barré à Washington. C'était quand ? Il y a dix ans, non ?

Dill sortit de son portefeuille un billet de cinquante dollars, le poussa sur le comptoir et pria le Grec de se servir. L'autre ne se le fit pas dire deux fois, alla manœuvrer la caisse enregistreuse et revint avec la monnaie.

— Et toi, fit Ben, comment ça va ?

— Toujours la même chierie.

— Quoi. C'est pas mal ici.

— Faut aimer le moisi.

— Et les steaks, toujours mangeables ?

— J'en ai bouffé un avant-hier et je ne suis pas encore crevé. (Il haussa les épaules et regarda ailleurs.) Qui a fait ça ?

— On ne sait pas.

— Qui a-t-on mis sur le coup ?

— J'ai parlé au chef de la Criminelle. Strucker.

— Lui, je connais.

— Et alors ?

— Pas con. Pas dans le genre fort-en-thème, mais en tant que flic. Dans la poulaille depuis vingt-cinq ans, sinon plus. Il a fait son droit aux cours du soir et suivi des cours de diction à l'institut Dale Carnegie. Sa deuxième femme est bourrée de fric. Il vit bien, s'habille bien. Et pas une faute professionnelle.

— Et le capitaine Colder ? Gene Colder ?

— Lui ?

— Lui.

— Ma foi, je le connais à peine. On l'a fait venir il y a deux-trois ans de Kansas City ou Omaha, quelque chose comme ça dans l'Est. Pistonné, à ce qu'il paraît.

— Pour succéder à Stucker ?

— Si Strucker s'en allait — et on lui prête certaines ambitions — Colder pourrait très bien prendre son fauteuil. Mais il aurait à peine le temps de le tenir au chaud. On sait qu'il vise celui du vieux Rinkler, qui finira bien par prendre sa retraite.

— Rinkler est toujours préfet de police ?

— Mais oui.

— Foutre ! Ça fait trente ans au moins qu'il s'incruste.

— Pas tout à fait, rectifia Levides. Il avait trente-cinq ans quand il a été nommé et il doit en avoir soixante-quatre maintenant. De toute façon, il doit déménager à soixante-cinq. C'est la règle.

Dill but un peu de bière et dit :

— Qui est chargé des faits divers à la *Tribune*, maintenant ?

— Quelle question ! Freddie Laffter, voyons !

— Encore lui ! Il n'y a donc rien qui change, dans ce bled ?

Le Grec parut réfléchir et leva les épaules.

— Pas grand-chose, faut en convenir.

— Laffter continue à venir tous les soirs ?

— Huit heures tapant. Dès que l'édition de province est bouclée.

— Il doit en savoir sur Colder, non ?

— Si quelqu'un est au courant, c'est lui. (Il détourna le regard avant de poser la question suivante. Dill se rappela que c'était son truc de se renseigner sans avoir l'air d'y toucher.) Comment ça se fait que tu t'intéresses tant à Colder ? fit-il d'un ton indifférent.

— Parce qu'il prétend qu'il était sur le point d'épouser ma sœur.

Le Grec le regarda avec un sourire.

— Ouais. Pour une raison, c'est une bonne raison... Tu veux une autre bière ?

— C'est pas de refus.

Dill couvait encore sa seconde bière quand le vieux fit son entrée. Soixante-dix piges au moins, se dit-il, plus les années de nourrice. Il se déplaçait d'un pas traînant, mais étonnamment rapide, vers le fond de la salle à manger, les yeux fixés droit devant lui sous des verres à double foyer. Il portait un panama crasseux dont les bords, rabattus derrière comme devant, gondolaient joyeusement. Mais c'était peut-être l'un des quatre panamas authentiques de la ville, sinon de l'Etat.

Le complet d'été à rayures semblait avoir été coupé dans une toile à matelas. Il accompagnait une chemise de pongé blanc, jauni par l'âge, dont le col faisait au moins deux pointures de trop. La vieille cravate grise paraissait graisseuse. De la poche gauche de la veste dépassait un bloc-notes de reporter, et l'édition de province de la *Tribune* était enfoncée dans la poche droite. Le vieux avait aux pieds des mocassins neufs de chez Gucci, ou des imitations.

— Hé, Liftier ! appela Levides.

Fred Y. Laffter interrompit sa progression, se retourna et toisa le Grec avec dédain.

— C' que tu veux, emmerdeur ?

— Y'a quelqu'un qui voudrait te causer.

— Qui ça ?

Levides désigna Dill du menton, et la tête du vieux se tourna vers lui. C'était une tête en forme d'œuf avec, heureusement, le gros bout en haut. Le teint était rose pâle à l'exception du nez cramoisi. Les sourcils blancs étaient presque invisibles et les yeux jadis bleus avaient pâli jusqu'à devenir à peu près incolores. La bouche pincée ne manquait pas de caractère. Et si l'âge avait tracé sur son visage un réseau de fines rides, les yeux si pâles restaient vifs, curieux, et examinaient Dill avec intérêt.

— Dill, fit-il. Ben Dill ?

— Lui-même.

— De quoi voulez-vous parler ? Votre sœur ?

— Si vous avez quelques minutes...

— C'est que je n'ai pas encore bouffé.

— Moi non plus. Nous pourrions peut-être dîner ensemble. C'est moi qui régale.

— Je prendrais bien un steak.

— Liftier, observa le Grec, il y a bien cinq ans que tu n'as pas pris un steak ici.

Laffter ne prêta aucune attention à l'interruption.

— Je prendrai donc un steak. Un gros, bien épais, avec des pointes d'asperges fraîches et peut-être un cocktail de crevettes pour commencer. (Il se tourna vers Levides). Ecoute bien ça, pédé de mes fesses. Va dire à Harry le Loufiat que ce monsieur et moi voulons deux gros steaks, des chateaubriands, je crois. Dans le filet. Deux shrimp-cocktails comme hors-d'œuvre, et deux martinis-vodka comme apéritif. Doubles. Des asperges. Et une bouteille de vin. Du bon, pour changer. Un bourgogne, peut-être. Du cognac pour finir, bien entendu, et un cigare éventuellement, mais ça, j'en déciderai le moment venu.

— Bouffe toute cette merde, dit Levides, et t'es bon pour l'hostau, en réanimation.

Laffter s'adressait déjà à Dill, tout en regardant le Grec en coin.

— Ce mec, dit-il, a raté sa vocation. Il devrait être

maquereau au Pirée, où tant de petits Grecs ne demandent qu'à se faire fourrer par les matafs des bateaux turcs.

D'une voix lasse, Levides dit quelque chose de malsonnant à propos de la maman du vieillard, et alla voir au bout du bar si les deux avocats avaient envie de remettre ça.

## CHAPITRE VI

Ils s'assirent à une table de coin. Après l'arrivée des doubles martinis-vodka, Laffter sortit de sa poche le journal plié et le tendit à son vis-à-vis.

— Page trois, dit-il.

Dill tourna le premier feuillet et le titre composé en 36 sur une colonne au fer à gauche lui apparut, en tête de page à droite.

VOITURE PIEGEE
FEMME-POLICIER
ASSASSINEE

Il lut rapidement l'article signé, qui contenait peu de chose qu'il ne sût déjà, replia le journal et le rendit à Laffter.

— Elle avait vingt-huit ans, dit-il, pas vingt-sept.

— On m'a dit vingt-sept.

— C'était aujourd'hui son anniversaire. Elle venait d'avoir un an de plus.

— Oh...

— Parlez-moi du capitaine Colder.

— Votre presque beau-frère.

— Je vois que vous êtes au parfum.

— Bah ! Pour ce qu'ils s'en cachaient.

— Avaient-ils fixé une date ?

— Lui n'était pas encore divorcé, de sorte qu'ils s'en tenaient apparemment aux relations mondaines, comme on disait dans le temps. Je ne crois pas qu'ils se soient mis en ménage, ou alors, personne ne s'en est aperçu. Elle ne vous a jamais parlé de lui, si j'ai bien compris ?

— Non.

— Elle devait avoir ses raisons.

— Par exemple ?

— Comment diable le saurais-je ? Demandez à Colder.

— D'après lui, il croyait qu'elle m'avait prévenu.

Ce n'était pas tout à fait vrai, mais Dill tenait à connaître la réaction du vieux.

— En somme, il l'a traitée de menteuse.

— En un sens.

— C'est pas très correct, mais qui s'en soucie de nos jours !

Laffter avala le reste de son martini et chercha des yeux Harry le Loufiat. Dill, qui n'avait pas touché au sien, le posa devant son invité.

— Tenez. Je n'en ai pas bu.

— Bordel ! S'il y a un truc que je ne peux pas supporter, c'est un buveur qui se surveille. (Il leva son deuxième verre, faisant mine de porter un toast.) Au mythe qui nous est cher, celui du journaliste soiffard !

Il but un coup, reposa son godet, sortit un paquet de Pall Mall sans filtre, le présenta à Dill qui refusa, et en alluma une avec un zippo neuf.

— Devinez depuis combien de temps je suis dans le métier, dit l'ancêtre.

— Cent ans.

— Non, mais exactement la moitié : cinquante ans le 3 septembre prochain. Un demi-siècle, nom de Dieu ! J'avais vingt-deux ans et j'étais sans boulot depuis plus d'un an quand le vieux Hartshorne m'a embauché pour soixante-quinze dollars par semaine. Et à l'époque, c'était la semaine de quarante-huit heures, avec un jour de repos.

Pour moi, c'était le mardi. Qu'est-ce que vous voulez foutre un mardi ! Il est toujours là, vous savez ?

— Qui ça ?

— Hartshorne.

— Pas possible !

Laffter rit en silence, découvrant quelques dents neuves d'une blancheur éblouissante.

— Il va à son bureau tous les matins, à pied. Quatre-vingt-dix-sept berges ! Il déambule sur Grant Avenue jusqu'à la Cinquième Rue, puis tourne au sud dans Our Jack, sa Cadillac se traînant à ses fesses. Le vieux Pete, son chauffeur noir qui doit avoir lui-même plus de quatre-vingts balais, a bien du mérite à ne pas le foutre en l'air en roulant au pas, et quel pas ! Quatre-vingt-dix-sept, et toujours au boulot à huit heures du matin. C'est pour ça que j'y suis encore. Pour lui, je suis toujours « le jeune Laffter ».

— Et Jimmy Junior ?

— Vous ne trouvez pas ça terrible, d'avoir soixante-sept ans et d'entendre tout le monde vous appeler Jimmy Junior ? Il est directeur-général et rédacteur en chef, mais son vieux est toujours président et directeur de la publication, avec soixante-deux pour cent des actions. Inutile de dire qui fait la loi.

Harry le Loufiat survint, apportant les deux shrimp-cocktails. De son vrai nom Harold Pond, il était noir, quadragénaire et sérieusement enveloppé. Il avait débuté au Club de la Presse à seize ans, maigre comme un clou, en qualité de plongeur, et était devenu un serveur de grande classe, peut-être le meilleur de la ville. Le Country Club de Cherry Hills lui avait fait des offres alléchantes une bonne douzaine de fois, mais il était resté fidèle au Club de la Presse tout en affectant de mépriser les journalistes. Ou en affectant d'affecter. Il débinait leurs articles, mettait leur intelligence en doute et se gaussait de leurs prétentions. Les membres de la Profession ne l'en aimaient pas moins et citaient fièrement ses injures.

Une fois débarrassé de ses shrimp-cocktails, Harry le Loufiat se lança dans une de ses harangues coutumières :

— Tu bouffes ça, vieux schnock, et vers deux ou trois heures du matin tu te réveilleras comme d'habitude pour prendre tes comprimés. Ça me fait mal de voir un zig de ton âge, avec autant de jugeote qu'une oie, bâfrer et biberonner des trucs à se tuer. Ils te l'ont pas dit, les toubibs ? Un de ces jours, je te servirai ton chili-mac habituel au lieu du beau chateaubriand que tu t'offres ce soir, et tu t'en foutras des pelletées dans ta sale grande trappe jusqu'à ce que tes yeux deviennent gros comme ça. Ta trombine deviendra encore plus rouge que ton blair de poivrot et tu tomberas dans les pommes. Et après, qui c'est qui fera le ménage, devine un peu ? Mézigue, naturellement. Le Grec a dit que tu voulais du bourgogne de France ? T'y connais que dalle en vins français. Je vais te filer un bon vieux pinot noir et si t'es pas content, c'est du kif.

Ayant dit, il se tourna vers Dill.

— Comment ça va, Ben ? J'ai appris, pour ta sœur. Moi aussi, ça m'a fait mal. C'est terrible. Je voulais t'en parler avant, mais je n'ai pas eu l'occasion.

— Merci, Harry.

— Fous le camp, dit Laffter. Retourne à la cuisine cracher dans la soupe.

— Cracher dans la soupe ! s'exclama le Loufiat. Putain, je n'y avais jamais pensé ! Je vais dire ça aux autres nègres.

Quand il fut parti, Laffter demanda :

— Comment ça se fait qu'il vous traite comme un Blanc ?

— Harry et moi, on est de vieilles connaissances. Quinze-seize ans. On était aussi fauchés l'un que l'autre et on se prêtait du fric. Des fois, il m'a ramené chez moi.

— Pourquoi ?

— Parce que je n'avais pas de voiture.

— Ah... (Le septuagénaire harponna une grosse crevette, la plongea dans le ketchup relevé au piment et au raifort, et en croqua une moitié qu'il mastiqua consciencieusement.) Votre sœur grimpait joliment vite dans la hiérarchie policière.

— On m'a dit qu'elle était très capable.

— C'était une fille très bien. A se demander ce qu'elle est allée foutre dans la flicaille.

— C'était ça ou enseigner le français à des lycéens qui ne tiennent pas tellement à l'apprendre. Et puis il y a la retraite. Elle se plaisait à l'idée de la prendre à quarante-deux ou trois ans.

— Elle se plaisait à la Crim' ?

— Plus qu'aux Jeux.

Laffter se lécha les doigts maculés d'un peu de sauce.

— J'ai écrit un petit papier sur elle il y a un peu plus d'un an, mais il n'a jamais paru.

— Pourquoi ?

— Je n'en sais rien. Ce n'était pourtant pas mauvais : une étoile est née dans la Criminelle, et la salade de rigueur. Vous voyez le genre. J'avais réussi à ne pas la traiter de nouveau Sherlock Holmes, non sans peine. Elle venait de réussir deux coups de filet, dont un assez spectaculaire. J'ai cru que ça valait un gros plan, mais on me l'a sucré.

— Qui ça ?

— Je ne pose plus de questions. Parce que je m'en fous. J'ai cessé de me faire de la bile depuis 1945, quand le journal *Stars and Stripes* m'a renvoyé à New York.

Dill laissa passer un moment, soupira et dit :

— Que s'est-il passé à New York ?

L'autre cessa de tourmenter ses crevettes pour regarder par-dessus l'épaule de son interlocuteur.

— Vous avez entendu parler du *PM ?*

— Un tabloïd new-yorkais qui penchait à gauche avant de se foutre par terre.

Laffter confirma d'un signe de tête et revint à ses crevettes. Il en prit une avec ses doigts et mordit dedans.

— Bon. En France, j'avais rencontré Ralph Ingersoll, qui avait pratiquement fondé ce petit canard, et qui avait apprécié certains de mes articles dans le *Stars and Stripes*. Il s'est arrangé pour me mettre en rapport avec le gars qui dirigeait *PM* quand je suis arrivé à New York. C'était la première fois que j'y mettais les pieds. La dernière aussi.

Il attendit que Dill dise quelque chose, et cela prit près d'une minute.

— Et alors ?

— Alors, ce gars m'a offert à peu près le triple de ce que je gagnais ici. Il a même parlé d'une chronique quotidienne, mais ça, ce n'était qu'à l'état de projet. Bref. Je suis rentré à mon hôtel et je me suis mis à réfléchir. C'était la grande chance de ma vie. Je ne pensais pas que le *PM* durerait bien longtemps, mais j'y voyais un marchepied pour accéder au *News* ou même, qui sait ? au *Times,* car j'écrivais assez bien à l'époque. Eh bien ! je n'ai jamais rappelé ce gars ! Au lieu de ça, j'ai essayé de me barrer par le premier avion. Comme il était plein, j'ai pris le train. Jusqu'ici en wagon-salon.

Cette fois encore, un ange passa. Laffter attendait que Dill lui demande une explication, et Dill qui le sentait le faisait languir exprès.

— Liftier, dit-il enfin.

— Oui ?

— Il y a quinze ans, quand j'en avais vingt-trois, je n'ai pas vraiment cru à cette histoire que vous débitiez à n'importe qui sauf à moi. Mais à cette époque-là, vous étiez au mieux avec une blonde actrice de New York qui vous suppliait de rester, et comme vous refusiez, elle se suicidait ou partait pour Hollywood. Je ne m'en souviens plus.

Le vieil homme le regarda froidement.

— Comment ? Jamais de ma vie je n'ai raconté ça à qui que ce soit !

— Raconté quoi à qui ?

Harry le Loufiat venait d'apparaître avec deux grands plats d'étain sur le bras gauche. Il escamota prestement les deux bols à crevettes qu'il posa sur une autre table et servit les steaks non sans faire un peu de cinéma. Laffter contemplait le sien avec concupiscence.

— Le *PM,* Ingersoll et la fuite de New York, lâcha Dill en saisissant couteau et fourchette.

— Tu parles ! Celle-là, je l'ai entendue au moins deux douzaines de fois. Il a mis la pépée blonde dans le coup ?

— Non, pas cette fois-ci.

— Ça lui arrive depuis quelque temps mais, il y a deux ou trois semaines, il a coincé la petite nouvelle de l'Associated Press et a bu à ses frais la moitié de la nuit. L'histoire de la blonde actrice l'avait émue aux larmes.

Laffter dirigea sur Harry un regard menaçant.

— Tu as oublié le vin.

— Je n'ai rien oublié du tout, protesta le Loufiat. De derrière son dos, comme par magie, il sortit une bouteille qu'il déboucha. Il en versa un doigt dans le verre de Dill, qui goûta et sourit.

— Bon, hein ? dit Harry en remplissant les deux verres.

— Très.

Le serveur s'éloigna après avoir vérifié que tout était en ordre sur la table. Laffter attaqua sa viande, en prit une bouchée et dit :

— Cette histoire m'a rapporté une quantité de dîners et de verres. (Il s'arrêta le temps de mâcher et d'avaler.) En tout cas, je ne suis jamais retourné à New York. J'aurais peut-être dû, qu'est-ce que vous en pensez ?

Dill ne s'attendait pas à ce qu'il lui demandât un conseil.

— Je ne sais pas, dit-il. Vous auriez peut-être dû.

Le vétéran de la *Tribune* locale se remit au travail sur son steak, sa salade, ses asperges et sa pomme de terre rôtie, qu'il enduisit de six lichettes de beurre ; il garda le silence jusqu'à ce qu'il eût fini. Il brandit la bouteille presque vide sous les yeux de Dill qui refusa d'un signe, acheva de la vider dans son propre verre et but. Après un rôt discret, il alluma une cigarette et changea de position, légèrement penché en avant, les avant-bras sur la table. L'attitude invitait aux confidences, voire à l'échange de secrets. Dill se demanda combien de milliers de fois le vieillard avait pris cette pose.

— Okay, fit Laffter. Que voulez-vous savoir au juste ?

Dill le regarda pensivement sans répondre, puis se remit à son steak où le cœur de filet restait à détacher de l'os. Le morceau le plus fin, qu'il mangeait toujours en dernier. Curieusement, il ne faisait pas confiance aux gens qui procédaient autrement. Son ex-femme, par exemple, qui commençait par là.

— Ma sœur, dit-il finalement. Qui pensez-vous qui l'a tuée ?

— Qui au sens générique ?

— Bien sûr.

— Quelqu'un qui a beaucoup de pognon.

— Pourquoi ?

Le journaliste souffla un peu de fumée dans l'air.

— Cette bombe, c'est du travail de pro. Le plastic C-4, le détonateur au fulminate, ça ne se trouve pas sous le pied d'un cheval. On a probablement fait appel à des spécialistes étrangers à l'Etat, et ça coûte cher. Donc, quelqu'un de riche.

— Soit. Voilà pour le qui. Et le pourquoi ?

— Vous voulez une hypothèse ?

— Allez-y.

— Elle avait découvert quelque chose qui pouvait ruiner le commanditaire.

— Mais quoi ?

— Travaillant à la Brigade criminelle, elle a peut-être identifié l'auteur d'un meurtre. J'ai entendu parler de sa maison, de ses problèmes de fric et le reste. Je ne m'en suis pas servi, mais je pourrais être obligé de le faire.

— Pensez-vous qu'elle en croquait ? insinua Dill en découpant la toute dernière lichette de filet.

— Je ne sais pas.

— Moi non plus, et c'est ma sœur.

Il porta à sa bouche l'ultime bout de viande, le mâcha, l'avala et posa le couvert sur son assiette.

— Vous mangez toujours le cœur de filet en dernier ? s'enquit Laffter.

— Toujours.

— C'est bizarre. Moi, je le mange toujours en premier.

# CHAPITRE VII

Le panneau lumineux de la First National Bank indiquait 23 h 12 et 30 degrés au moment où Dill entrait dans le hall du Hawkins Hotel après avoir laissé la Ford dans le garage du sous-sol. La dame âgée qu'il croyait être logée à l'hôtel en permanence se trouvait à son poste, plongée dans un bouquin. En passant devant elle, Dill s'efforça de déchiffrer le titre, comme il en avait l'habitude. Elle surprit la manœuvre, baissa le livre et le regarda fixement. Dill lui sourit. L'ouvrage était un traité de versification anglaise.

L'employé de la réception n'était plus le même. Dill s'arrêta le temps de voir s'il y avait quelque chose dans sa case. Comme il n'y avait rien, il mit le cap sur la batterie de quatre ascenseurs et appuya sur le bouton. Les yeux levés vers l'indicateur, il constatait que la cabine descendante la plus proche était au quatrième quand il sentit quelqu'un lui taper sur l'épaule.

— Monsieur Dill ? prononça une voix d'homme.

D'homme, et comment ! Grave, profonde et caverneuse comme pas possible. Quand il se fut retourné, Dill admira qu'une voix pût être en aussi parfaite harmonie avec son propriétaire. Le type était haut et large comme une porte cochère.

Il était aussi d'une laideur extrême. Seigneur ! pensa Ben. Il est encore plus moche que moi. Mais le malabar arbora un grand sourire et cessa subitement d'être laid.

— Je suppose que vous souriez beaucoup, observa Dill.

L'autre, toujours souriant, confirma :

— Tout le temps. Si je ne le fais pas, les adultes pâlissent et les mômes foutent le camp.

Il redevint grave... et affreux, pour se présenter.

— Clay Corcoran, dit-il comme s'il espérait quelque chose de cette révélation.

— Désolé, mais ça ne me dit rien.

— Dommage. Ça m'aurait dispensé de vous expliquer pourquoi je suis ridicule.

— Ridicule ?

— Les amoureux qu'on envoie paître le sont toujours. C'est mon cas : Clay Corcoran ou l'Amoureux éconduit. Peut-être même le cocu, qui est encore plus ridicule, bien que je ne sois pas sûr qu'on puisse être cocu sans être marié.

— On pourrait voir ça de plus près.

— Vous devez avoir compris que je voulais parler de votre sœur... Pauvre Felicity ! Je suis plus que navré, croyez-moi. Ecrasé comme une merde, littéralement.

Comme pour attester son propos, une larme coula du coin de son œil gauche sur sa joue tannée. Les yeux étaient verts, petits, trop enfoncés dans les orbites et trop éloignés d'un nez qui semblait avoir été remodelé par un taré. La tête elle-même, mal dégrossie, s'ornait d'une poignée de cheveux clairsemés, blancs à force d'être blonds, si fins qu'ils flottaient comme sous l'effet d'une brise au moindre mouvement de la grande carcasse ; même la voix de basse les faisait bouger. Entre les cheveux et les sourcils, il n'y avait guère plus d'un pouce de front plissé en permanence. Quant au menton, il ressemblait à une charrue brisée.

L'ensemble pouvait irriter les braves et effrayer les timides, jusqu'à ce que le radieux sourire vînt l'inonder d'une rassurante chaleur humaine.

Corcoran cueillit l'unique larme sur sa joue et essuya

machinalement son doigt à la chemise de grosse toile, blanche et à manches courtes, qui couvrait son torse massif.

— Bon, dit-il. Je voulais seulement vous présenter mes devoirs en passant.

— C'est très aimable à vous.

Le colosse hésita.

— Je ferais peut-être mieux de vous laisser dormir.

— Mais vous aimeriez mieux parler d'elle, non ?

Quand le sourire reparut, Dill crut avoir trouvé le mot juste pour le qualifier : angélique. L'énorme tête hocha avec empressement et pivota sur quarante-six centimètres d'encolure comme pour chercher quelque chose des yeux.

— Le Slush Pit est encore ouvert, dit-il.

— Parfait.

— C'est vraiment gentil à vous, monsieur Dill, dit Corcoran comme ils se dirigeaient vers le bar.

— Quel âge avez-vous ?

— Trente.

— Les plus de trente ans m'appellent Ben.

— Felicity avait, heu, dix ans de moins que vous. Vingt-sept ans.

— Vingt-huit. C'était son anniversaire aujourd'hui.

— Bon Dieu de nom de Dieu ! jura-t-il, le sourire envolé.

Ils se mirent à la table où Dill s'était déjà assis en compagnie de Anna Maude Singer, l'avocate. Il commanda un cognac, et Corcoran un bourbon à l'eau. Quand la serveuse lui demanda de quelle marque, le géant répondit qu'il s'en foutait. Dill apprécia cette indifférence.

Les verres sur la table et le cognac entamé, Dill engagea la conversation.

— Où avez-vous rencontré Felicity ?

— A l'Université. J'avais pris un an de retard en français à cause d'un accident de football — je m'étais pété un genou — et j'ai demandé au prof de me trouver un moniteur pour m'aider à rattraper. Il a proposé Felicity, malgré la différence d'âge dans le mauvais sens. Nous sommes sortis ensemble plusieurs fois, sans plus. Rien à voir avec le grand amour. Quand j'ai eu ma licence, j'ai été embauché dans l'équipe des Raiders et je suis parti là-bas.

— C'est-à-dire Oakland, non ?

— A l'époque. Maintenant, c'est Los Angeles.

— Tiens, ils ont déménagé ?

Corcoran se renfrogna, la mine si effrayante que Dill réprima un mouvement de recul, mais le malabar s'en aperçut et se fendit d'un sourire.

— Ne faites pas attention. Simple susceptibilité de professionnel. Sérieusement, qu'est-ce que vous reprochez au foot ?

— Rien du tout. Il y a simplement que je ne suis pas de très près les résultats sportifs, probablement parce que je n'ai aucune expérience des sports d'équipe.

— Jamais joué ? (Il paraissait presque choqué.) Même pas au base-ball, en deuxième division ?

— Même pas. Mais je vous assure qu'on peut très bien vivre sans faire partie d'un club.

— Dites... Vous n'êtes pas en train de me chambrer ?

— Un petit peu.

— Ça va. Il n'y a pas beaucoup de gens qui s'y risquent, mais ça ne me déplaît pas.

— Vous jouiez donc pour Oakland.

— Tout juste. Et cette fois-là, mon genou a craqué pour de bon. Ma prometteuse carrière de trois-quarts centre était à l'eau. A part ça, j'avais ma licence de philo, une Pontiac GTO toute neuve, deux costars et pas de métier, à moins de tenir boutique de philosophie et ce n'est pas mon fort. Alors, je suis rentré au pays et je me suis engagé dans la police où j'ai retrouvé Felicity. Cette fois, ça a vraiment démarré et ç'a été formidable, pas loin du bonheur absolu. Jusqu'au pépin.

— Quel pépin ?

— Colder, gronda Corcoran. Le capitaine Appelez-moi-Gene Colder. Felicity et moi, nous étions... euh...

— En relation mondaine, compléta Dill, se souvenant de la formule du vieux reporter.

— Si vous voulez, mais çà allait vachement plus loin. Nous envisagions même de nous marier, ou tout comme. (Il regarda Dill avec curiosité.) Elle ne vous a jamais parlé de moi ?

— Pas une fois. A en juger par ce qu'elle disait, elle devait vivre comme une carmélite. Je ne lui ai jamais posé de questions parce que ça ne me regardait pas. Pour la même raison, elle ne m'en posait jamais non plus sur mes fréquentations féminines. Ça ne nous empêchait pas d'être assez intimes, je crois.

— Elle parlait énormément de vous.

Dill fit signe qu'il savait et reprit :

— Alors, qu'est-ce qui s'est passé entre vous ?

— Rien, justement. Un jour, tout baignait dans l'huile et le lendemain, c'était foutu. Elle m'a dit qu'elle avait besoin de me parler, mais nos horaires ne coïncidaient pas cette semaine-là et elle était prise jusqu'à onze heures. Nous nous sommes donc donné rendez-vous à un endroit que nous fréquentions beaucoup : le bar. Elle m'a dit qu'elle était désolée, mais qu'elle avait rencontré quelqu'un d'autre, et qu'elle ne pouvait plus me voir.

J'en suis resté sur le cul pendant une minute ou deux, en essayant de digérer le choc et la douleur. Car — pas d'histoires ! — je vous jure que ça fait mal. J'ai fini par sentir qu'il fallait dire quelque chose et j'ai demandé qui. Elle m'a répondu que ça n'avait pas d'importance et j'ai répliqué que, pour moi, ça en avait. Elle a secoué la tête de l'air de quelqu'un qui regrette vraiment. Moi, j'étais planté là comme un con, sans être foutu de trouver un argument. Elle s'est levée, s'est penchée, m'a posé un baiser sur le front — sur le front, nom de Dieu ! — et a dit merci Clay. Puis elle est partie et ç'a été fini.

— Ça s'est passé quand ?

— A minuit moins six le douze février, il y a un an et demi. Dix-huit mois. Un vendredi.

— Elle était déjà à la Crim' ?

— Depuis deux ou trois mois. Mutée de la Mondaine.

— Vous avez renoncé ?

— Je me suis saoulé la gueule, puis j'ai essayé de la revoir et ç'a été une catastrophe. Ensuite, je lui ai téléphoné. Trois fois. La première, elle m'a répondu : « je regrette, Clay, mais je ne peux pas te parler » avant de raccrocher. La deuxième, j'ai dit « salut ! c'est moi », elle a dit « il ne faut plus m'appeler » et clac ! La troisième, elle a raccroché sans rien dire du tout dès que je me suis annoncé. J'ai abandonné.

— Je comprends ça. Vous étiez à la brigade des Jeux avec elle ?

— Nous n'avons jamais travaillé ensemble. Aux Jeux, elle faisait un tas de trucs confidentiels. Moi, j'étais dans les relations publiques et ça consistait surtout à causer avec des écoliers — de tout petits mômes — pour leur expliquer que les flics étaient des gens formidables. J'illustrais mes discours avec des diapos. La direction se figurait que si les mouflets s'habituaient à moi, les flics d'aspect normal ne leur foutrait plus la colique. J'aimais assez ce drôle de boulot. Mais quand j'ai vu le capitaine Colder tourner autour de Felicity, j'ai démissionné.

— Que faites-vous maintenant ?

— Je suis épouvantail. (Corcoran refit son numéro de dragon chinois et Dill se sentit rétrécir. Puis ce fut l'embellie, accompagnée d'un petit rire gloussant.) Ce que je fais maintenant est presque aussi ridicule que d'être cocu. En principe, je suis détective privé, et vous allez me demander comment un gus de mon gabarit peut passer inaperçu.

— J'y réfléchirai quand je serai monté me coucher.

— Ouais... Je fais surtout de la protection rapprochée, pour des compagnies pétrolières qui opèrent dans des pays où les politiciens sont un peu vicieux : l'Angola, l'Indonésie, des bleds dans ce genre-là.

— Vous y allez ?

— Non. J'interviens quand leurs gars viennent ici. Il s'agit essentiellement de veiller à ce que les bougnoules ne leur filent pas le train. Les compagnies me versent une provision et ça paie les frais, qui ne sont pas très élevés sauf pour le téléphone. Comme épouvantail, je travaille beaucoup par téléphone.

— Vous foutez la trouille à qui ?

— Les paumés. Prenez par exemple un mec qui vient de perdre son boulot aux Abattoirs et qui se trouve en retard d'une échéance pour payer sa bagnole. C'est bien un paumé, non ? Y'a des rigolos qui vous diront que c'est une victime d'un système économique périmé, qui envoie les gens à la casse comme de vieilles ferrailles. Mais vous et moi ne sommes pas si cons, pas vrai ? Nous savons bien que chaque citoyen de cette grande et glorieuse nation n'a qu'à mettre une chemise propre et sortir en ville pour retrouver un job. Je parle d'un mec qui a cinquante-quatre ans et emballe des tranches de bacon chez Wilson depuis dix-sept piges. S'il se fait virer, il peut bien envelopper du bacon ailleurs, quoi, merde ! Moi, je l'embaucherais si j'avais du bacon à emballer. Pas vous ? Donc, notre expert en conditionnement de bacon doit du fric à sa société de crédit, qui fait appel à moi. Si son téléphone n'est pas coupé, je lui passe un coup de grelot pour lui annoncer de ma voix la plus inquiétante : « Je m'appelle Corcoran, mon vieux. Vous nous devez de l'oseille et si vous ne casquez pas, il va vous arriver des bricoles. Compris ? » Quelquefois, le gars les allonge. Je ne sais pas comment il s'y prend, mais ce n'est pas mon problème. S'il ne casque pas, je réquisitionne un de ces jeunots qui gagnent leur vie en fauchant des bagnoles et nous allons chouraver la sienne, de sorte qu'il n'a plus qu'à prendre l'autobus pour chercher un poste d'emballeur de lard maigre. (Il observa une pause.) Vous voyez bien que je suis ridicule... Je crois que je vais m'en jeter encore un.

Corcoran n'eut qu'à tourner la tête pour faire rappliquer la serveuse au pas de course. Quand elle fut repartie avec la commande, il reprit :

— Il y a des jours où je n'ai qu'une envie : aller casser quelque chose. Vous voyez ce que je veux dire ?

— Il me semble que oui. (Il but un peu de son cognac.) Vous savez que les obsèques ont lieu samedi matin à dix heures, à l'église de la Trinité.

— Pourquoi là ? Il n'y avait pas plus mécréant qu'elle.

— Aux dernières nouvelles, elle était en effet plutôt athée, mais ne demandait qu'à croire.

— Ça, c'était avant son entrée à la Crim'. Après deux ou trois soirées du samedi sur Broadway sud, elle a perdu ce qui lui restait de foi. Nous n'avions pas encore rompu à ce moment-là. Je me rappelle qu'un dimanche, elle m'a téléphoné à six heures du matin, rien que pour me dire qu'il n'y a pas de bon Dieu. J'ai appris plus tard qu'un type venait d'exterminer toute sa famille avec une hachette de boy-scout. Six personnes, sans compter sa femme. Six gosses dont le plus vieux avait huit ans. Felicity avait été la première à passer la porte...

— Ils mettent une limousine à ma disposition. Vous voulez en profiter ?

Le colosse réfléchit pendant une quinzaine de secondes avant de faire non de la tête.

— Ce n'est pas que je sois indifférent, mais je ne veux pas aller à l'enterrement. Un enterrement, c'est horriblement définitif et je trouve qu'il est encore trop tôt pour faire mes adieux à Felicity. Merci quand même d'y avoir pensé.

— Puis-je offrir la place à quelqu'un d'autre, quelqu'un de proche ?

Corcoran réfléchit.

— Vous pourriez demander à Smokey.

— Qui est-ce, Smokey ?

— Anna Maude Singer, son avocate. La mienne aussi. Elles étaient intimes. C'est elle qui m'a dit que vous étiez ici.

— Vous l'avez vue aujourd'hui ?

— Oui.

— Vous a-t-elle parlé de l'assurance-vie de deux cent cinquante mille dollars qu'elle a prise sur ma tête ?

— Non. Quand ?

— Quand elle l'a prise ? Il y a trois semaines.

— Smokey ne m'en a rien dit.

Corcoran se plongea dans ses réflexions, les yeux fixés sur son verre. Quand il les releva, Dill discerna dans son regard une expression d'intelligence qui lui avait jusqu'alors échappé.

— Il n'y avait pas de raison, remarqua l'ex-footballeur, pour qu'elle me mette au courant.

— Non, bien sûr.

— Mais ça signifie que Felicity savait, non ?

— Savait ?...

— Qu'elle allait se faire tuer.

— Disons plutôt qu'elle le soupçonnait.

— D'accord. Si elle avait été sûre, elle aurait fait quelque chose.

— Quoi ?

Corcoran sourit, mais seulement d'un petit sourire qui n'exprimait que de la tristesse.

— Elle était flic. Il y a un tas de trucs qu'elle aurait pu faire si elle avait tout su.

— A moins, dit Ben, qu'elle ait été dans une situation où un flic ne doit pas se mettre.

Cette fois, la grimace n'eut rien d'affecté. Corcoran se pencha sur la table, la fureur brillant dans ses yeux verts, l'air tout à fait terrible. Dill se bougea pas, impassible, décidé à ne pas flancher.

— Vous êtes son frère, siffla-t-il à voix basse, et d'autant plus menaçante. Quelqu'un d'autre m'aurait dit ça, je lui arrachais sa saloperie de tête. Vous feriez bien de vous expliquer.

— Laissez-moi vous raconter une histoire. C'est au sujet d'une maison en brique pleine, d'un paiement comptant en espèces et d'un solde de cinquante mille dollars à régler dans quatre semaines.

L'expression toujours hostile, Corcoran se laissa retomber dans son fauteuil.

— D'accord, fit-il. Allez-y.

Il fallut à Dill dix minutes pour dire ce qu'il savait. Quand il en eut fini, Corcoran garda le silence, puis soupira et conclut :

— Ça ne se présente pas trop bien, à ce qu'il semble.

— N'est-ce pas ?

— Je ferais peut-être bien de regarder ça de près. Je ne suis pas mauvais comme fouille-merde, vous savez ? C'est comme la recherche ; j'ai toujours aimé la recherche. Vous voyez un inconvénient à ce que je m'en mêle ?

— Ce qu'elle a pu faire ne m'intéresse pas tellement. Ce que je veux savoir, c'est qui l'a tuée.

— Et pourquoi.

— Très juste. Et pourquoi.

# CHAPITRE VIII

Le vendredi 5 août, Dill s'éveilla peu après sept heures, se leva et alla à la fenêtre. Du haut des huit étages, il pouvait tout juste déchiffrer le panneau électronique de la First National, qui indiquait 7 h 06 pour l'heure et 31 ° pour la température. Le temps qu'il regardait, le thermomètre sauta même à 32. Dill se frotta les yeux, quitta la fenêtre et prit le téléphone. Il appela le service de chambre pour demander le petit déjeuner, repas dont il s'abstenait la plupart du temps. Il commanda deux œufs pochés sur toast de pain complet, du bacon et du café.

— Quel jus de fruits ? s'enquit la voix féminine.

— Pas de jus.

— Ça va avec le breakfast.

— Je n'en prends pas, merci.

— Confitures ou céréales ?

— Ni l'un ni l'autre.

— Ça aussi, c'est compris.

— Tant pis, je passe.

— Comme vous voudrez, dit la fille d'un ton déçu.

En attendant le breakfast, il prit une douche et se rasa. Comme il n'avait pas d'autre choix que le complet bleu marine, il remit sa veste grise et le pantalon anthracite, non sans remarquer que l'humidité de l'air conditionné l'avait presque repassé pendant la nuit. Une fois habillé, il alla ouvrir la porte et ramassa le numéro de la *Tribune* gracieusement offert aux clients de l'hôtel. C'était, fortement épaissi par les annonces du week-end, un paquet de quatre cahiers et 106 pages.

Autant que Dill pût s'en souvenir, c'est-à-dire en 1949 ou 50, la *Tribune* avait toujours consacré les trois quarts de sa « une » aux nouvelles de l'Etat et de sa capitale, les informations nationales et de l'étranger se disputant le reste. Les meurtres, crimes passionnels, bagarres exceptionnelles et autres faits divers croustillants dont la lecture passait pour incompatible avec une bonne digestion matinale étaient relégués à la trois. Dill y passa directement et constata que l'assassinat de sa sœur occupait toujours la même place, en tête de la dernière colonne à droite.

Il feuilleta le reste du canard, notant en pages cinq et neuf deux dépêches d'agence, en deux paragraphes, qui auraient fait la une dans le *Washington Post* ou le *New York Times*. Il s'arrêta à la page éditoriale pour voir ce qu'il y avait de changé, et découvrit avec une joie perverse qu'il n'y avait rien de changé du tout, pas même une signature.

Quant au « Carnet Mondain », il avait disparu, du moins en apparence. Il s'intitulait maintenant « Société », mais couvrait toujours six pages de réceptions, mariages, fiançailles et recettes de cuisine. Dans l'ensemble, la *Tribune* était restée le torche-cul prospère qu'elle avait toujours été.

On toqua à la porte et Dill fit entrer le garçon d'étage, qui posa son plateau sur le petit bureau et sourit largement quand son client lui donna deux dollars de pourboire au lieu du dollar unique qu'il recevait d'ordinaire. Dill fit durer son breakfast jusqu'à neuf heures, en l'arrosant du café qui avait fini par refroidir dans son grand pot isotherme. Puis il se leva, prit dans sa valise le dossier Spivey que lui avait confié Betty Mae Marker, l'ouvrit et y releva un numéro de téléphone qu'il alla composer. Une voix de femme répondit à la troisième sonnerie en répétant les quatre derniers chiffres du numéro d'appel, manie qu'il avait toujours trouvée prodigieusement agaçante.

— M. Spivey, s'il vous plaît.

— M. Spivey est occupé pour l'instant, mais si vous laissez votre nom et votre numéro de téléphone, je suis sûre qu'il vous rappellera dès qu'il le pourra.

La voix était jeune, fraîche et professionnelle, avec un léger accent de l'Est, quelque part du côté du Massachussets.

— Voulez-vous me rendre un service ?

— Je vais essayer.

— Alors, soyez assez aimable pour dire à M. Spivey que je suis M. Dill et que s'il ne rapplique pas tout de suite au téléphone ce sera le pire salopard qui ait jamais existé.

La jeune fille ne dit rien, mais sans doute avait-elle pressé un bouton. Et la grosse voix résonna joyeusement dans l'écouteur :

— C'est toi, Pickle ? Sans blague !

— A l'école, je t'ai botté le cul pour m'avoir appelé comme ça, et je suis prêt à recommencer.

Alors éclata le rire, un énorme rire sonore si contagieux qu'il aurait fallu le mettre en quarantaine. Le rire sans complexes d'un homme pour qui la vie est un trop bref passage en ce bas monde, jalonné d'arc-en-ciel, de bleu céleste et de paniers de cerises, pour servir de décor à une longue course au bonheur. Ce rire homérique était celui de John Jacob Spivey. Soudain, il s'arrêta net.

— Dis donc, Pick. Je n'avais pas regardé la téloche hier soir. Ils en ont parlé ?

— Je ne sais pas.

— Je viens de lire ça dans la *Tribune* il y a cinq minutes. Ça m'a scié. Putain ! J'ai lu et relu l'article en me disant non c'est pas possible ! Pas Felicity ! Il doit s'agir de quelqu'un d'autre ! Crois-moi si tu veux, j'allais te téléphoner à Washington quand tu m'as appelé. Vérole de sort ! Je suis absolument navré, mon pauvre vieux !

Dill dit encore merci, tout ce qu'il trouvait à dire. Personne d'ailleurs ne semblait attendre autre chose de lui.

— Fe-li-ci-ty, répéta Spivey en s'attardant affectueusement sur chaque syllabe. Quelle personnalité ! Même toute môme, à l'époque où vous avez perdu vos parents, c'était une petite bonne femme qui ne devait rien à personne. Dix-onze ans, et tout d'un coup elle était aussi mûre qu'à dix-huit... enfin, seize. (Il soupira.) Où es-tu, en ce moment ?

— Au Hawkins.

— Barre-toi ! Personne ne reste dans cette taule.

— Si, moi.

— Quand es-tu arrivé ?

— Hier tard dans la soirée, mentit Dill.

— Il te faut combien de temps pour te pointer ici ?

— Je ne sais pas trop, Jake. Je...

— Laisse-moi deviner, interrompit Spivey. Sauf que ce n'est pas une simple intuition, et ce serait malheureux avec toute l'oseille que je distribue à mes connards d'avocats de Washington. Tu es ici pour le compte du Petit Sénateur, pas vrai ? Faire marcher de pair le deuil et le bizness, c'est bien de toi, Pick ! Bon : nous verrons tout ça plus tard. En attendant, tu te dois à tes amis et tu n'en as pas de plus ancien que moi, pas vrai ? Ni de meilleur.

— Tu es un pote, Jake.

— Fidèle au vieux vocabulaire, hein ? Pote ! Je n'ai pas entendu ce mot-là en vingt ans, si ce n'est pas trente. Mais tu es le seul, Blanc ou pas, que j'aie jamais entendu appeler quelqu'un Cocotte. C'est comme ça que tu appelais Lila Lee Cady. Tu te rappelles, Lee Cady ?

— Oui, je me rappelle.

— Elle est devenue grasse comme un petit cochon. Je l'ai aperçue dans la rue la quinzaine passée ; elle se dandinait comme un poussah. Je me suis baissé pour qu'elle ne me voie pas. (De nouveau le rire, puis une question.) Tu veux que je t'envoie chercher ?

— J'ai loué une voiture.

— Quand seras-tu là ?

— Je ne sais même pas où te trouver. Je n'ai que ton téléphone et ton numéro de boîte postale.

— Décidément, nous avions perdu le contact. Mais au moins, je n'aurai pas à t'indiquer ton chemin. Devine ce que j'ai fait ?

— Je donne ma langue au chat.

— Il y a dans les six mois, je me suis payé l'ancienne résidence Dawson.

— Rien que ça !

— Quelque chose, non ? Le petit Jake Spivey qui crèche chez Ace Dawson !

— Le Château.

— C'est vrai, c'est toujours comme ça qu'on l'appelait dans la *Tribune*. Le Château avec un C majuscule. Figure-toi que cette foutue baraque était pleine de termites. Ça m'a coûté une fortune pour la rendre habitable.

— Tu peux te le permettre, Jake. Et en profiter. Personne n'en profiterait mieux que toi.

Spivey éclata de son merveilleux rire, et Dill ne put se retenir de sourire. Toujours hilare, le nouveau châtelain précisa :

— J'ai trente-six pièces. Trente-six, tu te rends compte ! Qu'est-ce que tu veux que je foute de trente-six pièces ?

— Tu peux toujours te planquer dedans.

— Quand on viendra m'alpaguer, tu veux dire.

— Bien sûr.

— Ça n'arrivera jamais.

— Espérons-le.

— Trêve de plaisanterie. Tu arrives quand ?

— Dans une heure à peu près. Il faut que je m'arrête en route pour prendre quelque chose.

— Quoi ?

— Un magnétophone.

— Pas la peine, j'en ai une douzaine. Je t'en prêterai un.

— Entendu, j'arriverai plus tôt.

# CHAPITRE IX

En 1915, deux ans avant l'entrée en guerre des Etats-Unis, un dentiste en vogue connu sous le nom de Dr Mortimer Cherry acheta sept lots de terre en friche à dix kilomètres au nord de la ville et traça les plans de ce qui était appelé à en devenir le faubourg le plus huppé. Il baptisa ces terres Cherry Hills.

Il n'y aurait là, décida le Dr Cherry, aucune voie en ligne droite. Rien que des chemins et des allées décrivant des courbes gracieuses, et peut-être deux ou trois avenues à grand rayon. De plus, tous les noms de rues auraient nettement le cachet britannique : Drury Lane, Sloane Way, Chelsea Drive, etc. Les plus modestes parcelles, destinées aux petits et moyens riches, ne pouvaient mesurer moins de trente mètres sur quarante-cinq. Quant aux gros riches, ils pourraient s'étaler sur quatre, voire six hectares.

En 1917, les parcelles étaient bornées, les rues tracées, et les travaux d'aménagement allaient commencer quand la guerre éclata. Le Dr Cherry décida sagement de remettre la suite à la fin des hostilités.

Au début de février 1919, la *Tribune* révéla en première page que le Dr Cherry était né « dans la foi hébraïque » sous le nom de Mordecai Cherowski quelque part en Pologne ou en Ukraine, sans pouvoir préciser. Mais le journal réussit à persuader presque tout le monde qu'il n'était pas un vrai dentiste. Tout en reconnaissant qu'il avait arraché quantité de molaires dans le Texas, le journal ajoutait que ç'avait été en qualité d'aide-soignant à la prison d'Etat de Huntsville, où il purgeait deux ans pour escroquerie. Libéré en 1909, Cherowski avait changé de nom et était venu s'installer dans la ville, où il avait ouvert un cabinet sur la foi d'un diplôme de l'Ecole dentaire de Wichita Falls, affiché à la place d'honneur dans son salon d'attente. Bientôt, il refusa du monde, presque tous ses clients chantant ses louanges. Or, à en croire la *Tribune,* le diplôme était un faux. Le 1er mars 1919, le Dr Cherry quitta son cabinet désormais désert pour rentrer chez lui. Il s'enferma dans la salle de bains et se tira une balle dans le crâne. Il avait quarante-neuf ans.

A la fin de l'été 1919, Cherry Hills fut acquis pour presque rien par le millionnaire du pétrole Philip K. « Ace » Dawson, ancien champion de poker qui avait lui-même tiré six mois à Huntsville. Ace Dawson se réserva les deux tiers du capital, le reste étant détenu par son discret partenaire James B. Hatshorne, propriétaire et directeur de la *Tribune,* alors âgé de trente-deux ans.

En 1920, les rues étaient macadamisées, les services publics en place et la construction du Golf & Country Club pratiquement achevée. Déjà s'élevait le château Tudor (trente-six pièces) d'Ace Dawson sur le meilleur terrain de six hectares. L'ex-joueur professionnel habita ce manoir jusqu'au jour de Noël 1934, où il fut kidnappé par les jumeaux Dan et Mary Jo McNichols, qui exigèrent une rançon de 50 000 dollars, l'obtinrent et n'en tirèrent pas moins neuf balles dans le dos de leur prisonnier. Les jumeaux avaient tout dépensé depuis longtemps quand ils furent abattus à leur tour par les Texas Rangers, à Galveston, le 3 juin 1935, peu après leur vingt-cinquième anniversaire.

Après la découverte fortuite du cadavre de son mari à l'arrière d'une vieille voiture abandonnée dans le Kansas, la veuve Dawson fit entourer toute la propriété d'un mur de brique haut de trois mètres. Puis elle et son fils Ace Junior, qui avait dix-sept ans, y vécurent seuls avec les domestiques. Elle mourut en 1973 à quatre-vingt-cinq ans, laissant tous ses biens à Ace Jr. qui avait de longue date filé en Californie. Des années durant, Ace Jr. s'efforça vainement de larguer le château familial, jusqu'à ce que Jake Spivey acceptât de l'en débarrasser pour une somme tenue secrète. Certains disent moins de deux millions, d'autres plus. Beaucoup plus.

Dill connaissait dans ses grandes lignes l'histoire de Cherry Hills, du dentiste-promoteur et de Dawson. Cela faisait partie du folklore avec lequel il avait grandi. Il y pensait même en remontant Lee Boulevard, qui était avec les boulevards TR et Grand l'une des trois artères non rectilignes de la cité. Conduisant machinalement sans avoir besoin de surveiller son itinéraire, il essaya de se rappeler s'il avait jamais vu quelqu'un verser un pleur sur l'infortuné Dr Cherry. Peut-être était-il arrivé à son père d'exprimer un regret, comme ça en passant, mais Papa Dill était un incorrigible sentimental.

En quittant North Cleveland Avenue, il vit que la porte monumentale avait disparu. Elle avait été construite à l'entrée de Cherry Hills peu après le rapt de Dawson. Jusqu'en 1942, des vigiles privés en uniforme avaient contrôlé au petit bonheur les voitures qui entraient dans le faubourg. Mais avec la guerre, tous les gardes étaient partis, soit mobilisés, soit embauchés en Californie chez Lockheed ou Douglas. La vieille porte, qui semblait avoir été dessinée par un disciple de Walt Disney, ne servait plus à rien. Maintenant, elle était démolie, sans doute depuis peu à en juger par l'état du sol à son emplacement.

Les arbres de Grand Boulevard avaient prospéré. Dill les trouva grandis de dix ans. Les peupliers avaient donné l'exemple, imités avec plus ou moins de retard par les ormes, les placaniers, les plaqueminiers et les sycomores.

Quand il eut passé le petit pont sur Cherry Hills Brook — un ruisseau qui s'était appelé Crique de la Queue Fourchue — il nota que les cotonniers n'étaient pas en reste, et s'en réjouit tout particulièrement sans trop savoir pourquoi.

Dill tourna vers l'est dans Beauchamp Lane. A partir de là, le lotissement prenait ses aises. C'étaient les propriétés d'un hectare et demi, puis, deux, trois et enfin six. Celle où se dressait le Château. Les maisons de Beauchamp formaient l'ensemble le plus hétéroclite, allant du ranch tentaculaire à la villa romaine, avec la seule démesure comme point commun.

Ayant longé le mur sinueux, maintenant hérissé d'éclats de verre, de la propriété de Spivey, Dill s'arrêta devant un portail de fer et alla presser le bouton d'un haut-parleur. Une voix de femme dit « oui ? », il répondit « Ben Dill », et le portail s'ouvrit. Il le franchit et remonta l'allée en courbe entre des arroseuses qui maintenaient le gazon parfaitement vert en plein mois d'août, alors que la radio annonçait 37 degrés, en attendant 38 vers midi. Il y avait assez de grands arbres feuillus pour faire paraître presque frais le Tudor bidon de la façade. Aucune des fenêtres à meneaux n'était ouverte, ce qui n'étonna pas Dill. On pouvait être sûr que chez Spivey, l'air conditionné soufflait à pleins tuyaux.

En passant devant le garage ouvert à six places il compta une Rolls, un coupé Mercedes 500 SEL, une haute fourgonnette Chevrolet, une vieille Morgan découverte, une Mustang décapotable et un gros station-wagon Ford Country Squire. Sauf la Morgan, aucune de ces voitures ne semblait dater de plus de six mois.

Dill stoppa la sienne à proximité d'une large porte de chêne sculpté, avec des gonds de fer forgé. Il émergea des 18 degrés de la Ford pour plonger dans les 37 à l'ombre de l'air libre et, aussitôt, tomba la veste qu'il jeta sur son bras gauche. Serrant sous son biceps l'enveloppe de papier bulle qui contenait le dossier Spivey, il sonna à l'huis, déclenchant dans le lointain un carillon qui jouait la Marche de Sousa. Il se demanda si ce choix était imputable à Dawson ou à son successeur.

Aux yeux de Dill, la jeune femme qui vint lui ouvrir aurait paru inaccessible, si elle n'avait tant ressemblé à son ex-épouse. Son expérience lui avait appris que les femmes apparemment hors de portée ne sont pas particulièrement sveltes, ni particulièrement potelées, ni particulièrement belles. Elles ont l'air intelligent et facilement distant. Elles donnent aussi l'impression d'être riches... ou de l'avoir été. Et surtout — il en était presque sûr — elles dégagent toutes une sorte de parfum qui, mis en flacon, devrait s'appeler « Distinction ».

Celle-ci, qui paraissait composée essentiellement de longues jambes et de bras nus pareillement bronzés, toisa le visiteur pendant plusieurs secondes et finit par dire, avec un accent qui sentait à la fois l'Est et le pognon :

— Monsieur Dill, sans doute ?

— Lui-même.

— Vous avez été fort grossier tout à l'heure au téléphone.

Il sourit.

— C'était pour attirer l'attention de Jake.

— Vous pouvez vous vanter d'y avoir réussi.

Elle ouvrit la porte toute grande et il entra.

La jeune femme portait un short blanc très court, un débardeur à bandes bleues et blanches largement échancré pour laisser passer la tête et les bras, et apparemment rien d'autre, même aux pieds. Un sage vernis corail ornait les ongles de ses orteils. Elle avait les cheveux couleur de miel marbrés par le soleil, les yeux bruns appréciateurs, la bouche un peu moqueuse et le nez légèrement pelé. Pas de maquillage, et cela devait être une habitude car elle n'en avait nul besoin.

Dill soutint le regard qu'elle fixait sur lui, s'attirant cette remarque :

— Je vous rappelle quelqu'un ?

— Mon ex-femme, un peu.

— Elle était jolie ?

— Elle soupirait tout le temps et sucrait ses tomates.

— Oui, je crois comprendre pourquoi. Pourquoi elle soupirait, veux-je dire... On m'appelle Daffy, ajouta-t-elle sans tendre la main.

— D comme dur ou délicat ?

— D comme Daphne. Daphne Owens.

— Bien sûr, j'aurais dû savoir.

— Je travaille pour M. Spivey.

— Mes compliments.

— Je suis son assistante exécutive, si vous tenez aux titres.

— Ça doit être agréable, de travailler dans cette ambiance décontractée, et tout...

— Très agréable. D'autant plus que je suis logée ici, naturellement.

— Naturellement.

— Assez bavardé. Nous ferions bien d'aller chercher Jake.

Dill lui emboîta le pas. Elle s'avança dans l'immense vestibule lambrissé, bordé de longues tables étroites qui supportaient des vases de cristal vides. C'était vraiment très grand. Et si l'on avait envie de se reposer, il y avait encore une douzaine de chaises de bois foncé, garnies de peluche rouge passée. Aux deux murs étaient accrochés des portraits de bonne facture d'hommes barbus en costumes du XIX^e^ siècle. Ces messieurs avaient l'air très convenable et pas un d'entre eux — Dill en aurait mis sa main au feu — ne pouvait toucher de près ni de loin à Ace Dawson ou Jake Spivey.

— Vous connaissiez la maison ? questionna Daffy par-dessus son épaule.

— J'y suis venu une fois avec Jake, il y a longtemps.

— Vraiment ? Quand ça ?

— A chaque Noël jusqu'en 1959, je crois, M$^{me}$ Dawson organisait une fête pour les cent gosses les plus démunis de la ville. A force de baratin, nous nous étions glissés dans le lot. C'était en 1956.

— Mais vous n'en étiez pas vraiment ?

— De quoi ?

— Des cent indigents.

— Comment savoir ?

— En tout cas, l'anecdote est charmante.

— Demandez à Jake ce qu'il en pense.

Elle se retourna. Dill remarqua avec surprise qu'elle paraissait plus âgée dedans que dehors. Plus près de trente que de vingt-cinq.

— Je voudrais vous poser encore une question, dit-elle.

— Faites.

— Avez-vous l'intention de lui faire des misères ?

— Je n'en sais rien. Ça se pourrait.

## CHAPITRE X

Au bout du long vestibule, Daphne Owens s'arrêta devant une porte coulissante haute de deux mètres cinquante et fit rentrer les deux moitiés dans le mur. Dill la suivit dans une vaste pièce garnie de livres sur trois côtés. La bibliothèque, évidemment. A la place du mur du fond, six hautes et étroites fenêtres montées sur mailles de plomb et arrondies en éventail par le haut donnaient sur un jardin assez soigné où trois Mexicains étaient en train de creuser. Plus loin, à travers quelques rosiers dont les fleurs blanches commençaient à se faner, on apercevait le bleu de la piscine.

John Jacob Spivey, qui tournait le dos aux fenêtres, se leva de derrière son bureau de noyer, plutôt démodé. Il se pencha, les deux mains à plat sur le buvard, sa grosse tête un peu inclinée à gauche, ses yeux bleus rusés fixés sur Dill qui s'avançait. Il était toujours le même, rondouillard et le teint fleuri comme le taurillon déchaîné d'autrefois.

Il y avait de la chaleur dans son sourire de bienvenue, et une sympathique curiosité dans son regard dès que les yeux avaient perdu leur fixité calculatrice.

— Tu ne sais pas ? dit-il gaiement en tendant la main. Eh bien mon petit père, nous avons pris un coup de vieux tous les deux !

— Ça arrive à des gens très bien.

— Tu connais Daffy.

— Elle s'est présentée.

— Elle est de l'Est. Massachusetts. Elle y a fait ses études.

— Holyoke ? tenta Dill avec un sourire engageant.

— Pas même à côté, répliqua Daphne.

— Assieds-toi, Pick. Tu resteras bien déjeuner ?

— Avec plaisir, merci.

Ayant réintégré son vieux fauteuil tournant, Spivey s'adressa à Daffy :

— Mon chou, ça ne t'ennuierait pas de faire savoir à Mabel que nous serons trois à table ?... Mabel, ajouta-t-il à l'intention de Dill, c'est la cuisinière.

— Rien d'autre avant que je sorte ?

Spivey interrogea Ben du coin de l'œil.

— Tu ne veux pas te taper un petit coke, ou quelque chose comme ça ?

— Pourquoi pas une bière bien fraîche ?

— J'en ai justement ici.

Il se pencha, ouvrit la porte du minifrigo incorporé dans son bureau et ramena deux boîtes de Miller's.

— Alors, pas de coke, fit Daphne.

— Ne crois pas ça, mon chou, dit Spivey en ouvrant les boîtes. Mais pas tout de suite.

— Je vous verrai au déjeuner, monsieur Dill.

— Je l'espère bien.

Elle tourna le dos pour se diriger vers la double porte. Spivey la suivit du regard avec un plaisir visible, puis tendit à Dill une boîte de bière.

— Je crois, dit-il, que je ferais bien de me ranger et de marier cette souris-là.

— Vous avez des tas de choses en commun, remarqua Dill. Le milieu social, les goûts, l'éducation, l'âge.

— Oui, mais n'oublie pas le blé. Elle n'a pas un flèche et j'en ai des tonnes.

— Raison de plus, ça fait une moyenne.

Spivey se renversa dans son fauteuil et dévisagea son vis-à-vis avec attention.

— Toi, dit-il, tu n'es pas encore très bien dans ton assiette.

— Non, pas encore.

— Ça prend du temps, mon vieux, ça prend du temps. (Il licha un peu de sa bière.) Combien de temps, au fait ?

— Sept ans, presque huit.

— A Gênes, je crois ?

— C'est ça.

— J'étais avec Brattle à l'époque et toi avec... comment s'appelait-elle ? Loma, Lana, Lena ?

— Laura.

— C'est ça. Laura. Vous avez rompu ?

— Ça s'est su, hein ?

— Pas moi, en tout cas. Seulement, tu as une tête à ça, une tête de divorcé. Qu'est-ce qui s'est passé ?

— Sans doute le dernier degré de l'ennui réciproque. (Dill haussa les épaules.) Elle est sortie un soir pour voir une pièce — de Tchekhov je crois — et n'est jamais rentrée.

Spivey parut trouver ça très drôle.

— Tchekhov, sans blague ?

— *La Cerisaie.*

— C'était une jolie femme. Tu sais qui elle me rappelle ?

— Ta demoiselle Daphne, je l'ai remarqué aussi. (Il but à son tour.) Et si nous parlions de ce qui m'amène, Jake ?

Spivey approuva en silence, intéressé.

— Le sénateur veut une déposition de toi.

— Pas de problème, mais c'est enfoncer une porte ouverte. Je ne sais pas combien de fois j'ai déjà parlé à la justice. L'IRS ne me quitte pas de l'oreille. Même le Trésor m'a envoyé un mec avec qui j'ai tourné en rond pendant trois jours. Il n'y a que la foutue CIA qui ne s'est pas encore manifestée, et je ne serais pas étonné qu'ils sautent le mur un de ces soirs rien que pour savoir ce que j'ai dit à tous les autres.

— On a retrouvé Brattle, Jake.

Les yeux bleus s'agrandirent imperceptiblement et la grande bouche se fendit d'un sourire aussi charmant que sceptique.

— Retrouvé Clyde, Clyde Brattle ? Où était-il cette fois-là ? Au Cap ? A Rangoon ? A un Tripoli quelconque ? Et pourquoi pas à Tulsa ? Enfin, merde ! Voilà des mois qu'ils repèrent ce vieux Clyde çà et là et encore plus loin. Tu sais ce que je pense ?

— Vas-y.

— Qu'il est cané.

— Ça, c'est ce que tu espères.

— Ma foi, je ne peux pas dire que j'irais chialer à son enterrement.

— En ce qui te concerne, ça éloignerait l'hameçon.

— Je n'y ai pas encore mordu, rassure-toi. Où prétend-on l'avoir retapissé ?

— A Londres.

— Quand ?

— Il y a deux mois.

— Pourquoi ne l'a-t-on pas épinglé ? Il n'est pas à l'abri d'une extradition, que diable !

— Ils l'ont reperdu de vue.

— Quels cons ! Qui ça ?

— Les Angliches.

— M'étonne pas. Ecoute, finissons-en avec cette salade. Tu dis que le Sénateur veut une déposition ? Faisons-la.

Dill parcourut la pièce des yeux.

— Où est le magnétophone ?

— Il tourne depuis que tu es entré, avoua Spivey.

— J'aurais dû m'en douter. Eh bien, ça partira de maintenant.

— Vas-y. Daffy donnera la bande à une des filles pour qu'elle la tape et la photocopie.

— Okay. On commence.

Dill compta in petto jusqu'à quinze et se mit à réciter :

— Ceci est la déposition sous serment de John Jacob Spivey, librement consentie ce 5 août mil-je-ne-sais-plus-combien — complétez mesdames s'il vous plaît — en son domicile de Beauchamp Lane, etc. etc.

Il posa sa bière sur le bureau et ouvrit le dossier Spivey.

— Vous vous appelez John Jacob Spivey.

— Oui.

— Votre âge ?

— Trente-huit.

— Vous êtes citoyen des Etats-Unis, et vous résidez en permanence à l'adresse ci-dessus.

— Oui.

— Votre profession ?

— Retraité.

— Et avant ?

— Je me suis occupé d'import-export en armement défensif.

— Pendant combien de temps ?

— Sept ans, presque huit.

— Et encore avant ?

— J'étais employé contractuel d'un organisme officiel.

— Lequel ?

— La Central Intelligence Agency.

— Où ?

— Vous voulez parler de la signature du contrat ou de mon lieu de travail ?

— Les deux.

— J'ai été engagé à Mexico et j'ai travaillé en Thaïlande, au Vietnam, au Laos et au Camdodge.

— Combien de temps ?

— De 1969 à 1975.

— Quelle était la nature de vos activités au service de la CIA ?

— Le serment que j'ai prêté en y entrant m'interdit de révéler la nature de mes activités, à moins que je sollicite et obtienne une autorisation écrite de la Central Intelligence Agency.

— Avez-vous sollicité cette autorisation ?

— Oui.

— L'avez-vous eue ?

— Elle a été refusée.

— Quand pour la dernière fois ?

— Le 14 juin dernier.

— Pourquoi l'aviez-vous demandée ?

— A la requête du Federal Bureau of Investigation.

— Et elle a été refusée quand même.

— Oui.

— Seriez-vous maintenant disposé à passer outre à votre serment ?

— Non, monsieur, certainement pas.

— Pourquoi ?

— Parce que ce serait témoigner contre moi-même, ce qui est contraire au Cinquième Amendement.

— Quand avez-vous fait la connaissance de Clyde Tomerlin Brattle ?

— En 1970, vers mars ou avril.

— Où était-ce ?

— A Bangkok.

— En quelle occasion ?

— C'était mon instructeur. C'est lui qui me disait ce que j'avais à faire au Vietnam, au Laos et au Cambodge, et que mon serment m'interdit de révéler.

Avec une grimace, Dill se passa un doigt sur la pomme d'Adam. Spivey, avec un large sourire, passa la main sous le rebord du bureau et coupa le magnétophone.

— Tu charries, Jake.

— Qu'est-ce que tu attendais ?

— C'est du réchauffé, toute cette ratatouille de serment...

— Que veux-tu que j'y fasse ? J'ai prêté serment exactement comme je l'ai dit. Est-ce qu'on le dément au siège de la CIA ? Bien sûr que non. Ils démentent seulement que j'aie jamais travaillé pour eux.

— Même pas. Ils refusent de le confirmer. Nuance !

— Mon vieux Pick, je me fous pas mal du serment que j'ai prêté à ces empaffés. J'avais vingt-trois ans, et quand je les ai quittés sept ans plus tard, j'en avais cent deux. Moralement, bien sûr. Ils me payaient mille dollars par semaine, ce qui n'était pas rien à ce moment-là, pour faire non seulement des turbins que je ne voudrais plus faire, mais des trucs auxquels je ne veux même plus penser. Ce que je n'ai pas fait pour Dieu, le drapeau ou la Patrie, je l'ai fait pour mille dollars cash par semaine et, crois-moi, je ne les ai pas volés. Ne me parle pas de mes années de jeunesse, vingt-quatre, vingt-cinq, vingt-six et la suite, puisque je te dis que je suis passé directement de vingt-trois à cent deux ans.

— Mon pauvre vieux !

Spivey parut soudain se désintéresser de la chose, voire s'ennuyer.

— Que se passerait-il, ajouta Dill, si tu violais ton prétendu serment ? Je veux dire, qu'est-ce que tu crois qu'il arriverait ?

— Rien de bien extraordinaire... Des titres juteux pendant un jour ou deux, mais ça n'irait jamais jusqu'au procès parce que la CIA rabattrait le couvercle vite fait comme ça s'est déjà produit, toujours au nom de la sécurité nationale. Le Vietnam, vois-tu, c'est maintenant une vieille lune. Pour la génération montante, s'il lui arrive d'y penser, c'est un peu comme la Seconde Guerre mondiale pour toi et moi. De l'histoire ancienne. Quand nous avions vingt et un ans, la guerre était finie depuis vingt-deux, sinon vingt-trois... Tu veux une autre bière ?

— Volontiers.

Spivey prit deux boîtes dans son réfrigérateur de bureau et fit sauter leur couvercle. Dill but un grand coup et dit :

— Okay. Tu veux qu'on reprenne ?

— A quel sujet ? Brattle ? (Il remit le magnétophone en marche.) Ça y est, ça roule.

Une fois de plus, Dill compta quinze et posa sa première question :

— Brattle a travaillé combien de temps pour la CIA ?

— Vingt ans.

— Il y était de carrière ?

— Oui.

— Quand a-t-il démissionné ?

— Il n'a pas démissionné, il a été viré en soixante-quinze.

— Pour quel motif ?

— Je ne sais pas trop.

— Vous n'avez pas une idée ?

— Je ne suis pas avocat, mais je ne crois pas que des suppositions aient valeur légale.

— Est-ce que ça avait un rapport avec des fonds dont il avait la responsabilité ?

— Ce serait pure hypothèse de ma part.

— Est-ce que des fonds ont été détournés de leur destination propre ?

— Je l'ai entendu dire, mais ce ne sont que des rumeurs.

— Vos réserves sont enregistrées. A combien s'élevaient les sommes en question ?

— Autour de cinq cent mille, paraît-il.

— Dollars ?

— Bien sûr.

— Quand avez-vous quitté votre emploi à la CIA ?

— En avril soixante-quinze, juste après la chute de Saigon.

— Où se trouvait Clyde Brattle ?

— Brattle y était aussi.

— Ni vous ni Brattle n'avez tenté de vous échapper ?

— Non.

— Pourquoi ?

— Parce que nous n'étions plus dans l'espionnage. Nous n'étions plus que des hommes d'affaires.

— Voulez-vous me décrire la nature de vos affaires ?

— Nous avions fondé une société qui achetait des surplus au nouveau gouvernement vietnamien pour les revendre au marché libre à quiconque en voulait.

— Quel genre de surplus ?

— De l'armement défensif. Du matériel de transport et de transmission.

— Quel genre d'armement ?

— Armes individuelles, mortiers, artillerie légère. Un peu de matériel roulant : jeeps et camions. Du matériel de communication en campagne. Quelques hélicos. Tout ce qu'ils voulaient bazarder. Ils avaient salement besoin d'argent, nous en avions un peu et nous savions où en trouver beaucoup plus.

— Vous et Brattle avez apporté les capitaux pour former votre société ?

— Oui.

— Combien a-t-il fourni ?

— Près de quatre cent mille.

— Et vous ?

— Tout ce que j'avais : cent mille.

— Comment étaient répartis les bénéfices ?

— Un quart pour moi, trois quarts pour Clyde, parce que c'est moi qui avais les contacts.

— Les contacts vietnamiens.

— *Nord*-Vietnamiens. Sauf qu'à ce moment-là, le Nord et le Sud ne formaient plus qu'un seul grand et beau pays.

— Et à qui vendiez-vous ces surplus de matériel de guerre américain ?

— Vietnamien, pas américain. Les Viets avaient fait la guerre et l'avaient gagnée. Le butin était à eux.

— Mais il était tout de même de fabrication américaine.

— C'est juste.

— Alors, à qui le vendiez-vous ?

— A qui voulait l'acheter.

— Mais encore ?

— Des gars en Angola, en Ethiopie, au Liban, au Yemen du Nord comme du Sud, en Bolivie, en Equateur et un peu, mais pas lourd, en Uruguay.

— Pour combien avez-vous vendu de ces prises de guerre vietnamiennes d'origine américaine ?

— Pour cent millions de dollars environ.

— Et votre part des bénéfices, combien ?

— J'en ai ramassé un peu plus de quatre millions, frais déduits.

— Et ça a duré combien de temps ?

— Brattle et moi ?

— Oui, votre association.

— Cinq ou six ans.

— Et ensuite ?

— Ensuite, il a voulu se lancer dans de drôles de combines et je me suis retiré.

— Quel genre de combines ?

— Informatique, armements sophistiqués, techniques de guidage, toutes sortes de nouveautés qu'on peut trouver aux States, mais qu'on n'est jamais autorisé à vendre. Clyde prétendait qu'on pouvait les écouler en douce à l'étranger. J'ai dit merde et je l'ai plaqué.

— S'il vous plaît, rayez le « merde » et mettez « non merci ». Donc, vous vous êtes retiré.

— Tout juste.

— Comment M. Brattle a-t-il pris ça ?

— Il n'a pas sauté de joie, évidemment.

— Pas d'incidents désagréables ?

— J'ai dû mobiliser quelques avocats, il a mobilisé les siens et au bout de leurs palabres, j'en suis sorti avec un capital net d'environ treize millions entièrement déclarés à l'IRS qui ne me lâche pas d'une semelle, comme je vous l'ai dit.

— Quand avez-vous rencontré M. Brattle pour la dernière fois ?

— Il y a à peu près un an et demi.

— Où ?

— A Kansas City. Il avait quelques papiers à me faire signer. De simples formalités. Entre deux coups d'avion aller et retour, j'ai signé ses papelards et bu un pot avec lui.

— Vous ne l'avez pas revu depuis ?

— Non.

— N'est-ce pas peu après cette rencontre qu'il a quitté le pays ?

Spivey éclata de son rire des grands jours.

— Si. Vous pourriez ajouter qu'il ne pouvait plus faire autrement.

— Sucrez le rire, avertit Dill à l'intention de la dactylo. Vous savez pourquoi il a filé, je suppose.

— Parce qu'il était sous le coup d'un mandat d'arrêt pour avoir trafiqué avec les gens qu'il ne fallait pas.

— Où croyez-vous qu'il se trouve maintenant ?

— En enfer.

— Supposons qu'il n'y soit pas. Supposons qu'il soit arrêté et traduit en justice. Seriez-vous disposé à témoigner contre lui ?

— Je n'ai rien à dire là-dessus pour le moment.

Spivey débrancha le magnétophone, regarda son interlocuteur pendant quelques secondes et dit :

— Tu m'offres l'immunité, Pick ?

Lentement, Dill fit oui de la tête.

— Par écrit ?

Toujours de la tête, Dill fit signe que non.

— Donne-moi quelques jours pour y réfléchir.

Encore de la tête, Dill acquiesça.

— Tu crois que j'ai un autre magnétophone en route, pas vrai ?

Dill, souriant, approuva du chef.

# CHAPITRE XI

Ils déjeunèrent dans la salle à manger dite « familiale », qui était assez grande pour contenir à l'aise un buffet de chêne sculpté, un vaisselier assorti et une table pour douze personnes, seize avec toutes les rallonges. Pour y arriver, Spivey et son invité avaient traversé la salle à manger « de réception », dont la table pouvait recevoir facilement trente-six convives, mais qui ne servait jamais parce que le maître de maison disait ne pas connaître trois douzaines de personnes avec qui il aimerait partager un repas.

Ils s'assirent à l'extrémité de la table la plus éloignée de la cuisine, ou plus exactement de l'office comme Dill le découvrit plus tard. La pièce donnait sur la piscine rectangulaire, creusée au début des années trente avant la mode des piscines en forme de haricot ou de boomerang. C'était un grand bassin, au moins douze mètres sur vingt, et Dill lui trouva une ressemblance avec la piscine municipale de Washington Park où Jake et lui avaient appris à nager.

Spivey était assis en bout de table avec Dill à sa droite quand Daphne Owens entra, cette fois en jupe et chemisier. Dill se leva — pas son voisin — et elle lui adressa un regard amusé qui lui causa une pointe d'embarras.

— Qui vous a enseigné ces belles manières, monsieur Dill ? Votre maman ou un professeur ?

— Ma maman.

— C'était une dame très bien, intervint Spivey. Un peu... quel est le mot ?... distante ?

— Floue, dit Ben.

— Ce n'est pas le mot non plus. Je dirais plutôt éthérée. Et je suppose que ça lui a épargné bien des migraines, étant donné ce qu'elle avait à supporter avec ton vieux.

Dill approuva d'un sourire.

— Que faisait donc votre père ? interrogea Daffy.

— Il était rêveur professionnel.

— Je ne vois pas de mal à ça.

— Moi non plus, s'il avait été payé pour. Mais il ne l'était pas souvent.

— Pick et moi, dit fièrement Spivey, étions les gosses les plus fauchés de l'école Horace Mann. Et ça aurait continué au lycée s'ils n'avaient admis quelques Noirs et Mexicains qui étaient encore plus raides que nous. Mais parmi les élèves blancs, nous étions toujours les plus pauvres. Pas vrai, Pick ?

— Absolument.

Avant que Spivey eût pu exhumer d'autres souvenirs, l'un des Mexicains que Dill avait aperçus dans le jardin entra, en veste blanche amidonnée et jean bien repassé. Chacun commanda son apéritif et le jardinier maître d'hôtel disparut par la porte battante qui était décidément celle de l'office. Dill nota aussi que la nappe était en lin d'Irlande, l'argenterie anglaise, la porcelaine de Limoges et les deux verres à vin placés derrière son assiette en cristal de Bohême. Connaissant son Spivey, il fut presque certain que le menu serait mexico-texan.

— C'est donc vrai que vous êtes venus ici tous les deux étant gosses ? demanda Daphne à Spivey, qui rigola.

— Tu lui as dit ?

— Elle voulait savoir si j'avais déjà vu la maison.

— Nous étions deux des cent mômes les plus nécessiteux de la ville. En tout cas, c'est ce que nous avons fait croire. Nous avions quel âge à ce moment-là ? Dix ans ?

— Dix, confirma Dill.

— Oui, mon chou, nous en avions entendu de toutes les couleurs à propos du château du vieil Ace. Comme tout le monde, d'ailleurs. Les robinets de baignoire en or massif, tu vois le genre. Nous voulions absolument voir ça. Alors, Pick a eu l'idée de mettre nos vieilles loques — il n'y avait pourtant pas grande différence entre les vieilles fringues et les plus présentables — pour aller trouver la directrice, la vieille McMullen... Quel âge crois-tu qu'elle avait, Pick ?

— Au moins quarante ans.

— Pour nous, c'était Mathusalem. Bref, c'est ce que nous avons fait.

— C'est Jake qui a baratiné, précisa Dill. Moi, je me suis borné à prendre un air songeur. Très miséreux et très songeur.

— Et nous voilà tous les deux dans un bus municipal de location avec cinquante-huit mignons négrillons, trente-cinq petits Mex encore plus mignons et cinq autres jeunes visages pâles, en route vers Cherry Hills et le château du vieil Ace Dawson.

— Mais, protesta Daffy, ça ne vous a pas gênés de resquiller ainsi ? Vous n'avez pas trouvé ça... dégradant ?

— La curiosité n'a rien de dégradant, déclara Ben. Ace Dawson était un mythe. Nous voulions savoir comment c'était fait.

— Nous n'avions même pas menti, ajouta Spivey. Nous étions réellement dans une sacrée mouise, sauf que Pick était du genre garçon-bien-propre-qui-a-eu-des-malheurs, tandis que j'étais franchement un pauvre de l'espèce cradingue. Tu te rapppelles ce que je t'ai dit ce soir-là dans le bus qui nous ramenait ? (Il se tourna vers Daphne Owens.) Hein ! Qu'est-ce que tu crois que je lui ai dit ?

— Que le château Dawson serait un jour à toi, évidemment.

Spivey secoua la tête comme s'il était à la fois intrigué et déçu.

— Daffy, il y a en toi un côté romanesque que je n'avais jamais soupçonné. (Il apostropha Dill.) Raconte-lui, toi, ce que je t'ai dit en rentrant.

— Qu'il paraissait bien plus facile d'être riche que pauvre, et que tu pourrais bien trouver le moyen de t'en sortir.

Daphne regarda Spivey avec autant de crainte que de méfiance.

— Tu as vraiment dit ça à dix ans ?

Dans le ton de sa voix, la crainte l'emportait sur la méfiance.

— Ma foi, rigola Spivey, peut-être pas textuellement, mais presque.

Quand il s'arrêta devant la maison de sa défunte sœur au coin de la 22e Rue et de Texas Avenue, Dill avait encore dans la bouche le goût des quesadillas et des galettes de maïs vert de son déjeuner. Des avocats aussi. Il n'aimait pas trop les avocats et il y en avait trop dans sa salade. Il les avait mangés par politesse et, maintenant, il le regrettait.

Assis dans la grosse Ford dont le moteur ronronnait, la climatisation poussée au maximum, il examina le duplex de brique jaune. Il se rappelait maintenant l'avoir déjà vu, pour être passé devant des dizaines de fois. Il avait laissé la radio branchée et attendait la fin du bulletin d'informations, que suivait le bulletin météorologique. Miss Météo avait une voix grave, pleine de soupirs, qui était censée rendre le temps aphrodisiaque. Elle soupira l'heure (14 h 49), la température (40 degrés C), le degré hygrométrique (21 pour cent) et la vitesse du vent qui, pour une fois, soufflait doucement du sud-ouest à 8 km/h. Elle allait passer aux moyens agréables de lutter contre la chaleur quand il coupa le contact.

Avant de sortir de la voiture, Dill enferma dans le compartiment à gants le dossier Spivey, auquel était maintenant jointe la déposition sous serment. Déposition à peu près sans valeur, estimait-il, bien qu'elle fût tapée dans les règles par l'invisible secrétariat particulier de Spivey et attestée par Daphne Owens en sa qualité de notaire. Car, en fin de compte, la jeune femme avait droit à ce titre.

Quand il sortit enfin de la Ford, la chaleur sèche, accablante, le suffoqua presque. Sa veste drapée sur l'épaule gauche, il se hâta vers les grands ormes qui lui promettaient la fraîcheur de leur ombre. Promesse fallacieuse, car l'ombre n'était pas fraîche du tout. Sa chemise était trempée de sueur et son menton dégoulinait tandis qu'il gravissait lentement l'escalier extérieur. Sur le palier, il sortit la clé donnée par le chef de la Criminelle et entra.

Il chercha d'abord le conditionnement d'air et trouva sur un mur proche le tableau de commande qui réglait aussi le chauffage. Il brancha le système sur le maximum de froid, alla se planter au milieu du living-room, regarda autour de lui et ne vit rien qui pût laisser supposer que sa sœur — ou tout autre individu doué d'un brin de personnalité — eût jamais vécu là.

C'était meublé, certes : un divan vert foncé, un fauteuil assorti, une table à thé en métal chromé sans rien dessus, sauf le numéro du *TV Guide* de la semaine précédente. Par terre, sans doute parce qu'il n'y avait pas de place ailleurs, traînait un petit récepteur de télé portatif de marque japonaise. Pas un seul livre, chose d'autant plus étrange que Felicity dédaignait la télévision et, étant gosse, en dévorait huit à dix par semaine. C'était pourtant de la littérature pour jeunes adultes, qu'elle avait mise au rancart dès l'âge de onze ans. Dans l'été de sa douzième année, elle s'était passionnée pour les romanciers russes puis, les ayant épuisés, avait déniché quelque part *Le Dernier Puritain* de Santayana. Elle avait passé une semaine d'août à le lire, le front barré d'un pli et une boisson acidulée à portée de la main. Puis, ayant jugé cet auteur « vieux jeu et barbant », avait consacré le reste du mois à Dickens. Felicity avait fait savoir à son frère que Dickens n'était pas mal (grand compliment !) mais « un peu larmoyant ». Pas précisément sentimentale, la petite sœur !

Dill examina attentivement le séjour, cherchant à retrouver quelque trace de la personnalité de Felicity, de ses habitudes. Il y avait sur le sol un tapis neutre, de couleur sable, et aux murs de médiocres reproductions — de celles qu'on se fait refiler par correspondance — de Dufy, Cézanne et Monet. Dans un coin, une chaîne stéréo importée de Corée et visiblement pas chère paraissait n'avoir jamais servi. Ben ne se donna pas la peine de regarder de près la douzaine de disques. Il savait que s'ils appartenaient à Felicity, c'était du Beethoven, du Bach, des Beatles à leurs débuts, plus toutes les chansons enregistrées par Yves Montand.

Le living se confondait avec un coin-dînette où quatre chaises entouraient une table à abattants, apparemment choisie sur le catalogue de Sears. Au-dessus pendait, au bout d'une grosse chaîne dorée, une lampe habillée de mousseline. Ça non plus, pensa Dill, ne ressemblait pas à Felicity.

A la cuisine, il trouva dans le réfrigérateur quatre bouteilles de Perrier, un bout de beurre, trois œufs, un pot de moutarde de Dijon et un pain coupé dont quatre tranches manquaient. Il se rappela que sa sœur gardait toujours son pain au réfrigérateur. Il décapsula un Perrier et but au goulot.

Gardant la bouteille dans sa main gauche, il ouvrit les portes des placards. Il y avait tout un service d'assiettes — d'assez bonnes imitations japonaises de la vaisselle danoise —, une demi-douzaine de bols, et rien d'autre. Là où auraient dû se trouver les conserves et les épices, il n'y avait que deux boîtes de porc aux haricots, un pot presque vide de café soluble, du sel, du poivre noir, mais pas d'autres épices, pas même d'estragon dont — Dill s'en souvenait bien — sa sœur usait abondamment.

En fait de batterie de cuisine, le matériel se bornait à une poêle à frire presque neuve et quelques récipients d'aluminium très fatigués qui pouvaient servir à faire cuire des œufs à la coque ou à réchauffer des haricots. Dans un des tiroirs, Dill trouva assez de couteaux en acier inoxydable, de fourchettes et de cuillers pour deux personnes. Les autres tiroirs étaient vides, sauf quelques bricoles du genre ouvre-boîtes. Il se demanda ce que Felicity avait fait de l'argenterie de leur mère.

Sans lâcher sa bouteille, Dill retourna dans le séjour et prit un petit couloir. La deuxième porte à gauche était celle de la chambre, meublée d'un lit de deux personnes fait au carré, d'une commode et d'une coiffeuse avec sa glace. C'était un ensemble en noyer de placage, qui paraissait à la fois bon marché et assez neuf. Du côté gauche du lit, une petite table de nuit supportait une lampe de chevet articulée. Dill ouvrit le tiroir, qui ne contenait qu'une boîte de plastique, ronde et plate, de pilules contraceptives.

Il ouvrit le placard. Y étaient pendus quelques robes, des pantalons, des corsages, un imperméable léger, mais pas de manteau d'hiver. Cinq paires de chaussures variées étaient bien rangées tout en bas.

Poursuivant son inventaire, Dill ne trouva dans les tiroirs de la commode que des tricots enfermés dans des sacs de teinturier, des jupes et des chemisiers bien pliés, des sous-vêtements, des collants, et pas grand-chose d'autre. Assez, jugea-t-il, pour s'habiller un ou deux mois, trois à la rigueur. Mais pas le moindre souvenir, pas un bibelot ou un carnet, rien qui témoignât d'un caractère, d'une personnalité ou d'une mauvaise habitude.

Plus loin dans le couloir, une chambre plus petite semblait avoir reçu la visite d'un huissier chargé d'une saisie. Il y restait une table et une lampe de bridge, un fauteuil de toile comme en ont les metteurs en scène de cinéma et, sur la table, une très vieille Remington portative, ainsi qu'un classeur métallique à deux tiroirs, l'un et l'autre vides. Sans doute les policiers avaient-ils emporté ce qu'ils contenaient. Rien non plus dans la penderie, sauf trois porte-manteaux en fil de fer.

De la petite chambre-débarras, Dill passa dans la salle de bains et ouvrit l'armoire à pharmacie. Il y trouva de l'aspirine, des Tampax, des produits de maquillage, un rasoir, mais pas de médicaments sur ordonnance. Le porte-savon était occupé par un pain de Yardley's, et deux brosses à dents tenaient compagnie à un tube de dentifrice vert. A part ça, rien dans la pièce sauf quelques serviettes, des serpillières et un bonnet de douche en plastique. Pas même un pèse-personne.

Dill retourna dans la cuisine pour voir où Felicity pouvait entreposer ses boissons fortes. Sous l'évier, vraisemblablement. Il était sur le point d'entrer dans la pièce quand on sonna à la porte. Il alla ouvrir. Sur le seuil, en short jaune très succinct et soutien-gorge à pois non moins succinct, pieds nus, se tenait une jeune femme aux longues jambes bronzées dont les boucles blondes semblaient manquer d'air. Elle avait de grands yeux bleus, trop grands à la vérité, un nez rose qui brillait, et une grande bouche enduite d'un rouge à lèvres trop foncé, exactement de la nuance qui ne lui allait pas.

— Vous êtes le frère, n'est-ce pas ? interrogea-t-elle.

— Je suis le frère.

— Vous avez les mêmes cheveux, comme qui dirait couleur de cuivre. Mais à part ça, vous ne lui ressemblez pas beaucoup.

— Elle était jolie, pas moi.

— Bof ! Est-ce qu'on demande aux hommes d'être jolis ?

Dill craignit un moment qu'elle ne lui sautât au cou, mais elle n'en fit rien.

— Qui êtes-vous ? demanda-t-il. Une amie, une voisine ?

— Excusez-moi ! Je suis Cindy, Cindy McCabe. Harold

et moi, on habite le rez-de-chaussée. Nous sommes les locataires, quoi !

— Harold, c'est M. McCabe ?

— Heu... non. Pas exactement. Nous ne sommes pas vraiment mariés. De son nom de famille, Harold s'appelle Snow. Harold Snow. Nous sommes ensemble depuis... au moins deux ans, je crois. (Elle se tut, et reprit à voix basse, d'un ton important :) Harold a tout vu. Enfin, presque.

— Entrez donc.

— Vous avez raison. Il doit faire un peu plus frais qu'ici.

# CHAPITRE XII

Cindy McCabe entra et alla s'asseoir dans le fauteuil assorti au divan vert. Elle avança la lèvre inférieure et souffla vers le haut, comme pour faire évaporer la mince couche de sueur qui couvrait son front.

— Comme chaleur, dit-elle, c'est quelque chose. Il en fait un plat.

— J'allais prendre un verre. Vous m'accompagnez ? proposa Dill sans paraître avoir entendu.

— Je ne serais pas contre une bière bien fraîche.

— Pas de bière, je regrette. A moins que je trouve où Felicity avait sa cave, ce sera le Perrier nature.

— Sous l'évier de la cuisine, dit Cindy.

— C'est bien ce que je pensais.

Il prit le chemin de la cuisine et dénicha à l'endroit indiqué deux bouteilles de Jim Beane étiquette verte parmi les produits d'entretien. L'une n'était pas encore décachetée et dans l'autre, le niveau avait baissé de cinq centimètres. Il se rappela que sa sœur, quand elle buvait, prenait toujours du bourbon, lui trouvant un goût plus franc qu'au scotch. Il se rappela aussi qu'elle tenait la vodka pour une boisson de poivrot, et le gin pour un bon ersatz d'eau de toilette. En revanche, elle appréciait le rhum, surtout mélangé à un jus de fruit. Tout en versant le whisky sur les glaçons, puis du Perrier sur le tout, il se demanda pourquoi il n'avait pas trouvé de jus de fruit. Dr Watson, se dit-il, le chien n'a toujours pas aboyé.

Il emporta les verres embués dans le living et en tendit un à la visiteuse, qui remercia d'un signe et se le passa sur le front.

— Bon Dieu ! ça fait du bien. (Puis elle but une grande lampée, sourit et déclara :) Comme ça, c'est encore meilleur.

Dill s'assit sur le divan, goûta de son propre breuvage et approuva :

— Vous avez raison.

— Harold et moi, nous sommes bouleversés par ce qui est arrivé à Felicity. C'est horrible ! Elle sonne à notre porte, et la minute d'après...

— Depuis combien de temps habitez-vous ici ?

— A peu près un an et demi. Nous avons emménagé tout de suite après que Felicity a acheté la maison. Elle était bien comme propriétaire. Il y en a qui augmentent le loyer tous les six mois, mais elle ne l'a pas fait une seule fois parce qu'Harold l'aidait à réparer tout ce qui tombait en panne. C'est un fameux bricoleur.

— Quel est son métier ?

— En ce moment, il vend des ordinateurs de ménage et ça marche bien, mais il dit que ça va craquer avant le mois prochain parce qu'ils recommencent à inonder le marché. Ce qu'il voudrait, c'est se relancer dans l'électronique. Vous savez qu'il a passé deux ans à l'Université pour devenir ingénieur, mais il a dû abandonner. Son point fort, à Harold, c'est l'électronique. Ça lui plaît bien plus que la vente.

Cindy McCabe, qui devait avoir soif à tant parler, replongea dans le bourbon. Dill vit son imperceptible pomme d'Adam monter et descendre par trois fois. Après quoi elle posa son verre et sourit d'un air gêné.

— Ça m'embête, dit-elle, de mettre ça sur le tapis dans un moment pareil.

— Quoi donc ?

— Eh bien, hier, juste avant... vous savez quoi, Felicity est passée pour rappeler à Harold qu'il avait oublié de payer le loyer. Des fois, c'est vrai, les choses lui sortent de la tête. Le genre professeur Nimbus, vous voyez ?... Alors, il a fait le chèque, il le lui a donné et quelques secondes plus tard... Nous ne savons plus quoi faire. Croyez-vous qu'il faille faire opposition sur celui-là et en remplir un autre ? Et à l'ordre de qui ? Je sais bien que ce n'est pas le moment de vous casser les pieds avec ça, mais nous ne voudrions pas qu'on vienne nous chercher des crosses.

— Oubliez tout ça jusqu'à la fin du mois. D'ici là, la situation aura été régularisée et l'avocate de Felicity vous dira comment procéder.

— Et nous n'aurons qu'à faire opposition sur celui que nous avons donné ?

— Oui, je suppose.

— Bon. C'est un souci de moins.

Comme pour le prouver, elle acheva son verre en trois gorgées. Dill se leva, la main tendue pour le lui reprendre. Elle fronça le sourcil.

— Je ne sais pas si je dois... Et puis zut ! Un de plus ou de moins...

Quand Dill revint avec les verres remplis, il vit que le soutien-gorge bleu à pois avait glissé d'un pouce, dévoilant le quart supérieur des seins mutins de la jeune femme, lesquels paraïssaient aussi bronzés que le reste. Il lui tendit son verre en souriant, louchant vers ce qu'il pouvait voir de ses appas et remarqua :

— Le soleil vous réussit.

Elle suivit son regard en poussant de petits rires, puis remonta un peu le soutien-gorge, sans conviction.

— Je me donne assez de mal. Vous voyez la haie là derrière ? Elle fait tout le tour de la cour. Deux mètres cinquante de haut et vraiment épaisse. Personne ne peut voir à travers. Alors, cet été, je me suis allongée sans rien sur la peau jusqu'au milieu de la semaine dernière quand il a fait si chaud, à crever. Même à poil, on y était comme dans un four. Mais avant, quand il faisait plus frais, Felicity venait quelquefois me rejoindre quand elle travaillait de nuit ou en alternance.

— Dans la même tenue ?

— Oh non ! Ce n'était pas ce que vous croyez.

— Qu'est-ce que je crois ?

— Je veux dire que quand elle sortait, je mettais quelque chose.

— Vous voyiez beaucoup Felicity, vous et Harold ?

— En fait, pas tellement, à cause de son emploi du temps à la noix. Une semaine de jour, une semaine de nuit, et la troisième en alternance. Il arrivait même qu'on ne la voie pas plusieurs semaines d'affilée, qu'on ne l'entende même pas. Quand elle était de nuit, elle rentrait le matin et nous étions encore couchés ; elle repartait quand Harold était encore au boulot et moi dans la cour. Ici, elle ne faisait jamais le moindre bruit. Un jour, je lui en ai fait la remarque. Ça l'a fait rire et elle m'a répondu qu'elle était toujours pieds nus. Mais chaque fois que quelque chose cafouillait, elle me laissait un mot pour me charger de demander à Harold d'arranger ça. Après, elle était si contente qu'elle nous invitait à monter prendre un verre. Mais nous ne sommes jamais sortis ensemble et, comme je vous l'ai dit, nous nous apercevions à peine de sa présence. La seule fois que nous avons entendu quelque chose, c'est quand le grand mec est venu gueuler et taper dans sa porte.

— Quel grand mec ?

— Son ancien petit ami, je suppose. Pour être grand, il était grand... Harold m'a dit qu'il avait joué au football à l'Université, mais s'il m'a dit son nom, je l'ai oublié, car le football m'emmerde.

— Il est venu souvent ?

— Vous croyez qu'il pourrait être mêlé à... ?

— Non, mais je suis curieux de tout savoir sur Felicity et ses amis, même ses ex-amis.

— Eh bien, il était blond, grand et baraqué comme une armoire, jeune — sûrement pas plus de trente — pour moi, c'est jeune. J'en ai vingt-huit et je me fiche bien qu'on le sache.

— Vous ne les paraissez pas.

— Et pourtant, je les ai.

— Combien de fois est-il venu faire du schproum ?

— Le grand costaud ? Oh, ce n'est arrivé qu'une fois, le premier mois de notre installation. Je me suis même demandé où nous avions fichu les pieds. Ça allait si mal que j'ai demandé à Harold d'aller voir, mais il n'a pas voulu ; il disait que les affaires de flics, même quand ce sont des dames, ne nous regardaient pas. Je crois qu'il avait surtout la trouille de se colleter avec ce mammouth. Faut dire qu'il était vraiment grand. Bien sûr, Felicity n'était pas une miniature, au moins le mètre soixante-quinze. Mais je ne vois toujours pas comment elle et ce grand mec... vous voyez ce que je veux dire.

Son expression devint un peu rêveuse et Dill se demanda s'il lui arrivait souvent de fantasmer à propos du grand mec.

— Que s'est-il passé ensuite ?

— Je suis montée la voir le lendemain matin et je lui ai dit que tout ce raffût avait empêché Harold de dormir, ce qui n'était pas vrai car il avait ronflé la plupart du temps. C'est moi qui n'avais pas fermé l'œil. Elle a été très gentille et l'est toujours restée, même quand Harold déconnait — excusez, ça doit être le bourbon ! — avec ses chèques.

— Le grand type n'est pas revenu ?

— Jamais. Felicity avait promis que ça cesserait et ça a cessé. Plus un bruit depuis. Même pas sa télé, même pas le matin pour « *Good morning America* », que je ne rate jamais. Elle la branchait quelquefois pour les informations du soir, mais pas fort.

— Et le capitaine Colder, il venait souvent ?

— Qui ?

— Le capitaine Colder. Gene Colder.

— Ah, celui-là... Il est venu hier et nous a posé des questions en jouant au type qu'on n'a jamais vu.

— Mais vous le connaissiez ?

— Et comment ! Il venait prendre Felicity une ou deux fois par semaine.

— Il la ramenait ?

— Quelquefois. Mais il arrivait aussi qu'elle ne rentre pas du tout.

Dill crut comprendre qu'elle voulait lui lancer un regard incendiaire par-dessus le bord de son verre, mais ce n'était qu'un regard légèrement vitreux. Elle était un peu partie.

— Vous dites bien qu'elle découchait parfois après être sortie avec Colder.

— Ça vous tracasse ?

— Non.

— A mon avis, quand deux adultes normalement constitués ont envie de s'envoyer en l'air, qu'est-ce qui les en empêche ?

— Rien, évidemment.

— Vous et moi, par exemple. Supposons que nous ayons un petit béguin l'un pour l'autre et que nous décidions d'arranger ça. Ça gênerait qui ?

— Harold ?

— Il s'en foutrait. Lui-même avait bien envie de s'envoyer Felicity, mais il a fait tintin. C'est pas moi qui aurais fait du foin s'il avait réussi. Quand elle sonnait à la porte, c'est toujours lui qui allait ouvrir, en caleçon et bandant à moitié. Je crois même qu'il faisait exprès de payer en retard, pour avoir l'occasion d'ouvrir à Felicity avec son calcif et sa demi-bandaison.

— M'a l'air d'un drôle de corps, votre Harold.

— Il est à peu près comme vous l'imaginez... Y'a pas un petit rab de bourbon, par là ?

Encore plus beurrée que je ne pensais, se dit Ben. Il remporta les verres à la cuisine, lui prépara un troisième whisky, mais remplit le sien avec le reste du Perrier. Quand il revint dans le living, le soutien-gorge était grand ouvert et Cindy McCabe lui présentait ses seins, un dans chaque main.

— Comment les trouvez-vous ? questionna-t-elle.

— Jolis.

— Pas plus ?

— Très, très jolis.

— Vous vous rendez compte que je vous fais du rentre-dedans ?

— C'est bien ce qu'il me semblait.

— Alors ?

— Alors, je suis désolé, mais il faut que je sois dans le centre dans un quart d'heure.

— C'est vrai, ça ?

Dill eut un geste d'impuissance mêlée de regret. Cindy avala un tiers de son bourbon. Quand elle reposa son verre, ses yeux toujours vitreux se croisaient un peu les bras, mais ne quittaient pas Dill pour autant.

— Vous savez quoi ? articula-t-elle.

— Pas encore.

— A Felicity aussi, j'ai fait du gringue, un jour, pendant un bain de soleil.

— Et alors ?

Cindy se mit à rire, mais d'un rire rauque et bref, plutôt triste que gai.

— Elle m'a envoyée gentiment sur les roses. Comme vous venez de le faire.

# CHAPITRE XIII

Enfin débarrassé de Cindy McCabe, Dill se rendit dans le centre, gara la Ford au sous-sol de l'hôtel Hawkins et, à 15 h 46, pénétra dans le hall où régnait une délicieuse fraîcheur. La température extérieure, d'après le panneau de la First National Bank, s'élevait à 40 degrés. Chose très exceptionnelle, il n'avait pas de vent.

La dame-âgée-qui-semblait-habiter-l'hôtel était à son poste, occupée cette fois à des travaux d'aiguille. Elle leva la tête à l'approche de Dill, qui s'inclina légèrement en passant à sa hauteur. Elle lui rendit son salut et dit :

— Un temps à tornades.

— Ça se pourrait bien, approuva Dill.

Il poursuivit son chemin jusqu'à la réception, où il s'arrêta pour voir s'il y avait un message dans sa case. Il y en avait un — un bout de papier rose — qu'il demanda au réceptionniste. L'employé, celui qu'il avait déjà vu à son arrivée, consulta sa montre et lui passa le message. Puis il se pencha sur le comptoir avec des mines de conspirateur.

— Le capitaine Colder, prononça-t-il sans presque remuer les lèvres.

Dill appréciait le mélodrame, surtout l'après-midi.

— Où ? chuchota-t-il.

— Au Slush Pit.

— Depuis ?

— Quinze, peut-être vingt minutes.
— Et alors ?
— Il vous cherche.
— Il y a une sortie de secours ?
— Vous pouvez... (L'employé se ravisa, le bout des oreilles virant au rose.) Holà, monsieur Dill, vous vous payez ma tête ?
— Pas vraiment.
Il se dirigea vers le Slush Pit tout en prenant connaissance du message, qui lui demandait de « rappeler M. Dolan, à Washington D.C., avant 18 h, heure locale ». Dill consulta sa montre. Il lui restait une heure avant qu'il fût 18 h à Washington, mais rien ne pressait. Timothy Dolan ne quittait jamais le bureau de la sous-commission avant sept heures du soir, même le vendredi.
Le Slush Pit était plus ténébreux que jamais. Il fallut quelques instants à Dill pour s'accoutumer à l'obscurité, mais il finit par repérer le capitaine Colder assis à une table, le dos au mur, devant une bière qu'il ne semblait pas avoir touchée. Ce n'était sûrement pas un grand buveur, et les deux scotches qu'il avait effacés la veille dans la chambre de Dill devaient avoir épuisé sa ration pour la semaine.
En voyant Dill approcher, Colder le salua d'un vague signe de tête. Celui qu'un inconnu adresse à un autre inconnu, réservant son jugement jusqu'à ce que l'autre ait fait quelque chose d'étrange.
— Asseyez-vous, dit-il.
Après un signe de tête non moins neutre, Dill tira une chaise à lui et s'exécuta.
— Vous prenez un verre ?
Dill, qui n'en avait pas tellement envie, accepta pourtant.
— Une bière, dit-il. A la pression.
Colder leva la main et la serveuse accourut. Dill admira l'autorité des gens avec qui il buvait ces temps-ci.

— Lucille, dit Colder, monsieur veut une bière pression.

— Ça va comme vous voulez, capitaine ? s'enquit-elle.

— Ça va, merci.

Lucille disparut. Colder sortit un paquet de Salem et offrit une cigarette à Dill, qui secoua la tête.

— Je ne fume plus.

— Si je continue à fumer ces trucs-là, je crois que je vais en faire autant. (Il alluma sa tige avec un briquet jetable et se pencha en avant, les coudes sur la table.) J'ai pensé que nous pourrions avoir une petite conversation sans que le chef nous souffle dans le cou.

— D'accord.

— C'est au sujet de Felicity, vous vous en doutez.

— Bien sûr.

— Ça ne se voit peut-être pas, Dill, mais cette catastrophe m'a à moitié démoli.

Dill crut pouvoir manifester sa sympathie par une mimique appropriée, mais ce n'était apparemment pas suffisant car son interlocuteur le regarda comme s'il attendait autre chose.

— Moi aussi, dit-il enfin, je suis démoli. Presque.

Il vit que ça allait mieux. Le policier regarda ailleurs et soupira :

— Ma femme est une garce.

— Ce sont des choses qui arrivent.

— C'est la fille d'un ancien directeur-adjoint de chez nous, à Kansas City. (Il écrasa nerveusement dans le cendrier sa cigarette à peine entamée.) Et c'est pour ça que je l'ai épousée, parce qu'elle était la fille d'un supérieur. C'était une connerie.

— Moi, observa Dill pour dire quelque chose, j'en fais à longueur d'année.

La serveuse revint, posa le verre de bière devant lui et s'en alla. Il en but une gorgée pour goûter, sans que Colder l'imitât.

— J'ai trente-six ans, reprit le capitaine, et si je joue correctement, je serai chef à quarante, peut-être même avant. Pas chef comme Strucker, directeur de la Crim', mais chef de la police, le *queso grande.*

— Mais ?...

— Quoi, « mais » ?

— Si vous me racontez tout ça, c'est qu'il y a un « mais ».

Colder fixa Dill de son air de Grand Inquisiteur.

— De quel genre de « mais » croyez-vous qu'il s'agit ?

— Je n'essaierai même pas de deviner, puisque vous allez me le dire. (Et que tu en meurs d'envie, ajouta-t-il *in petto.*)

— Ma femme, commença Colder, m'en a fait baver bien avant que je ne rencontre Felicity. En fait, c'est moi qui l'ai plaquée.

— Avant Felicity ?

— En tout cas, tout de suite après. Ne vous mettez surtout pas en tête que votre sœur a brisé un ménage heureux.

— Je suis sûr qu'elle ne l'aurait pas fait.

— Nous n'avons pas de gosses, ma femme et moi. Elle était donc seule en cause quand je l'ai quittée.

— Elle vit ici ?

— Oui.

— Quel âge a-t-elle ?

— Un peu plus que moi : trente-huit.

— De toute façon, c'est déjà un peu tard pour avoir des gosses.

— Je ne crois pas qu'elle en ait jamais souhaité.

Il but enfin quelques gouttes de sa bière, qui devait être tiède et éventée, mais il ne parut pas s'en apercevoir.

— Alors, reprit Dill, que s'est-il passé quand elle a découvert qu'elle avait une rivale ?

— Ça s'est su, n'est-ce pas ?

— Quoi ?

— Que ma femme a menacé de tuer Felicity.
— Jamais entendu dire.
— Ça viendra.
— Elle aurait fait ça ?
— Menacé de lui régler son compte ? Et comment !
— Je ne parle pas de la menace, mais de l'acte.
— Non, certainement pas.
— Sous quelle forme, ces menaces ?
— Elle l'engueulait par téléphone. Elle l'appelait chez elle pour lui dire : « Si tu continues à tourner autour de mon mari, je te ferai la peau. » Elle lui téléphonait aussi au bureau. Quand Gertrude — elle s'appelle Gertrude — n'avait pas Felicity au bout du fil, elle laissait un message du genre : « Je suis la femme du capitaine Colder. Dites à l'inspecteur Dill que je la tuerai si elle ne laisse pas mon mari tranquille. » Ça a duré deux ou trois semaines.
— Et ensuite ?
Colder alluma une autre de ses cigarettes mentholées, dont le goût lui fit faire la grimace, à moins que ce ne fût l'idée de ce qu'il allait dire.
— Dans cet Etat, il suffit de deux certificats médicaux. Le service a toujours des toubibs véreux sous la main, des gars qui pourraient avoir des ennuis avec le Conseil de l'Ordre pour peu que nous nous en mêlions. C'est moche, pas vrai ?
— En effet.
— Alors, je l'ai fait interner pour un mois.
— Gertrude ?
— Oui, Gertrude.
— C'était quand ?
Colder fit un rapide calcul mental.
— Ça fera un an en septembre.
— De sorte qu'elle est en liberté depuis dix-onze mois.
— C'est cela même.
— Et... ?
— On l'a eue au valium, et elle s'est calmée. Elle

fréquente même un doux dingue intermittent qu'elle a rencontré là-bas, et sur qui j'ai fait ma petite enquête. Il était en cure de désintoxication à l'époque et n'a pas à s'en faire pour le pognon. Son conseil de famille lui assure au moins deux mille dollars par mois, il bazarde une petite terre de temps en temps. Maintenant, il passe le plus clair de sa vie à coller aux fesses de Gertrude. Il lui apporte des fleurs, l'emmène au cinéma, au théâtre quand il passe une tournée. Elle adore ça. Il est plus vieux qu'elle, la cinquantaine, et je suppose qu'il la baise, mais pas trop souvent. Ça aussi, ça doit lui convenir.

— Elle est donc d'accord pour divorcer.

— Maintenant, oui. Elle a fini par accepter après sa sortie de clinique.

— Quelle clinique était-ce ?

— Millrun Farm. Vous avez entendu parler ?

— C'est là que ce vieux forban de docteur Lasker pratiquait l'avortement quand il en avait le monopole local. On y venait de partout : New York, Los Angeles, Memphis, Chicago. Une installation superbe, mais il y a des années de ça.

— C'est toujours très bien. Vous savez que Lasker est mort ?

— Première nouvelle.

— Il se faisait vieux et de toute façon, la légalisation de l'avortement avait ruiné son affaire. Il a vendu à un couple de jeunes loups qui a remis l'établissement sur les rails. Dieu sait qu'ils prennent assez cher.

Dill finit sa bière.

— Je me demande pourquoi Felicity ne m'a jamais dit qu'elle voulait se marier.

Colder afficha une mine stupéfaite à laquelle Dill crut d'autant moins que sa réflexion n'était pas une révélation. De toute façon, la stupéfaction n'avait pas plus de place que l'humilité dans la boîte à maquillage du capitaine.

— Elle m'a pourtant dit qu'elle vous avait écrit à ce sujet.

— Elle ne l'a pas fait.

— Peut-être à cause de Gertrude et de toutes ces histoires.

— Peut-être.

Dill décida de prendre encore une bière. Il tourna la tête vers le bar, accrocha le regard de Lucille et fit un geste circulaire qui s'acheva au-dessus de la table, l'index pointé vers le bas. La serveuse fit signe qu'elle avait bien reçu le message.

Il arborait son plus beau sourire quand son attention se reporta sur le capitaine.

— Permettez-moi de vous poser encore une question.

Le sourire débordait de chaleur, de compréhension et de compassion, mais Colder ne parut pas le moins du monde impressionné. Il se cala au fond de sa chaise — en position défensive — et répondit d'une voix redevenue très neutre.

— Quelle question ?

— Où Felicity habitait-elle ?

— Trente-deuxième et Texas, répondit Colder sans l'ombre d'une hésitation.

Dill cessa de sourire.

— J'ai dû mal formuler ma question.

— Vous m'avez demandé où elle habitait, je vous l'ai dit. A l'angle de la 32e Rue et de Texas Avenue.

— Là, c'est où elle campait : un pied-à-terre. J'en viens et j'ai regardé partout. Personne n'y vivait. Quelqu'un y gardait quelques vêtements. Quelqu'un s'y faisait une tasse de café de temps en temps, y couchait même à l'occasion. Mais personne n'y vivait. Pas Felicity Dill, en tout cas. Voilà pourquoi je me demande où elle habitait réellement. Chez vous ? Est-ce là qu'elle répandait sa sauce rémoulade, lisait neuf livres à la fois et les laissait traîner tout ouverts sur le tapis, fumait ses deux paquets de Lucky par jour, bourrait sa cuisine de vivres pour deux mois quitte à en jeter une quantité ? C'était ça, ma sœur ! C'était sa façon de vivre. Ce n'était pas une obsédée du ménage bien tenu. Elle n'aurait pas fait encadrer des quadrichromies de bazar. Cinq minutes dans une pièce, et elle donnait l'impression d'y avoir toujours vécu. Elle faisait son nid, vous comprenez, et tout lui était bon : des trucs bizarres, marrants et même idiots. (Il respira à fond, retint son souffle un bon moment, puis laissa l'air s'échapper et conclut d'une voix calme et pondérée :) C'est pour ça que je vous demande, capitaine, où habitait ma sœur.

Lucille arriva avec deux bières et les servit. Elle allait dire quelque chose à Colder, mais y renonça en voyant sa tête et s'en fut prestement. Le capitaine plongea la main gauche dans la poche de son pantalon, prit son verre de la droite et but plusieurs gorgées. Puis, reposant le glass, il lâcha :

— Fillmore et Dix-neuvième. Vous voyez l'endroit ?

Dans la mémoire de Dill, le plan de la ville était gravé de façon indélébile.

— Fillmore Avenue, dit-il, s'arrête à Washington Park, mais se prolonge de l'autre côté. Il y a par là quelques grandes maisons anciennes. Très spacieuses.

— Au coin sud-ouest, Dix-sept cent trente-huit Fillmore Avenue. Un architecte a racheté la bâtisse pour la diviser en appartements, dont un logement avec garage à l'arrière, donnant sur l'allée. C'était celui de Felicity. (Sa main gauche sortit de sa poche et posa quelque chose à côté du verre de Dill.) Voilà sa clé.

Regardant la clé, puis Colder, Dill crut lire dans ses yeux quelque chose comme de la souffrance. Mais cela ne dura qu'un instant.

— Pourquoi deux domiciles ?

— Je n'en sais rien.

— Vous étiez pourtant au courant de leur existence.

— Eh oui ! j'étais au courant. Ecoutez, mon vieux, vous pourriez peut-être essayer de comprendre. J'allais l'épouser. Pas dans l'espoir qu'elle facilite ma carrière ou parce qu'elle était riche. Pas parce que... Et puis, merde ! Je l'aimais, voilà tout !

Son regard était redevenu douloureux et, cette fois, le resta.

— Quelle raison donnait-elle pour expliquer ses deux domiciles ?

— Elle disait que l'autre, le duplex, était un placement pour vous et elle. Que vous pensiez revenir vivre ici. Et que vous l'aviez aidée à le payer.

— Elle a dit ça ?

Colder confirma d'un signe de tête. L'expression de souffrance de ses yeux menaçait maintenant de gagner tout le visage.

— Elle mentait, ajouta Dill.

— Oui. Nous sommes désormais deux à le savoir.

# CHAPITRE XIV

Après avoir quitté le capitaine Colder, Dill retourna au garage pour récupérer les documents Spivey dans la boîte à gants de la Ford, et prit directement l'ascenseur pour le huitième étage. Il avait l'intention d'appeler Timothy Dolan à Washington et de lui lire les passages les plus marquants de la déposition de Spivey.

Il tourna la clé dans la serrure de la chambre 981, poussa la porte et entra. Comme il se retournait pour la refermer, un bras lui serra le cou... Un bras vigoureux, très musclé, dont le propriétaire ne semblait nullement haleter sous l'effort. Dill n'eut que le temps de penser « étranglement » et que l'agresseur devait faire ça pour gagner sa vie. L'arrivée d'oxygène coupée, la carotide fermée, l'air n'arrivant plus aux poumons ni le sang au cerveau, il perdit connaissance et ne revint à lui que neuf minutes plus tard.

Il se retrouva allongé sur le sol à côté du lit. Son premier soin après avoir ouvert les yeux fut de déglutir : rien de cassé de ce côté-là. Il n'avait même pas mal, sinon la gorge un peu endolorie, ce qui ne tarderait sûrement pas à passer. Ce n'était pas tellement pire qu'autrefois à l'école, quand Jake et lui s'exerçaient à s'étrangler mutuellement. Sans soupçonner l'existence d'une artère carotide.

Il se redressa lentement, précautionneusement, et regarda autour de lui si l'étrangleur était encore là. Il n'y était plus. Il tâta la poche de sa veste à l'endroit du portefeuille, le sortit, l'ouvrit et compta les billets ; rien n'avait été pris. Sa montre n'avait pas quitté son poignet. Il se mit sur les genoux, puis sur ses pieds, et chercha des yeux le dossier Spivey. Par acquit de conscience, car il avait la certitude qu'il avait disparu.

Dill s'assit au bord du lit et, de la main droite, explora délicatement son cou. Déjà, la légère douleur s'atténuait. Il se dit que les dégâts cérébraux devaient être minimes. A tout casser, quelques centaines de milliers de cellules en moins, mais comme il y en a des millions d'autres et que, de toute façon, elles ne servent pas souvent, il serait encore capable de traverser la rue tout seul.

Il essaya de se rappeler tout ce qu'il pouvait de son agresseur. C'est l'avant-bras qui lui revint à la mémoire. Un avant-bras formidable, probablement le droit puisque la main gauche devait tirer sur le poignet droit pour exercer la pression nécessaire. Autre détail : la respiration était normale, régulière. L'homme ne s'était pas énervé en l'attendant. En avait-il seulement, des nerfs ? Quand il s'excitait, si cela lui arrivait jamais, son pouls ne devait pas battre à plus de soixante-douze.

Pour avoir opéré avec tant de dextérité et si peu d'effort apparent, l'agresseur devait avoir une longue expérience de la chose, ce qui pouvait donner à supposer qu'avant de basculer dans le crime, il avait été un policier honnête (ou pas), venu peut-être de Los Angeles où les experts en prises vachardes passent pour pulluler. Or, celui-ci aurait pu se qualifier pour la finale si cette discipline était représentée aux Jeux olympiques. Il était également possible qu'il eût puisé sa science ailleurs. C'était peut-être un ancien combattant un peu usé des Special Forces, un Béret Vert grisonnant ; il avait peut-être appris à Bragg l'art d'estourbir son prochain sans faire de bruit, l'avait pratiqué et perfectionné au Vietnam, et se trouvait réduit à louer au plus offrant sa technique chèrement acquise. « L'Armée vous apprend un métier ! » Il l'avait prise au mot.

Dill se leva, alla prendre la bouteille d'Old Smuggler restée sur la table à écrire, la déboucha et la renifla comme s'il s'attendait à ce qu'elle sentît le cyanure, en versa un demi-décilitre dans un verre et l'avala d'un trait. Ça brûlait un peu et il frissonna, mais pas plus que d'habitude.

Il prit ensuite le téléphone, ferma les yeux pour se rappeler le numéro qu'il voulait puis le composa. A la troisième sonnerie, la voix de Daphne Owens lui récita, pour ne pas changer, les quatre derniers chiffres du numéro.

— C'est encore Ben Dill. Pourrais-je dire deux mots à Jake ?

— Ne quittez pas...

Dix secondes plus tard, Jake Spivey était au bout du fil, toujours aussi jovial.

— J'allais justement t'appeler, vieille branche.

— A quel sujet ?

— Dimanche. Tu seras encore là dimanche, oui ? La météo prévoit encore une chaleur à crever. Alors, j'ai pensé que ça t'amuserait peut-être de venir bouffer quelques côtelettes au barbecue, de piquer une tête dans la piscine et de te rincer l'œil en matant quelques nanas en petite tenue. Pour la journée.

— Pas bête. Je pourrai peut-être en amener une.

— Une nana en petite tenue ?

— Tout juste. Mais à part ça, j'ai un problème.

— Gros ou petit ?

— Petit. J'ai paumé ta déposition.

Spivey ne réagit pas tout de suite.

— Comment ça, perdu ?

— Oui. Par négligence.

— Je devrais peut-être te demander où, et tu me répondrais que si tu le savais, tu irais le rechercher. Alors, tu t'y es pris comment ?

— Il était dans mon attaché-case, mentit Dill. Je l'ai posé près du stand à journaux de l'hôtel le temps de jeter un coup d'œil aux magazines et quand j'ai voulu le reprendre, il n'y était plus.

— En ville, c'est fréquent. Qu'est-ce qu'il y avait d'autre, dans ton attaché-case ?

Dill prit le parti d'enjoliver sa fable.

— Mon billet d'avion, quelques paperasses, mais rien d'important. Je me demandais si tu pourrais me fournir un autre exemplaire de ta déposition.

— Pas de problème. Il suffit que je demande à une de mes filles d'appuyer sur un bouton et l'imprimante en crachera une autre. Ces putains d'ordinateurs, c'est tout de même quelque chose ! De toute manière, il n'y a rien dans cette déposition. Rien dont j'aie à m'inquiéter, je veux dire. Tu sais pas ? Je vais faire tirer une autre copie, la donner à viser à Daffy et te la faire porter par un de mes Mex. Tu devrais l'avoir dans une heure, pour le cas où tu voudrais rappeler Washington pour leur dire quel bon boulot tu es en train de faire.

— Jake, tu es un pote.

— Heureux de te l'entendre dire. Pour dimanche, vous pouvez arriver vers midi, toi et ta copine.

— Très bien.

— A dimanche, donc.

Dill remercia encore et raccrocha. Il contempla l'appareil en se remémorant soigneusement les bobards qu'il avait racontés à Spivey, reprit le combiné, composa onze chiffres, écouta les cracs et les bips de l'inter automatique, la sonnerie à l'autre bout et enfin la voix de Timothy Dolan qui disait : « Dolan ».

— Tim ? C'est Ben.

— J'ai du nouveau. Clyde Brattle est revenu.

— Revenu où ?

— Aux States. Par le Canada.

— Et ils ne l'ont pas vu passer ?

— C'est seulement deux jours plus tard que sa tête

a rappelé quelque chose à un flic physionomiste, qui a compulsé son trombinoscope et reconnu Brattle.

— C'était où ?

— A Detroit.

— Quand ?

— Il y a dix jours, mais personne ne s'est soucié de nous prévenir avant cet après-midi. Le sénateur était déjà parti pour Santa Fe, où il passe le week-end en politicailleries, et je n'ai pas encore pu le joindre. Sûr qu'il va faire un foin du diable, comme je l'ai déjà fait moi-même.

— A ton avis, pourquoi Brattle serait-il rentré ?

— Sans doute pour resserrer quelques boulons.

— Comme Spivey.

— Ça se pourrait. Tu lui as déjà parlé ?

— Mieux que ça. J'ai sa déposition, dans toutes les règles.

— Il y a quelque chose dedans ?

— Le plus intéressant, c'est ce qui n'y est pas.

— Et qu'est-ce qu'il veut pour ce qui n'y est pas ? L'immunité ?

— Exactement.

— Que lui as-tu répondu ?

— Oui. D'un signe de tête.

— Un signe de tête, ça ne laisse pas de trace sur une bande magnétique.

— Il y a autre chose...

— Tu dis ça sur un ton de catastrophe qui ne me plaît pas.

— Je me suis fait agresser.

— Merde ! Quand ça ?

— Il y a un peu plus d'un quart d'heure, dans ma chambre. Il a embarqué le dossier Spivey.

— Quoi d'autre ?

— C'est tout ce qu'il voulait. Il m'a fait une prise d'étranglement. Non, il n'y a pas de bobo, mais c'est gentil à toi de t'en être inquiété.

— J'étais en train de réfléchir, dit Dolan. Le dossier en soi n'a pas d'importance. Nous en avons des copies.

— Et Spivey va m'envoyer un double de sa déposition. Je lui ai raconté qu'on m'avait volé mon attaché-case.

— Tu n'en as pas.

— Non, mais Spivey n'en sait rien.

Il y eut un silence du côté de Washington, puis Dolan reprit :

— Je me disais encore... qu'est-ce qu'il y avait dans la déposition, entre les lignes ?

— Entre les lignes, si j'ai bien compris, Spivey peut faire pendre Clyde Brattle s'il le veut, et si nous lui garantissons l'immunité afin qu'il ne se fasse pas pendre du même coup.

— Je me demande où Brattle est allé après Detroit.

— Tu ne te le demandes pas du tout. Tu crois qu'il est ici et qu'il a voulu jeter un coup d'œil au dossier Spivey.

— C'est une possibilité.

— Je ferais peut-être mieux d'avertir Jake.

— Vas-y. Mais si Clyde Brattle veut sa peau, il l'aura. Notre problème, c'est de garder Spivey en vie assez longtemps pour... Ecoute un peu : je peux régler ça ici, parler au président et à ce fumier de Clewson pour...

Il n'acheva pas sa phrase. Norman Clewson était le représentant de la majorité à la sous-commission et Dolan, représentant la minorité, ne pouvait pas le blairer.

— Je peux le faire, déclara-t-il soudain.

— Faire quoi ?

— Arranger là-bas une réunion de la sous-commission pour mardi ou mercredi. Le sénateur pourra la présider. Après tout, c'est sur son chemin en rentrant de Santa Fe. Je l'y rejoindrai et nous tiendrons séance à la délégation fédérale. Nous accorderons l'immunité à Spivey et il profitera de ce qu'il lui reste à vivre pour cracher le morceau.

— Ils ne marcheront pas, objecta Dill.

— Ils marcheront. Ils ne seront pas foutus de faire

autrement quand je leur aurai dit que c'est ça ou se brosser pour avoir les révélations complètes de Spivey, qui sera mort avant.

— Tu le crois vraiment ?

— Voyons ! Pas toi ?

— Tu ne connais pas Jake comme je le connais.

— Tu veux dire que le mort pourrait être Brattle ?

— C'est possible.

— Et puis merde ! Même si tu as raison, c'est toujours nous qui gagnons.

# CHAPITRE XV

Ce vendredi soir à six heures moins trois, dans son cabinet, l'avocate répondit au téléphone d'une voix brève et professionnelle :

— Anna Maude Singer.

— Ben Dill à l'appareil.

— Ah ! Salut !

— Je n'étais pas sûr de vous trouver.

— En effet, j'allais partir.

— La raison de mon appel, c'est que les flics mettent une limousine à ma disposition pour demain, et si vous voulez venir avec moi à l'église, puis au cimetière...

— Oui, dit-elle après un bref silence. Ça me va. De toute façon, il faut que je vous parle.

— Pourquoi pas ce soir ?

— Ce soir ?

— A dîner.

— Mais c'est un rendez-vous en règle, dites ?

— Raisonnablement intime.

— Avec de la vraie bouffe ?

— Ça, je peux le garantir.

— Je préfère ça à la cuisine diététique. Je vous retrouve où ?

— Je peux passer vous prendre.

— Vous voulez dire chez moi ?

— Bien sûr.

— Seigneur ! Ça ressemble vraiment à un rendez-vous d'amoureux.

Anna Maude Singer habitait, à l'angle de la 22e Rue et de Van Buren Avenue, un immeuble de six étages qui avait été construit au début de 1929 par le même groupe pétrolier qui devait racheter plus tard le gratte-ciel du spéculateur en faillite. Les nouveaux riches du pétrole entendaient y loger leurs vieux parents pour ne plus les avoir dans les jambes. Malheureusement, ces vieux avaient horreur de vivre en appartement et refusèrent d'y mettre les pieds. Les « Van Buren Towers » abritèrent finalement les petites amies de ces messieurs, mais on continua de les appeler ironiquement « la Résidence des Vieux ». C'était un immeuble de grand standing dont les constructeurs n'avaient pas lésiné sur le marbre d'Italie, surtout dans les salles de bains d'assez mauvais goût.

Dill y était allé une seule fois, en 1959, quand l'affreux Jack Sackett les avait invités, Spivey et lui, à faire la connaissance de « Tante Louise ». Tante Louise était une beauté de trente-trois ans, confortablement entretenue par le papa Sackett qui présidait alors la Chambre des Représentants locale. Elle servit aux jeunes gens du Coca-Cola arrosé de boubon, puis leur fit visiter sa chambre l'un après l'autre. Dill et Spivey n'avaient pas tout à fait quatorze ans. Sackett en avait quinze. Quel souvenir !

En attendant dans le vestibule de marbre l'unique ascenseur qui allait le hisser au quatrième étage, Dill constata que les tapis étaient passablement usés, les murs maculés par des doigts poisseux, et que l'épaisse porte de verre avait besoin d'un sérieux coup de torchon.

Dans l'ascenseur, qui sentait la pisse de chien, il chercha à se remémorer le numéro de l'appartement de Tante Louise, mais n'y parvint pas. Le même que celui d'Anna Maude ? C'eût été trop beau.

Elle ouvrit au coup de sonnette, revêtue d'un caftan à rayures de coton grossier, et s'effaça en souriant.

— Vous venez admirer la splendeur déchue ?

— J'admire.

— Vous connaissez sa sombre histoire ? Celle de l'immeuble, je veux dire.

Il fit signe qu'il savait.

— Pour ce qui est de cet appartement, enchaîna-t-elle, il a été habité de 1930 à l'année dernière par une Miss Eleanor Ann Washburn qui est morte en me laissant tout : meubles, garde-robe, livres, tableaux, tout y compris ses souvenirs. C'était en co-propriété, vous savez ? Depuis 1972.

— Légataire universelle ? Pourquoi ?

— Je l'avais aidée à faire valoir ses droits dans une affaire plutôt tordue, au sujet de concessions pétrolières dont le vieil Ace Dawson lui avait fait cadeau au début des années trente, et qui lui rapportaient des royalties. Puis il y a eu la crise pétrolière de 79 et il a fallu supprimer des puits. Craignant de se faire rouler au moment de la liquidation, elle a fait appel à moi et n'a pas eu à s'en plaindre. Du coup, Miss Ellie a changé son testament pour me léguer sa copropriété avec tout ce qu'il y avait dedans.

— C'était donc la petite amie de Dawson.

— Une parmi d'autres. Elle m'a dit qu'il en avait une demi-douzaine réparties dans tout l'Etat.

— Je connais le gars qui a acheté sa maison.

— Jake Spivey.

— Vous le connaissez aussi ?

— Tout le monde en parle, mais quant à l'avoir vu, c'est une autre paire de manches.

— Vous aimeriez le rencontrer ?

— Vous parlez sérieusement ?

— Très.

— Quand ?

— Dimanche. Barbecue et piscine au programme.

— A quelle heure ?

— Ça commencera vers midi.
— Pour la journée, alors.
— Probablement.
— Eh bien ! Je ne suis pas particulièrement fana de vedettes, mais je serais capable de tuer pour voir l'intérieur du Château.
Il rit.
— Jake est donc une vedette, à votre avis ?
Elle haussa les épaules.
— Ici, il passe pour tel... Mais qu'est-ce que vous faites debout ? Asseyez-vous donc.
Elle lui indiqua un fauteuil couvert d'un tissu à fleurs en bon état, mais aux couleurs éteintes, qui représentait des roses rouges et jaunes entrelacées, avec des épines très pointues et des tiges d'un vert très pâle. Anna Maude retourna dans l'entrée en disant « je reviens ».
Dill mit à profit son absence pour examiner le vaste living-room. Les murs hauts de trois mètres étaient crépis d'un épais enduit crème. Tous les meubles, en lignes droites et angles vifs, reflétaient le goût des années trente et quarante. Le fauteuil à fleurs mis à part, les couleurs dominantes allaient du brun au blanc cassé en passant par le havane et le beige clair malgré les coussins rouges, jaunes et orangés éparpillés un peu partout. Dill remarqua aussi un antique pick-up automatique, de ceux qui rangent délicatement les 78 tours après usage. Il en était à reluquer cette pièce de musée quand Anna Maude revint, en robe de soie crème qui lui descendait juste au-dessous du genou.
— Vous êtes ravissante, dit-il avec le sourire approprié.
Elle jeta un coup d'œil au large décolleté et aux très courtes manches de sa robe.
— Cette vieillerie ? Savez-vous qu'elle a près de cinquante ans ? C'est de la vraie moire de soie de Chine. A mon âge, Miss Ellie avait à peu près mes mensurations. Par la suite, elle s'était un peu empâtée.
Dans l'ascenseur, elle exposa succinctement à Dill les

démarches à accomplir pour toucher les deux cent cinquante mille dollars de la prime d'assurance. Sur le chemin du parking, elle lui parla des obstacles qu'il pourrait rencontrer s'il voulait vendre le duplex. Il trouva son discours clair et objectif.

— Je crois que je pourrais avoir besoin d'un avocat, dit-il tandis qu'ils montaient dans la Ford.

— C'est possible.

Il mit la clé dans le contacteur et lança le moteur.

— Pourquoi pas vous ?

Elle ne dit rien et il démarra. Au premier croisement, il revint à la charge.

— Alors ?

— Je réfléchis.

— A quoi ?

— Pour savoir si j'accepte.

— Bon Dieu ! Ce n'est tout de même pas une demande en mariage.

— Il ne s'agit pas de vous. Vous feriez un client tout à fait passable. Il s'agit de Felicity.

— Mais puisqu'elle n'est plus là !

— J'ai toujours la gérance de sa succession.

— Et alors ?

— Il pourrait y avoir un conflit d'intérêts.

— D'après le peu que j'ai retenu de mon unique année de droit, c'est de la blague.

Elle s'adossa à la portière de manière à le voir de profil et ramena ses pieds sous elle, sur le siège.

— Felicity se confiait à moi en tant qu'avocate et en tant qu'amie. Il n'est pas toujours facile de déterminer où commencent et finissent les confidences d'ordre professionnel.

— Ça ne tient pas debout.

— Je ne vois pas ce que je pourrais dire d'autre.

Dill lui lança un regard furieux et reporta aussitôt son attention sur ce qu'il avait devant lui.

— Je suis son frère, nom de Dieu ! Pas un polyvalent. Avant d'être assassinée, ma sœur menait plutôt une drôle de vie. Elle a acheté une maison dont elle n'avait pratiquement pas besoin avec du fric qu'elle n'avait pas ; elle paie cash une assurance-vie de deux cent cinquante mille dollars et meurt trois semaines plus tard, juste à temps. Et personne ne se demande — pas même vous — d'où venait le pognon. Personne n'a l'air de soupçonner qu'il pourrait y avoir un rapport entre ce pognon et le tueur. Vous préférez rester là sans bouger, à ergoter sur le secret professionnel. Merde ! Si vous savez quelque chose, ma bonne dame, allez le dire aux poulets. Felicity n'est plus là pour vous reprocher d'avoir ébruité ses petits secrets.

— Il y a un feu rouge, signala l'avocate.

— Je le vois foutre bien qu'il y a un feu rouge ! répliqua Dill en écrasant la pédale de frein.

Ils attendirent en silence, puis Anna Maude lâcha :

— C'est bon. Je me charge de vos intérêts.

— Je ne sais pas si vous en êtes capable. Après tout, les affaires que j'ai à débrouiller sont horriblement compliquées. Il faut que je vende une maison et que je touche une assurance. Ça pourrait demander pas mal de formalités, comme d'écrire une lettre ou deux et passer deux ou trois coups de fil.

— Le feu est au vert, dit-elle simplement.

— Je ne suis pas miraud.

Il lança la voiture de l'autre côté du carrefour.

— Eh bien ?

— Eh bien quoi ?

— Vous voulez de moi comme avocate ?

— Bof ! soupira Dill. Pourquoi pas ?... Qu'est-ce que vous voulez manger ?

— Des ris de veau.

Il la regarda en riant.

— C'est sérieux ?

— J'en meurs d'envie.

— Dans ce cas, direction Abattoirs. Chez Chief Joe.
— Ça s'impose.
— Chic, dit gaiement Dill. Des ris de veau !

Tout ce qui se trouvait au sud de la Yellowfork continuait d'être appelé « les Abattoirs » malgré la disparition des principales boucheries en gros et conserveries. Armour avait déménagé depuis longtemps, suivi de Swift, et il ne restait que Wilson pour traiter le cochon, le bovin et à la rigueur l'ovin. A la rigueur, car manger du mouton passait pour un peu cucul. Quant à la rivière Yellowfork, elle répondait à la définition bien connue : un mille de large et un pouce de profondeur. Pas très original, mais l'originalité n'avait jamais été très cotée dans cette ville. Il y avait quelquefois de l'eau dedans, et même beaucoup, mais en d'autres temps, comme maintenant, ce n'était qu'une vaste étendue méandreuse de sable jaune et sec, bordée de saules et de cotonniers.

Pendant des années, la Yellowfork avait constitué pour la ville une judicieuse ligne de démarcation économique et sociale. Au sud vivaient les Blancs pauvres et les autres pauvres diversement colorés. C'était moins net depuis la Seconde Guerre mondiale.

N'empêche que par grande chaleur et vent du sud, la puanteur des seuls abattoirs encore en exploitation sévissait jusqu'à Cherry Hills.

Pilotant sans presque y penser, Dill repassa devant son hôtel pour descendre Broadway. Au sud de l'hôtel, cette voie gardait un aspect à peu près respectable jusqu'à la Quatrième Rue Sud, « Deep Four » comme l'appelaient les indigènes. Mais ensuite, c'était le foutoir. Les quatrième, troisième, deuxième et première rues avaient autrefois constitué la seule enclave noire au nord de la Yellowfork. Cet ancien ghetto était maintenant complètement absorbé et les Noirs de bonne vie et mœurs l'avaient fui, laissant la place aux marginaux de toute couleur, religion ou sexe, y compris le troisième. Dill se rappela que sa sœur avait travaillé dans ce quartier pourri lors de ses débuts à la Criminelle. On n'y voyait que bars, bouges, débits de boisson, cinés porno et petits hôtels borgnes qui se paraient de noms prestigieux : Biltmore, Homestead, Ritz ou Belvedere. Et aussi de vieilles maisons de bois collées les unes aux autres, avec de larges vérandas en façade. Les gens qui s'y tenaient assis paraissaient abrutis de chaleur, mornes, mais assez désespérés pour se révolter si l'occasion s'en présentait. La température peu après sept heures était de 35 degrés. Le soleil n'était pas encore couché. Beaucoup des occupants des vérandas ne portaient que des sous-vêtements et buvaient de la bière en boîte. Il n'y avait pas un souffle de brise.

— D'où sortent toutes ces putes? s'enquit Dill en approchant de la Première Rue Sud.

— Du bureau de chômage, Felicity leur parlait quelquefois. Toutes disaient que c'était ça ou crever de faim.

Ils stoppèrent à un feu rouge. Un homme quitta le trottoir en titubant, contourna la Ford et s'arrêta du côté conducteur. Il paraissait environ trente-cinq ans et portait un maillot de corps vert crasseux avec un pantalon kaki. Ses prunelles bleues semblaient flotter sur un lac rosâtre et un coup de rasoir ne lui aurait pas nui... Une vilaine croûte blanche bordait ses lèvres. Avec une grosse pierre, il cogna à la glace que Dill baissa aussitôt.

— Donnez-moi vingt-cinq cents, m'sieur. Ou je fous votre pare-brise en l'air.

— Va te faire cuire un œuf!

Dill remonta la glace. L'homme recula et visa soigneusement le pare-brise tandis que la Ford démarrait sec au mépris du feu rouge.

— J'aurais dû lui donner la pièce, regretta Dill.

— Vous auriez dû commencer, remarqua Anna Maude, par laisser votre glace fermée.

Passé la Première Rue Sud, Broadway tournait sur la droite en direction du pont sur la Yellowfork. Cet ouvrage de béton à quatre voies, inauguré en 1938, avait été primitivement dédié au secrétaire à l'Intérieur Harold F. Ickes. Quand Truman limogea MacArthur en 1951, le conseil municipal indigné rebaptisa le pont du nom du vainqueur du Pacifique, mais les gens persistèrent à l'appeler, comme avant, « Pont de la Première Rue ».

Comme il attaquait la rampe plutôt raide qui conduisait au pont, Dill s'étonna :

— Eux qui ont presque tout foutu en l'air, pourquoi n'ont-ils pas démoli, pendant qu'ils y étaient, Deep Four et South Broadway ?

— Ils y ont pensé, dit Anna Maude, mais ils ont eu la trouille.

— De quoi ?

— De voir toute cette racaille déménager et s'installer ailleurs, peut-être à leur porte.

— Je comprends...

# CHAPITRE XVI

Pour accompagner les ris de veau à la sauce d'okra, il y avait au menu des pois à l'étuvée, de la salade de choux et du pain de maïs, avec un babeurre comme boisson et de la tarte au citron meringuée comme dessert. Quand ils eurent fini de dîner, Dill et Anna Maude Singer tombèrent d'accord pour déclarer que, ce repas dût-il être le dernier de leur existence, ils n'auraient pas commandé autre chose.

Ils étaient assis sous la tête barbue d'un bison mort depuis trente-neuf ans. Chez Chief Joe, tous les murs étaient couverts de trophées de chasse : têtes empaillées de Bisons, daims, élans, orignals, lynx, lions de montagne, coyotes, loups, mouflons, et trois sortes d'ours. Le restaurant avait été lancé par un certain Joseph Maytubby, qui était moitié Cherokee, moitié Choctaw, avec un zeste de Kiowa. On l'appelait « chef » parce que c'était la coutume de donner ce titre à tous les Indiens, et non parce qu'il avait été cuistot en France, dans l'armée, pendant la Première Guerre mondiale. Démobilisé, il resta sur place, épousa une Française de vingt-trois ans et la ramena au pays, où tous deux ouvrirent « Chez Joseph » en 1922. Ce n'était au départ qu'un comptoir et quatre tables, mais la cuisine était de premier ordre et quand les éleveurs s'aperçurent de ce que M^me^ Maytubby savait faire des couilles de porcs, « Chez Joseph » devint l'un des deux restaurants les plus fréquentés des Abattoirs, l'autre étant le Puncher's spécialisé dans le steak. Il y avait aussi du steak à la carte de Joe, mais il était peu demandé. On préférait ses spécialités axées sur la triperie, mais aussi le ragoût de mouton, la vraie soupe de queue de bœuf et un plat anonyme à base de canard sauvage, quand c'était la saison.

La collection zoologique avait démarré en 1927, quand un habitué du restaurant abattit un grizzly dans les Rocheuses canadiennes. Il fit naturaliser la tête et l'offrit à Chief Joe qui, ne sachant qu'en faire, l'accrocha au mur. Alors, quiconque tirait sur n'importe quoi se mit à lui faire cadeau de bêtes aux yeux de verre, jusqu'à occuper toute la surface disponible.

Chief Joe mourut en 1961, sa femme en 66. Leur fils unique, Pierre Maytubby, leur succéda et quelques vieux clients essayèrent de le surnommer « Chief Pete », mais il ne marcha pas. Sous sa direction, la qualité de la cuisine resta inchangée, tout comme l'enseigne « Chez Joseph » dont personne, sauf M^me^ Maytubby, n'avait jamais tenu compte.

Quand le café et le cognac firent leur apparition, Dill se renversa en arrière et contempla béatement son invitée qui, sur la banquette, était assise juste en dessous du défunt bison un peu mité.

— Vous aimez le babeurre aux repas ? s'enquit Dill. Je crois bien que vous êtes la première femme de ma connaissance à apprécier ça.

— J'en prends même au petit déjeuner. Mais vous, qu'est-ce que vous prenez au petit déjeuner ?

— Du café. Autrefois, c'était café et cigarettes, mais j'ai cessé de fumer. D'après Erich-Maria Remarque, un café et une cigarette sont le breakfast du soldat.

— Vous avez été soldat ?

— Pourquoi ?

— Parce que vous avez l'âge d'avoir fait le Vietnam.

— Je n'y suis pas allé. J'ai voyagé ailleurs, mais à titre civil.

— Vous n'avez donc pas été soldat.

— Non.

— Il y a des hommes qui en font un complexe.

— Sans doute des intellos de la classe moyenne et de race blanche. Il n'y en avait pas des bottes en première ligne.

— Ils disent regretter d'avoir manqué une occasion qui ne se représentera jamais.

— C'est vrai. Ils ont manqué une occasion de se faire trouer la paillasse.

— Vous ne semblez pas vous sentir coupable.

— Coupable de quoi ? J'étais dispensé en tant que soutien de famille. En l'espèce, une orpheline de onze ans.

— Sans ça, seriez-vous parti ?

— Au Vietnam ? Je n'en sais rien.

— Supposons qu'on vous ait dit : « Vous êtes convoqué au bureau de recrutement mardi prochain ». Qu'auriez-vous fait ?

— Je serais allé soit au bureau de recrutement, soit au Canada. Par conviction dans un cas, par curiosité dans l'autre.

Elle le regarda un bon moment.

— Vous seriez allé au bureau de recrutement.

— Pas si sûr, sourit-il.

— Qu'avez-vous fait à l'étranger ?

— Felicity ne vous l'a pas dit ?

— Non.

— Je croyais qu'elle parlait beaucoup de moi ?

— Du temps où vous viviez ensemble, oui. Pas depuis. Alors, qu'elles étaient vos occupations ?

— Je faisais des enquêtes.

— Pour qui ?

— Le gouvernement.

Anna Maude fronça le sourcil, ce qui fit sourire Dill.

— Pas pour la CIA, rassurez-vous, bien que je me sois cogné dedans de temps en temps.

— A quoi ressemblent-ils vraiment, ces types de la CIA ? On écrit des tartines sur eux, on en fait des films, et je n'en ai jamais vu un de près ni de loin.

Dill fouilla dans ses souvenirs à la recherche d'une définition et ne trouva qu'une comparaison.

— Ce sont des types dans mon genre. L'air un peu constipé.

— Tous ?

— Je ne les connaissais pas tous. Mais dimanche, vous en verrez un qui n'était pas précisément constipé.

— Qui ça ?

— Jake Spivey.

— Spivey était de la CIA ? Ça, alors !

— La CIA dément, mais il en était bel et bien. Il vous racontera peut-être quelques bonnes histoires. Il a été en Indochine non parce qu'il était mobilisé, ni par patriotisme, ni même par curiosité, mais parce qu'à vingt-trois ans, il ne trouvait pas d'autre moyen de gagner mille dollars par jour.

— Que faisait-il pour ça ?

— Jake ? Je suppose qu'il a tué des tas de gens.

— Et ça ne le gêne pas ?

— Vous voulez parlez d'un complexe de culpabilité ? Rassurez-vous. Il ne s'est jamais senti coupable de quoi que ce soit.

Pour raccompagner Anna Maude Singer, Dill choisit un itinéraire un peu moins direct, mais plus agréable. Arrivée à destination, elle n'attendit pas qu'il allât lui ouvrir la porte, et descendit de la Ford en disant :

— Je vous préviens que je n'ai qu'un peu de cognac de Californie.

Dill prit cela pour une invitation et répondit que le cognac californien avait bien des avantages, à commencer par son prix. Dans l'appartement, elle le laissa seul en compagnie du pick-up de collection pour aller préparer les boissons. Quand elle revint avec une bouteille tarabiscotée et deux verres ballons, elle s'était encore changée, ayant remis son caftan d'intérieur à rayures. A la façon dont roulaient ses seins sous le tissu souple, il était visible qu'elle ne portait rien d'autre. Encore une invitation, pensa Dill. J'y vas t'y, j'y vas t'y pas ?

Anna Maude s'assit sur le divan blanc cassé, posa les verres sur la table à thé et les remplit jusqu'au niveau convenable. Pendant ce temps, Dill tira son carnet de chèques et son stylo, remplit un chèque de cinq cents dollars à l'ordre de l'avocate, le détacha et le lui tendit, après avoir ajouté « provision » sur le talon.

Elle lut, posa calmement le chèque sur la table et dit avec un regard glacial :

— Ce n'était pas une chose à faire.

— J'en ai l'impression, en effet.

— Ici, ce n'est pas mon cabinet. C'est mon domicile, mon foyer. C'est ici que se déroule ma vie privée, ma vie sexuelle si vous préférez. Je pensais pouvoir l'enrichir un peu ce soir, mais je vois que je me suis trompée.

— Vous acceptez le chèque ?

Elle hésita avant de répondre.

— Soit, je l'accepte.

— Vous êtes donc mon avocate, retenue pour pas cher, je le reconnais, mais si je me trouve en difficulté avec la justice, vous vous précipitez à mon secours. D'accord ?

— Quel genre de difficultés ?

— Ça, ce n'est pas une réponse.

— D'accord, je me précipite. Mais quel genre de difficultés ?

— Quand je fouinais dans les affaires étrangères, j'ai acquis une espèce d'instinct, un sixième sens si vous voulez, auquel j'ai appris à me fier. Une sorte de système d'alarme. Il m'a tiré d'affaire plus d'une fois en m'amenant à chercher à la fois un appui et une position de repli. Eh bien ! depuis que je suis ici, j'ai perçu quelques avertissements du même genre.

— Vous voulez parler de Felicity et de tout ça ?

— En partie.

Elle but un peu de brandy.

— Vous faisiez aussi allusion à des difficultés avec la justice.

— Ecoutez plutôt. Cet après-midi vers cinq heures, j'étais monté dans ma chambre quand un très gros bras m'a serré le kiki et à moitié étranglé. Je suis resté dans les pommes pendant près de dix minutes. Quand j'ai refait surface, j'avais encore ma montre, mon portefeuille et il ne me manquait pas un sou.

— Qu'est-ce qui manquait ?

— Le dossier sur Jake Spivey.

— Quel dossier ?

— Je travaille pour une sous-commission sénatoriale qui a Spivey dans le collimateur.

— Votre ami.

— Mon plus vieil ami.

— Il le sait ?

— Bien sûr.

— Vous vous faites attaquer et vous appelez ça un pressentiment...

Ses yeux s'agrandirent, pas beaucoup, mais juste assez pour rassurer Dill quant à l'intérêt qu'elle portait à son cas. J'ai bien fait de l'engager, se dit-il. Elle pige. Elle ne comprend pas tout, mais moi non plus.

— Quoi d'autre ? questionna-t-elle.

Il but une gorgée d'alcool en se faisant la réflexion que les vignerons californiens n'étaient pas près de rattraper leurs concurrents français.

— Quoi d'autre ? répéta-t-il. Il y a notamment un vieux reporter de la Tribune qui sait tout des curieuses finances de Felicity, mais attend le feu vert pour le publier.

— Le feu vert de qui ?

— Il ne me l'a pas dit et je n'ai pas eu la bêtise de le lui demander. Puis il y a l'ancien petit copain de Felicity, l'ex-espoir du football devenu épouvantail professionnel.

— Clay Corcoran.

— Je croyais qu'il s'était résigné un peu facilement à son infortune, mais la locataire de Felicity confirme plus ou moins sa version. Elle s'appelle Cindy McCabe. Elle a ôté son soutien-gorge pour me faire admirer le contenu. Elle dit aussi qu'elle a fait des offres à Felicity mais qu'elle s'est fait rabrouer.

— Et vous, vous l'avez rabrouée ?

— Je le crains fort. J'étais en retard pour mon rendez-vous suivant, dont je n'avais encore aucune idée, mais qui était avec le fiancé éploré de Felicity. Le capitaine Colder m'a donné la clé de l'appartement qu'elle habitait pour de bon. (Il sortit l'objet d'une poche de sa veste et le posa sur la table de verre.) C'est au coin de Fillmore et de la Dix-neuvième, pas très loin d'ici.

— De l'autre côté de Washington Park, précisa-t-elle.

— Vous saviez qu'elle y avait un appartement ?

Elle secoua lentement la tête.

— Non.

— Et vous étiez son avocate, sa confidente, son amie ! Elle ne vous y a jamais invitée ?

— Seulement au duplex. J'y suis allée assez souvent. Je lui ai bien dit que ça me paraissait un peu nu, même un peu réfrigérant. Que ça ne lui ressemblait pas. Elle me répondait qu'elle n'y était pas souvent, parce qu'elle passait la plupart de ses nuits libres avec Colder.

— Felicity vous a parlé de M^me^ Colder ?

— Oui. Il l'avait fait enfermer.

— Vous savez pourquoi ?

— Parce qu'elle buvait trop.

— Ce n'est pas tout à fait ça. Il l'a fait boucler parce qu'elle menaçait de tuer Felicity. Pas une fois, mais souvent.

— Elle ne me l'a jamais dit, fit Anna Maude d'une voix qui était à peine plus qu'un murmure.

Dill ramassa la clé et la mit sous les yeux de la jeune femme.

— Je m'en servirai demain après l'enterrement. Je voudrais voir où elle vivait pour de bon et j'aimerais que vous m'accompagniez.

— Il vous faut un témoin ?

— Exactement.

— Très bien, c'est d'accord.

Elle finit son verre, le reposa et regarda sa montre.

— Il se fait tard, remarqua-t-elle. Vous voulez rester ici ou rentrer chez vous ?

Il laissa passer plusieurs secondes avant de répondre.

— Je crois que je vais rentrer.

Elle se mit vivement debout, comme pour le pousser dehors. Dill en fit autant et elle resta devant lui, avec un demi-sourire. Il la prit dans ses bras et l'embrassa. Ce fut un long baiser gourmand que ni l'un ni l'autre ne semblait vouloir interrompre. Les mains de Dill partirent en exploration, découvrant un corps superbe. Tous deux allaient atteindre le point de non-retour quand elle retira brusquement sa langue et ses lèvres, fit un pas en arrière et dit :

— Il se passe quelque chose, non ?

— Entre nous ?

— Ça, c'est une autre affaire. Ça se fera ou ça ne se fera pas. Je parle d'autre chose, quelque chose de pas propre.

— Oui, j'en ai l'impression.

Elle le raccompagna jusqu'à la porte, où ils s'embrassèrent de nouveau. Cette fois, tout fut plus net. Des questions furent posées et reçurent une réponse. Des tendances et des goûts se manifestèrent, avec de menues bizarreries. Ensuite, Dill sentit qu'ils se connaissaient et même s'appréciaient beaucoup mieux. Il lui sourit, mais, au lieu de murmurer quelque chose de tendre, demanda :

— D'après Felicity, d'où venait tout cet argent ?

Elle ne semblait pas s'attendre à des propos galants. Comme s'ils en étaient à l'intimité absolue, tout le reste une fois dépassé. Elle fronça le sourcil et dit :

— Pour l'acompte sur le duplex et tout ça ? De vous, mon cher. Elle disait que vous aviez fait fortune.

— Dommage qu'elle mentait.

— Ou qu'elle ne croyait pas si bien dire.

## CHAPITRE XVII

Dill rangea la Ford au garage de l'hôtel et se dirigea vers l'ascenseur. Comme il dépassait le deuxième des gros piliers de béton, un homme caché derrière s'avança et dit :

— Et ce cou, comment ça va ?

Dill s'arrêta net et porta involontairement la main à sa gorge.

— Encore un peu sensible, répliqua-t-il.

Un second homme rejoignit le premier. Il était mince comme un couteau et dépassait les un mètre quatre-vingts, il paraissait petit et frêle à côté du premier qui avait dix bons centimètres de plus et était bâti comme un haltérophile qui a abandonné la compétition vers la quarantaine. Il avait les yeux bleus, une grande bouche rieuse, des cheveux blonds clairsemés et grisonnants. L'autre avait les cheveux teints couleur aile de corbeau, des yeux morts et des lèvres fines qui exprimaient la méchanceté plutôt que la tristesse.

Tous deux étaient en complet d'été fripé, de popeline havane.

Le costaud portait une chemise brune, son acolyte une chemise blanche, et aucun n'avait de cravate. Les vestes bien boutonnées semblaient un peu trop grandes et devaient dissimuler des armes, car ces types n'étaient pas du genre à s'encombrer d'une veste quand la température dépasse 27 degrés. Or, elle atteignait 30 à 1 h 17 du matin, comme l'avait vu Dill en passant devant le panneau de la First National Bank.

— Il dit que son cou est encore sensible, déclara l'haltérophile.

— Désolé, fit l'autre avec un geste d'excuse. Nous ne cherchons pas la bagarre, vous savez.

— Moi non plus.

Le type maigre indiqua le fond du garage et se mit en marche en direction d'une grosse Dodge bleue parquée le nez au mur.

— Nous sommes là-bas dans la camionnette, dit-il.

Dill hésita. L'haltérophile, avec un bon sourire, ouvrit sa veste. Dill ne fit qu'apercevoir l'arme, mais il lui sembla bien que c'était un revolver à canon court. Il se décida à emboîter le pas au type maigre.

Arrivé à destination, celui-ci fit coulisser la porte latérale arrière de la Dodge, révélant un intérieur aménagé à la demande. Dill vit un petit évier, un réchaud à propane, un réfrigérateur, et le sol tapissé de moquette marron. Les parois semblaient lambrissées en bois naturel, mais ce n'était sans doute qu'une imitation en plastique. Il n'y avait pas de fenêtre au fond du véhicule.

— Vous trouverez un siège très confortable sur votre gauche, dit le type maigre.

— Où allons-nous ?

— Nulle part.

Le malabar toucha légèrement l'épaule de Dill et lui indiqua du menton l'intérieur de la camionnette. Dill monta, vit d'abord le siège à lui destiné, puis l'homme qui était assis derrière une table garnie de quelques verres, d'une bouteille de vodka Smirnoff, d'un seau isotherme à glaçons, de trois bouteilles de Schweppes Tonic et du dossier Spivey. L'homme, il ne l'avait pas revu depuis Gênes, à l'hôtel Plaza sur la Piazza Corvetto. Ils étaient quatre dans le living-room de la suite 523 — il se rappelait le numéro à sa grande surprise ! — et ces quatre personnes étaient Ben Dill, M^me^ Dill, Jake Spivey et l'homme assis derrière la table : Clyde Brattle.

— Ça va, Ben ? dit Brattle en souriant.

— Ça va, Clyde.

Il montra le fauteuil tournant recouvert d'un bon similicuir.

— C'est pour moi ?

— Je t'en prie.

Il s'assit et trouva le fauteuil tout à fait confortable. Les deux hommes de main montèrent à leur tour. Le maigre s'assit en face de lui sur un fauteuil du même modèle. Ne voyant pas où l'autre s'était assis, peut-être par terre, il se détourna et le trouva installé sur un strapontin qui se rabattait sur la kitchenette. Un truc pour peler les carottes, pensa-t-il.

— C'est fou ce qu'on arrive à faire tenir dans ces petits machins, dit Brattle.

— Un vrai tour de force, approuva Dill.

— Devant toi, c'est Sid. Et derrière, Harley.

— Enchanté.

— Ça fait un bail, dis donc. Sept ans.

— Pas loin de huit. Gênes. L'hôtel Plaza. Suite cinq cent vingt-trois. La tienne.

Brattle apprécia d'un sourire cet exploit mnémonique.

— Je crois bien que c'est ça. Et la charmante M^me^ Dill ?

— Elle va bien. Nous sommes divorcés.

— Vraiment ? Je n'étais pas au courant. Ou si je l'ai su, j'avais oublié. (Il fronça le sourcil, ce qui lui donnait l'air pensif, solennel, presque sincère.) J'ai appris, pour ta frangine. Je suis désolé, Ben. Obsèques demain, si j'ai bien compris.

— Oui.

— Je suppose que c'est la seule raison de ta présence ici. (Du bout de l'index, il tapota le dossier Spivey.) Et pas à cause de ce tas d'ordures. Comment va Jake, au fait ?

— Il va bien.

— Ce vieux Jake !

Brattle hocha la tête avec componction, comme s'il s'attendrissait au souvenir d'une vieille complicité. C'était une belle tête à la manière de certains bustes romains, c'est-à-dire pas trop. Les traits ne sont jamais tout à fait réguliers, l'expression jamais tout à fait noble et les yeux vides ne trahissent jamais rien. Il était arrivé à Dill, en Espagne, de passer toute une après-midi pluvieuse dans une salle pleine de tels bustes. Il avait vu sur ces faces mortes ce qu'il lisait maintenant sur celle de Clyde Brattle : l'attachement aux biens de ce monde, l'égoïsme et le pire cynisme. Ce devait être un état d'esprit bien utile à l'époque romaine, quand les Wisigoths se préparaient à rappliquer par l'est et le nord.

Maintenant âgé de cinquante-cinq ans, Brattle aurait pu passer pour un de ces consuls exilés qui avaient servi trop longtemps dans quelque province lointaine. C'était la même lèvre méprisante, le même nez mince et hautain, les mêmes yeux désabusés sans couleur bien définie. Les cheveux courts avaient fini par devenir gris, d'un gris de ciel d'orage, mais ils étaient restés épais et, s'il se peignait, c'était avec les doigts. La voix traînante et rocailleuse, soigneusement étudiée, avait depuis longtemps perdu toute trace d'accent régional.

— Que dirais-tu d'un pot ? questionna-t-il.

— Que je ne suis pas contre...

Sid, le maigre, se leva et prépara en silence deux vodkas-tonic. Il en posa une devant Brattle et présenta l'autre à Dill. Brattle but une gorgée, soupira et dit en souriant :

— Je suppose que tu as entendu parler de mon retour.

— Il paraît que tu as passé la frontière à Detroit.

— Ce n'est pas marrant, tu le sais aussi bien que moi, d'être toujours sur le qui-vive. (Il se tourna vers le nommé Sid.) M. Dill était avec Jasper, tu sais.

— Ah ? Qui c'est ça, Jasper ?

— C'est un quoi, pas un qui, précisa l'haltérophile du haut de son strapontin.

— Tu as raison, Harley. C'était un quoi. La Maison-Blanche du père Ford l'avait institué peu après les adieux bien arrosés de Nixon. Combien crois-tu qu'il avait liché ce jour-là, Ben ? Pas loin d'une bouteille ?

— Je ne sais pas. Je ne suis pas au courant de sa capacité.

— Toujours est-il — et Ben me corrigera si je me trompe — que les négociations étaient en cours pour amnistier Nixon quand M. Ford a piqué sa crise d'indignation en apprenant que, selon ses propres termes, « je ne sais quel bouseux s'était barré avec trois millions de dollars » provenant du CREEP, le Comité pour la Réélection du Président. Il en traînait du fric, à ce moment-là.

— Je me rappelle maintenant, dit Sid. Je me suis toujours demandé qui avait fait son beurre dans cette histoire.

— C'est alors qu'ils ont mis sur pied Jasper le bouseux en faisant appel à des outsiders politiquement vierges comme notre ami ici présent, avec mission de retrouver le magot envolé. Tout ça ultra-confidentiel. Même la CIA n'était pas au parfum. Ni le FBI. L'un et l'autre, il est vrai, étaient en bonne position sur la liste des suspects. Je me trompe, Ben ?

— Non.

— C'est ainsi que Ben, et quelques autres patriotes ont passé les années de la présidence de Gerald Ford à se balader en Europe aux frais de la princesse. Près d'un an à Londres, n'est-ce pas ? Suivi de presque deux ans à Barcelone.

— Oui, à peu près.

— Et qu'est-ce qui s'est passé ? intervint Harley.

— Rien du tout. Tu n'étais pourtant pas loin d'aboutir, hein, Ben ?

— C'était moins une, confirma Dill.

— Et j'aime à croire qu'on t'a un peu aidé, Jake et moi.

— C'est un fait, Clyde.

— Mais pas tout à fait assez, soupira Brattle. Ils étaient déjà morts, les pauvres ploucs ! Trois, si je me souviens bien. Deux hommes et une femme. Une combinaison merdique, à y bien réfléchir. Vouée à l'échec.

— Finalement, s'enquit Sid, qui a palpé les trois millions ?

— Ceux qui les ont butés, répondit Dill.

— Evidemment bien sûr, acquiesça Sid d'un air entendu.

— Ce qu'il y a de sûr, reprit Brattle, c'est que Ben a passé trois années merveilleuses en Europe. C'était le bon temps, hein, Ben ?

— Tu l'as dit. C'était le bon temps.

Brattle portait un polo blanc qui faisait ressortir le hâle de sa peau. Il mit la main à la poche, qu'aucune marque de fabrique n'ornait, en tira un briquet à gaz suisse, en or, prit un paquet de Gauloises sur la table et le présenta à Dill qui refusa d'un signe. Il alluma une cigarette et en tira une longue bouffée avec une délectation visible. La cinquième ou sixième de la journée, pensa Dill.

— Ça fait combien de temps que tu es à la sous-commission ? Trois ans ?

— A peu de chose près.

— Et ça paie ?

— Suffisamment.

— Habitudes spartiates, peu de besoins. C'est ça ?

— Absolument.

— Je suppose que tu as de bons rapports avec le jeune sénateur Ramirez.

— Basés sur une chaleureuse confiance mutuelle.

Brattle parut goûter la pointe d'ironie.

— Et le conseiller de la minorité, le jeune Dolan. Timothy, je crois.

— C'est bien ça.

— Elevé par les jésuites et les vieux politicards de Boston. Qui pourrait rêver d'une éducation plus saine et plus réaliste ? J'imagine qu'il ne manque pas d'ambition, le jeune Tim.

— C'est un démocrate professionnel, Clyde.

— C'est tout dire. (Brattle but encore une gorgée de son verre et tira une bouffée de sa cigarette, que Dill lui envia.) Comme tu dois t'en douter, j'ai une proposition à faire au sénateur... et au jeune Dolan, bien sûr.

Dill l'encouragea d'un signe.

— Je suis disposé, comme qui dirait, à prendre ma purge.

— Quelle dose ?

— Peut-être deux ans dans une centrale fédérale un peu relax et une amende raisonnable. Disons pas plus de deux ou trois cent mille.

Il arbora le large sourire de quelqu'un qui ne doute de rien.

— Deux ans au lieu de la perpète, en somme ?

— La perpète, c'est si vague ! Suppose qu'une fois derrière les barreaux, je claque dans la semaine. Qui c'est qui serait baisé ?

— Je connais des taules, intervint Sid, où tu ne tiendrais pas la semaine pour peu que les bougnoules matent ton mignon petit cul.

— Et le sénateur, observa Dill. Qu'est-ce qu'il y gagne ?

— Un sacré lot. Il peut livrer aux guignols trois personnes, plus moi, ce qui fait quatre si je sais compter.

— Quels sont les trois que tu veux balancer ?

— D'abord Dick Glander, puis Frank Cour. On pourrait les alpaguer dans les vingt-quatre heures.

— Glander, Cour et toi, ça fait un moment que vous vous connaissez. Dix-neuf, vingt ans ?

Brattle eut un petit sourire triste, qui s'effaça tout de suite.

— Dix-neuf... Mais il arrive un moment dans l'existence

où les plus vieilles amitiés doivent être sacrifiées à l'intérêt de tous. J'ai heureusement tout sur eux, du solide, et ils n'ont rien sur moi, pratiquement rien. Si les rôles étaient renversés, je suppose qu'ils ne se gratteraient pas pour en faire autant. Autrement dit, je m'attendrais à ce qu'ils prennent les devants.

Le sourire reparut mais, cette fois, c'était un sourire amusé.

— Tu n'as pas l'air de bien saisir ma tartufferie, Ben.

— Pourquoi ? C'est rafraîchissant. Ce qui m'embête un peu, c'est ton arithmétique. Tu as dit trois. Glander et Cour, ça ne fait que deux.

De son perchoir, Harley gloussa :

— C'est vrai, ça. Tu oublies quelqu'un.

Sid, de son côté, produisit un bruit de gorge que Dill crut pouvoir interpréter comme une manifestation de gaîté. Brattle lui-même haussa les sourcils, jouant la confusion.

— Est-ce possible ! Ne me dites pas que j'ai oublié Jake ! Jake, ça fait donc trois, plus moi, ça fait quatre, comme je le disais.

— Qu'as-tu sur Jake ? questionna Dill.

— Sur Jake ? Ecoute, mon petit vieux : en toute franchise, et sans exagérer, j'ai trois fois de quoi l'envoyer au trou pour le restant de ses jours, sans espoir de sursis ou de libération conditionnelle. Jake, c'est mon modèle d'exposition, mon argument suprême, ma rente dorée sur tranche, mon appât irrésistible, mon billet d'entrée pour des années de retraite bien méritée. Il a fait des trucs terribles, Ben. Epouvantables. Révoltants !

— Ça, approuva Sid, c'est pas un saint.

— Des trucs pas racontables, insista Brattle avec un sourire enjoué. Et je peux tout prouver. Dis-le au sénateur. Et aussi au jeune Dolan.

— D'accord.

— Bien.

Et comme s'il venait tout juste d'y penser :

— Tu veux peut-être récupérer ça.

Il ramassa l'enveloppe du dossier Spivey et la tendit à Dill, qui se leva pour la prendre, posa son verre et se rassit.

— C'est vraiment du caca, dit sobrement Brattle. Il n'y a rien là-dedans.

— L'important, Clyde, c'est ce qui n'y est pas.

— Je ne te suis pas bien...

— Mais si ! Jake laisse entendre qu'il peut te faire pendre à la plus haute branche, et je ne suis pas loin de le croire.

Brattle prit un air de sincérité profonde que Dill ne lui avait encore jamais vu. Le vieux cabot, se dit-il, a fait des progrès depuis notre dernière rencontre. Il était déjà bon, mais maitenant, il est superbe.

— Je vais te donner un bon conseil, Ben. Ce que je vais te dire m'a demandé... (Il réfléchit comme pour compter.) seize ans d'expérience. C'est tout à fait simple et voici ce que c'est : ne crois jamais un traître mot de ce que raconte Jake Spivey.

— Pas un traître mot, répéta Sid en écho.

— Il me dirait qu'il respire que je ne le croirais pas, ajouta Harley.

— Pas-un-traître-mot, dit encore Brattle en détachant les syllabes pour leur donner plus de poids. Dis-le bien au sénateur.

— Okay.

— Quand penses-tu lui en parler ?

— Au sénateur ? Dès que j'aurai dit au FBI où je t'ai vu.

— Bien sûr. Suis-je bête...

Il tendit la main et Dill la prit sans hésitation avant de se diriger vers la porte coulissante. Harley quitta son strapontin et tira la porte.

— Mes excuses de vous avoir fait mal au cou, dit-il.

— Pas de quoi.

Il descendit de la camionnette, dont le moteur démarra

avant qu'il eût atteint l'ascenseur. Il appuya sur le bouton, se retourna et vit le véhicule s'engager sur la rampe et disparaître. Il ne s'inquiéta même pas de relever le numéro minéralogique.

# CHAPITRE XVIII

De retour dans sa chambre, Dill plongea son regard dans les rues presque désertes. Le panneau de la First National lui apprit qu'à 2 h 09 du matin, la température était tombée à 30 degrés. C'était déjà samedi, 6 août, le jour des obsèques de Felicity Dill, inspecteur de deuxième classe, morte victime du devoir.

Il s'efforça de déterminer l'ordre de priorité des coups de téléphone qu'il avait à donner, conscient du fait que cet ordre pourrait être lourd de conséquences pour l'avenir. Il s'assit à la table à écrire, où trônait toujours la bouteille de whisky, et détacha une feuille de papier à en-tête de l'établissement. Il emprunta également le crayon-bille de l'hôtel et écrivit quatre noms dans cet ordre :

FBI

Sen. Ramirez

J. Spivey

T. Dolan

Tout en contemplant cette liste et se demandant par où commencer, il se versa une dose de whisky, l'avala en deux coups de glotte et regretta, pour la millième fois peut-être, d'avoir renoncé au tabac.

Ayant bien réfléchi, il reprit le stylo et attribua un numéro d'ordre à chaque ligne de la colonne, ce qui donna :

FBI-4

Sen. Ramirez-3
J. Spivey-1
T. Dolan-2

Tu ferais mieux de te couvrir, se dit-il. Tu devrais descendre dans le hall et te servir du téléphone public car un jour, peut-être dans des années, un type en bleu portant une serviette de plastique fournie par l'Etat viendra se pointer à l'hôtel pour examiner les registres et constater que dans la nuit précédant l'enterrement de sa sœur, un certain Benjamin Dill s'est empressé d'alerter John Jacob Spivey, le célèbre malfaiteur international. C'est ça qui ferait bien devant un jury !

Ayant bien fantasmé, Dill poussa un soupir et composa un numéro. Le téléphone sonna neuf fois, puis dix, et c'est au commencement du onzième qu'une voix furieuse et ensommeillée répondit :

— Qu'est-ce qui vient nous faire chier...

— Ton copain de branlette. Benjamin Dill.

— T'es chlass ou quoi ?

— Et toi, t'es réveillé ?

— Une seconde, que je prenne une cigarette.

En fond sonore, Dill entendit la voix de Daphne Owens qui demandait : « Qui c'est ? », puis celle de Spivey qui répondait Pick. « Qu'est-ce qu'il peut vouloir à une heure pareille ? » reprenait-elle sur un ton presque agressif, encore que cotonneux. « Comment veux-tu que je le sache avant qu'il ait parlé ? » répliquait Spivey. Il reprit enfin l'appareil.

— Alors ?

— Brattle est revenu.

Le silence qui suivit dura un bon moment.

— Mais encore ?

— Je veux dire qu'il est de retour ici.

— Ici, dans la ville ?

— Tout juste.

De nouveau le silence, pendant une douzaine de secondes.

— Qui y a-t-il avec lui ?

— Un mastard appelé Harley et un mec aux cheveux teints en noir nommé Sid.

— Ces deux cons...

— Il s'apprête à te balancer, Jake. Il veut t'offrir à Ramirez en paquet-cadeau avec Dick Glander et Frank Cour, qu'il prétend dépister dans les vingt-quatre heures. Il dit aussi qu'il en a assez long sur toi pour trois perpètes consécutives sans sursis ni liberté sous caution. Tout ça en échange d'une peine réduite à deux ans dans une bonne pension fédérale et une amende de deux ou trois cent mille au plus.

— Comment t'a-t-il paru ?

— Confiant.

— Comme toujours. Où l'as-tu rencontré ?

— Dans une camionnette, au garage de l'hôtel.

Il y eut encore une pause.

— Bon. Merci de m'avoir prévenu, Pick. Sois sûr que je l'apprécie.

Dill fut surpris de cette réaction. Où étaient la peur, l'affolement, le tremblement de voix et le reste ? Il me remercie, se dit-il, comme si je venais de lui dire où j'ai vu le chien qu'il a perdu.

— C'est tout ? demanda-t-il.

— C'est tout ce que je trouve à dire.

— Clyde avait l'air terriblement sûr de lui, Jake.

— Déformation professionnelle.

— Encore plus sûr de lui que d'habitude.

— Ecoute : il veut traiter et puis c'est marre. Tu dis qu'il est prêt à tirer deux ans pour obtenir un arrangement. Moi aussi, je veux un arrangement, mais pas question que j'aille en taule. C'est l'immunité que je veux. Ecoute : tu devrais aller trouver ton petit sénateur et tâcher de savoir qui il veut épingler, moi ou Brattle. J'ai l'impression que ce serait plutôt Brattle. Je peux le lui servir sur un plateau. Dis-lui ça. S'il marche, c'est là que je commencerai à m'inquiéter, car ce vieux Clyde tentera quelque chose.

— Il faut d'abord que j'appelle le FBI pour leur dire où j'ai vu Brattle.

— Tu ne l'as pas encore fait ?

— Non.

— Tu veux que je te dise ? gloussa Spivey. Tu es une vraie pomme.

— Ça se peut.

— Tiens-moi au courant de ce que dira le sénateur.

— D'accord.

— Ça tient toujours pour dimanche ?

— Bien sûr. Tu peux compter sur moi.

Quand il eut raccroché, Dill eut l'impression d'errer depuis des heures dans un de ces pays inexplorés que les cartes anciennes laissent en blanc, avec l'indication « Ici, des Monstres ». On n'y croit pas tellement, aux monstres. Ou plutôt, à force de les observer, d'écrire des rapports sur eux et même de les traquer, et cela pendant quinze ans, on finit par les trouver tout à fait normaux, inoffensifs, apprivoisés.

Et si l'anormal, après tout, c'était moi ? Cette idée d'inspiration éthylique enchanta Dill au point qu'il s'envoya le reste de la bouteille d'Old Smuggler. Puis — adieu, froide logique ! — il chamboula le programme si péniblement mis au point et appela successivement les trois numéros où le sénateur Ramirez pouvait être éventuellement joint au Nouveau-Mexique. Trois répondeurs l'informèrent, en deux langues, que le sénateur était indisponible mais ne manquerait pas de rappeler son correspondant si celui-ci voulait bien donner son nom et son numéro d'appel après le signal sonore. Dill le fit par trois fois, puis réveilla Tim Dolan à Washington.

Ayant rapporté la teneur de ses conversations avec Jake Spivey et Clyde Brattle, Dill la ferma, impatient de connaître la réaction de Tim Dolan. Elle ne tarda pas et fut conforme à ce qu'il attendait de ce cerveau politique.

— En somme, dit-il sur un ton guilleret et parfaitement éveillé, ils veulent se couper mutuellement en rondelles.

— Ça m'en a tout l'air.

— Comme ça, nous les aurons tous les deux.

— Tim, je ne suis pas sûr que tu comprennes bien ces gars-là.

— Qu'y a-t-il à comprendre ? Nous les laissons se découper en tranches et nous les servirons tout cuits à la justice. Le sénateur aura droit à quatre-vingt-dix secondes d'antenne et fera figure de héros dans son bled pendant trois jours, peut-être même une semaine.

— Je crois quand même qu'il faudrait choisir une cible.

— Pas les deux ?

— Non.

— Soit. Lequel ?

— Ce n'est pas à moi de décider.

— Tu te défiles, Ben.

— Je sais.

— Okay. Nous repassons le bébé au sénateur et nous lui laissons le choix. Qu'en dis-tu ?

— Parfait.

— Voilà qui est réglé. Lui et moi serons donc là-bas lundi soir ou mardi matin.

— La séance tient toujours ?

— Pas exactement. Nous avons décidé de ne pas nous découvrir trop tôt. Ce que veut le sénateur, c'est un entretien privé avec Spivey. Tu peux arranger ça ?

— Oui.

— Et Brattle ?

— Je suppose qu'il gardera le contact.

— Avec toi ?

— Avec moi.

— Vois si tu peux lui donner un rendez-vous avec le sénateur.

— Et le FBI ? Il faut qu'ils soient prévenus, pour Brattle.

— Je m'en charge, promit Dolan. Je connais ici quelques types assez raisonnables.

— Donc, je ne m'en occupe pas.

— Non, laisse-moi faire. Va plutôt te pieuter. Tu as l'air crevé.

Par la suite, personne sauf Dill ne put répondre de façon tout à fait satisfaisante à la question que les membres du grand jury fédéral posaient le plus souvent : « Mais pourquoi diable aucun de vous n'a-t-il alerté le FBI ? »

« Je croyais que c'était fait », répondait-il invariablement.

# CHAPITRE XIX

La limousine envoyée par la préfecture de police pour prendre à son hôtel, à 9 h 15, un Benjamin Dill pas très en forme, était une Cadillac noire de 1977. L'ancienne voiture du maire, révéla son conducteur, et 241 000 kilomètres au compteur.

— Ce n'était que sa voiture de service, expliqua l'homme, un sergent de police entre deux âges qui portait l'uniforme d'été beige et disait s'appeler Mock. Quand on lui en a payé une neuve, celle-ci a été reversée au parc. Il y a quelqu'un à aller chercher, disiez-vous ?

— Une Miss Singer, au coin de la Vingt-deuxième et de Van Buren.

— Le Foyer des Vieux, c'est ça ?

Le sergent Mock ouvrit la portière arrière à Dill, qui se glissa dans la voiture et se laissa tomber sur la molle banquette.

— Enfin, reprit le sergent en prenant place au volant, c'est comme ça qu'on appelle les Van Buren Towers. Je ne sais pas pourquoi, mais c'est un fait.

La grande voiture décolla du trottoir et remonta Broadway vers le nord. Jetant un coup d'œil au rétroviseur, le chauffeur vit Dill affalé dans l'angle droit, contemplant le trafic clairsemé du samedi matin.

— Monsieur Dill, dit le sergent Mock, je suis désolé à propos de votre sœur. C'était vraiment une brave petite...

pas si petite que ça d'ailleurs. Un mètre soixante-quinze au moins.

— Soixante-dix-sept.

— Grand pour une femme.

— Oui.

— Vous voulez que je la boucle ?

— Si ce n'est pas trop vous demander...

— Un peu mal aux cheveux, hein ?

— Un peu.

— Regardez dans le compartiment qui est juste devant vous et ouvrez-le. J'ai mis trois boîtes de bière dedans à tout hasard.

— Vous êtes un saint.

Dill actionna l'ouverture, prit une des trois boîtes encore glacées, enfonça le couvercle et but avec délices. Le sergent rigola dans son rétroviseur.

— Je le fais toujours quand je suis de corvée d'enterrement. Mon premier soin en me levant est de foncer à la cuisine pour fourrer trois ou quatre boîtes dans le freezer. Des tas de gens ont besoin d'un petit remontant quand ils vont à l'enterrement. C'est triste, les enterrements... Bon. Maintenant, je la ferme.

— Merci.

Anna Maude Singer était en noir, un noir uni que rien n'égayait, sauf les gants blancs qu'elle portait à la main. Elle sortit des Van Buren Towers escortée du sergent Mock, qui s'était offert à l'aller chercher. Tandis que Mock ouvrait la portière de droite, Dill se glissa vers le coin gauche. Elle entra dans la voiture avec beaucoup de grâce, le popotin précédant ses longues jambes de ballerine qu'elle ramena d'un mouvement souple. Puis elle regarda Dill qui avait mis son complet bleu, une chemise blanche et sa cravate de tricot noir.

— Vous êtes parfait, dit-elle. Et la gueule de bois que

vous essayez de cacher apporte la note de tristesse qui convient.

— Je l'aurais parié, que vous étiez bavarde le matin.

— Comme tout le monde, non ?

Revenu derrière son volant, le sergent Mock mit le contact et tourna la tête.

— La dame n'a pas l'air d'avoir besoin d'une bière, mais si elle en a envie, monsieur Dill, vous savez où c'est. Maintenant, je vais remonter la glace de séparation pour que vous soyez tranquilles. Les gens qui vont à l'enterrement préfèrent l'intimité.

— Merci.

Mock pressa un bouton, la glace sortit du siège avant et la Cad s'écarta du trottoir.

— Ça vous dit, une bière ?

Elle fit signe que non et questionna à son tour :

— Où avez-vous pris cette cuite ?

— Dans ma chambre, et tout seul.

— Je me disais aussi que vous n'aviez pas tant bu avec moi.

— J'avais eu un visiteur.

— Dans votre chambre ?

— Non, dans le garage de l'hôtel. Nous avons discuté dans sa camionnette.

— Qui ?

— Clyde Brattle. Ça ne vous dit rien ? Non ? C'est vrai, j'aurais dû vous en parler.

— Où est-elle, cette bière ?

— Le compartiment devant vous. C'est une porte coulissante.

Elle exécuta la manœuvre, ouvrit une boîte et la tendit à son voisin.

— Racontez-moi.

Il entama largement la deuxième bière et parla de sa conférence dans la Dodge avec Brattle et ses deux anges gardiens. Quand il eut fini, ils approchaient de l'église baptiste de la Trinité, au coin de la Treizième Rue et de Sherman Avenue. Anna Maude réfléchit un moment et dit :

— Je me sentirais mieux si vous aviez appelé le FBI vous-même.

— Moi aussi, répliqua-t-il.

La religion baptiste était de loin la plus pratiquée dans l'Etat et sa capitale. Aussi disposait-elle d'une belle et grande église, construite dans les années cinquante sur les plans d'un architecte de talent. Dill fut surpris du nombre de voitures rangées sur le parvis et même devant, en double file. Il compta vingt-quatre motos de la police, toutes des Harley Davidson, ces tape-cul, si notoirement inférieures aux Kawasaki. Il en conclut que le label « made in America » comptait encore pour quelque chose dans son pays natal. Ayant abaissé la glace de séparation, il interrogea le chauffeur.

— C'est pour l'enterrement de ma sœur, tout ce monde ?

— Bien sûr, dit le sergent Mock. Elle était flic, monsieur Dill, et quand des flics se font tuer, les autres se dérangent. J'ai vu la liste. Il en est venu d'aussi loin que Denver, Omaha et Memphis, La Nouvelle-Orléans, Dallas, Fort Worth, Houston, Amarillo, Tulsa, Oklahoma, Albuquerque, Kansas City, Little Rock, Santa Fe, et j'en oublie.

Il était dix heures moins quelques minutes quand Mock arrêta la Cadillac sur l'emplacement réservé et ouvrit la porte à ses passagers. Cinquante ou soixante policiers en tenue, mais sans armes, étaient encore dehors. Dill sentit qu'il était la cible de leurs regards, en tant qu'unique parent de la défunte.

Un officier au teint olivâtre et à manières polies se présenta — « lieutenant Sanchez » —, exprima sa sympathie avec élégance et conduisit le couple à l'intérieur de l'église. Dill, qui n'y était jamais entré, fut sensible au caractère de son architecture. C'était pourtant du granit, à peine égayé de rose, mais les vitraux d'une conception semi-abstraite ne manquaient pas de cachet. Il se dit que si l'on s'embêtait au sermon, on avait toujours la ressource de se raconter des histoires en les regardant. Puisqu'il était écrit que Felicity passerait par l'église, autant que ce fût celle-ci. Au moins l'aurait-elle appréciée en tant qu'œuvre d'art.

Le lieutenant Sanchez escorta Anna et Dill dans l'allée centrale et les confia au directeur de la Criminelle, qui les attendait. C'était la première fois que Dill voyait John Strucker en tenue, et il fut impressionné tant par l'uniforme lui-même que par son aisance à le porter. C'était impeccablement coupé dans un tissu qui ressemblait à du lin. Sous son bras gauche, Strucker avait calé sa casquette chargée de broderie d'or.

— Nous sommes tout au bout, murmura-t-il en conduisant Dill et Anna Maude au premier rang à droite.

Dans la travée de gauche, un homme se leva et vint à leur rencontre. Il était plus âgé — la soixantaine bien tassée — et Dill finit par reconnaître Dwayne Rinkler, le préfet de police. Il ne l'avait pas vu depuis des années et sa longue figure étroite semblait s'être encore allongée. L'expression glaciale des yeux bleus s'était accentuée et les lèvres minces avaient fini par disparaître, ne laissant qu'une longue ligne tracée à la règle. Le teint fortement hâlé, il avait aussi perdu la plupart de ses cheveux. Il portait l'uniforme presque aussi bien que Strucker, et il y avait encore plus d'or sur sa casquette.

Strucker fit les présentations et le préfet Rinkler serra la main de l'avocate, puis celle de Dill.

— Nous sommes tous bouleversés, dit-il de sa voix de basse. Tous.

— Merci.

— C'était une femme remarquable, ajouta-t-il en

hochant la tête, comme pour approuver ses propres paroles.

Puis il regagna sa chaise, et Strucker le rejoignit. Dill et Anna Maude prirent place dans l'autre travée. Une fois assis, Dill regarda pour la première fois le cercueil, ou plus exactement le grand drapeau américain dont il était drapé. De chaque côté du catafalque, six policiers monumentaux montaient la garde, figés dans la position dite de repos. Dill se demanda depuis combien de temps ils tenaient la pose.

Un chant s'éleva. Dill tourna la tête pour en localiser la provenance et vit dans la tribune du chœur douze agents de police des deux sexes, très jeunes, qui interprétaient sans accompagnement l'*Hymne de combat de la République* dans une version lente et grave. Sans doute allaient-ils débuter les quatre strophes au fur et à mesure que l'église se remplissait. Dill trouva qu'ils chantaient bien et se demanda si Felicity aurait apprécié.

L'hymne fut suivi du concert habituel de bruits divers, raclements de gorge et toussotements. Puis un pasteur d'aspect juvénile fit son apparition et monta à la chaire, d'où il embrassa l'assistance d'un regard triste derrière ses lunettes d'écaille.

— Nous sommes ici, déclara-t-il, pour déplorer la mort et prier pour l'âme de quelqu'un qui n'était ni de notre paroisse ni de notre confession, mais qui avait choisi de consacrer sa vie à un service public qui protège cette confession et cette paroisse. Nous sommes ici pour pleurer l'inspecteur Felicity Dill, prier pour elle et la remercier d'avoir sacrifié sa trop brève existence au service de la communauté.

Il parla ainsi pendant cinq minutes. Bien assommant, pensa Dill, ce jeune homme probablement pieux et visiblement sincère. Quand le pasteur eut prononcé l'inévitable « en vain », il cessa d'écouter, comme il le faisait toujours en entendant ces mots, rituellement associés à celui de « sacrifice » qui avait aussi le don de déconnecter ses facultés d'attention. On a assassiné ma sœur, se dit-il. Qui sera mort en vain, si ce n'est pas elle ?

L'ambiance sonore changea soudain. Dill s'aperçut que le jeune pasteur avait fini de parler et que la chorale mixte enchaînait avec *Grâce stupéfiante,* un cantique que Felicity détestait tout particulièrement. Peu après que Jimmy Carter eut fait savoir que c'était son chant favori, elle lui avait écrit en substance : « Lis bien les paroles et tu comprendras pourquoi les gens s'accommodent de la merde qu'on leur donne à bouffer. » Maintenant, il écoutait les paroles, très attentivement, mais elles n'avaient absolument aucun sens pour lui, même aussi bien chantées.

Quand le cantique fut achevé, Dill supposa que la cérémonie l'était aussi, mais il n'en était rien. Le jeune pasteur était descendu de la chaire et quelqu'un d'autre le remplaçait : Gene Colder en personne. Dans son uniforme aussi bien coupé que celui de Strucker, le diacre baptiste doublé d'un capitaine de la Crim' paraissait digne et mélancolique. Il s'accrocha au lutrin non par nervosité, mais du geste d'un orateur expérimenté qui a quelque chose d'important à dire. Ses yeux balayèrent l'auditoire du fond de la nef au premier rang, où il repéra Dill pour le saluer d'un petit signe, puis se portèrent à mi-distance.

— On m'a demandé, commença-t-il, de dire quelques mots de l'inspecteur de deuxième classe Felicity Fredricka Dill — (Bon Dieu ! pensa son frère, elle qui avait ce prénom en horreur !) —, non seulement parce qu'elle était dans mon service, mais parce que nous étions amis. Très bons amis.

Maintenant, se dit encore Dill, personne ne peut plus ignorer qu'ils couchaient ensemble.

— L'inspecteur Dill, poursuivit Colder, était ce que j'appellerai un policier d'élite. Elle était montée en grade, très rapidement je tiens à le souligner, au prix d'un travail acharné, souvent brillant. Je n'hésite pas à dire que si elle avait vécu et poursuivi sa carrière avec la même détermination et la même compétence, elle serait devenu la première directrice de la brigade criminelle dans l'histoire de cette ville et peut-être même, ce n'est nullement inconcevable, son premier préfet de police du sexe féminin. Il va sans dire (léger sourire) qu'elle aurait été capitaine.

Colder parla ensuite de l'admirable personnalité de l'inspecteur Dill. Il loua son intelligence et sa bravoure, trouva des mots gentils sur son solide bon sens et son dévouement à toute épreuve. Il qualifia sa perte d'irréparable et son héritage d'éternel, sans que Dill pût démêler ce qu'il entendait par là. S'il faisait allusion à la police d'assurance et à la maison que laissait Felicity, cela n'avait rien d'éternel.

— Je ne puis que répéter, conclut le capitaine-diacre, le plus grand compliment que nous puissions lui faire. C'était un policier d'élite et elle nous manquera. A nous tous.

Colder couva ses ouailles d'un regard circulaire et les invita à se joindre à lui pour réciter le « Notre Père ». La garde d'honneur, toujours au « repos », baissa la tête comme un seul homme.

La prière finie, la chorale donna de la voix. Dill, qui ne fréquentait guère les églises, crut cependant reconnaître *Demeurez avec Moi.* Il regarda Anna Maude Singer, qui chercha sa main et la pressa en chuchotant :

— Dites-vous que là où elle est, elle s'amuse.

— Sûr, fit Dill qui n'en croyait rien.

Il se détourna pour faire face au capitaine Colder qui s'approchait pour leur serrer la main.

— Je suis très sensible à ce que vous avez dit, capitaine.

— Il n'y avait pas un mot que je ne pense pas.

— C'était très émouvant, dit à son tour Anna Maude.

— Je vous remercie.

S'adressant à Dill, qui dut encore le remercier, il

demanda si tout s'était bien passé avec la voiture de service.

— Je vais vous y reconduire. Elle suivra directement Felicity.

Il avait bien dit « Felicity », nota Dill, et non « le corbillard ». Colder eut un sourire rassurant.

— La cérémonie au cimetière sera très brève. Nous y allons ?

En marchant vers la porte, Dill chercha dans l'assistance quelque figure de connaissance, un vieil ami de la famille qu'il eût pu saluer d'un signe ou d'un sourire. Il n'y en avait pas. Elle devait bien avoir des amis dans la ville, mais il ne pouvait les connaître à cause des dix ans qui les séparaient. Il remarqua le groupe des policiers étrangers à la ville, dans leurs uniformes variés, qui le regardaient passer avec une curiosité sympathique. En somme, il n'y avait pour enterrer Felicity que des flics et des femmes de flics, jeunes ou d'âge moyen. Les vieux flics, à part le préfet de police, ça ne devait plus exister. Ils tirent leurs vingt ou trente ans, prennent leur retraite et disparaissent.

Fred Y. Laffter, le vétéran du reportage policier, était assis au bord de l'allée centrale à l'avant-dernier rang. Il se leva, se colla à l'épaule de Dill et chuchota d'une voix rauque :

— Nous allons sortir l'histoire de l'assurance-vie, de l'acompte que votre sœur a versé sur sa maison et tout ça. Vous avez quelque chose à dire ?

Dill s'arrêta.

— Qui c'est, « nous » ?

Laffter pointa un doigt vers le ciel en haussant les épaules.

— On m'a dit en haut lieu qu'il fallait y aller, alors nous y allons. Je peux encore glisser un paragraphe sur vous, bien que l'idée soit de moi et non de la direction.

— Je n'ai rien à dire. Je ne veux pas être cité.

Colder vint se glisser entre Dill et le vieillard.

— Pour l'amour de Dieu, Laffter, ce n'est pas le moment !

— Je lui fais une fleur, plaida la journaliste.

— Pas maintenant, vous dis-je.

Laffter le regarda froidement.

— Je fais mon boulot, mon petit gars ! lança-t-il.

Puis il fit le tour du capitaine et revint près de Dill.

— Sans rancune, jeune homme.

— Foutez-moi le camp !

# CHAPITRE XX

Précédé des deux douzaines de motards qui, eux-mêmes, suivaient une voiture de patrouille verte et blanche aux gyrophares allumés, le cortège funèbre s'étira sur un bon kilomètre en direction du cimetière à l'allure tranquille de vingt-cinq à l'heure.

Le principal monument de ce cimetière Green Glade of Rest, situé à l'est de la ville à l'emplacement d'une ancienne ferme ruinée, n'était pas une tombe, mais un labyrinthe de verdure pas trop compliqué, grand comme le quart d'un terrain de football. Ses allées de gravier serpentaient entre des épaisses haies de troènes hautes de plus de deux mètres, avec des bancs de pierre aux points stratégiques, le tout étant censé permettre aux visiteurs de méditer dans le calme sur les grands problèmes de la vie et de la mort. Mais comme le gravier trop gros faisait mal aux pieds, et parce que les bancs de pierre étaient par trop inconfortables, les amateurs étaient rares.

Dans les cinq dernières années, le département de la police avait enterré dix-sept de ses tués au Green Glade of Rest. L'inspecteur Felicity Dill serait le dix-huitième à bénéficier de la concession acquise par l'administration pour éviter que ses Morts en Service Commandé soient dispersés un peu partout dans la ville.

Presque tous ceux qui avaient assisté au service religieux avaient suivi le convoi au cimetière. Comme promis, la cérémonie fut brève. Un aumônier de la police lut le Psaume XXIII. Un peloton de tireurs d'élite tira une salve et un clairon sonna l'extinction des feux. Après quoi les membres de la garde d'honneur, qui avaient tenu les cordons du poêle, plièrent en triangle le drapeau recouvrant le cercueil et en présentèrent un coin à Dill, qui n'avait pas la moindre idée de ce qu'il fallait en faire. C'était fini. La défunte avait rejoint sa dernière demeure et il n'était pas tout à fait midi.

La concession des MSC occupait une légère éminence. Quand tout fut terminé, les assistants redescendirent lentement pour regagner leurs voitures, en passant à côté du labyrinthe. Quelques-uns s'attardèrent pour serrer la main de Dill en murmurant des paroles de circonstance. Il les remercia bien poliment.

Dill et Anna Maude se trouvaient presque seuls non loin du labyrinthe quand quelqu'un lui tapa sur l'épaule. Ils se retournèrent ensemble et furent irradiés par le sourire angélique de Clay Corcoran.

— Je n'ai pas pu m'en empêcher, monsieur Dill.

— Ben, rectifia Dill.

— D'accord, Ben. Et vous, Smokey, ça va ?

Elle répondit qu'elle allait bien. Le géant remisa son sourire et reprit avec gravité :

— C'était un bel enterrement. Je crois que Felicity aurait rigolé doucement de temps en temps, mais n'empêche. Ça s'est bien passé.

Comme il semblait quêter une approbation, Dill répondit qu'en effet, tout s'était bien passé. Corcoran jeta un coup d'œil par-dessus la tête de ses interlocuteurs. Derrière eux, les hommes en uniforme se dirigeaient tranquillement vers leurs voitures mais environ le quart d'entre eux, surtout ceux qu'accompagnaient leurs épouses, s'attardaient en petits groupes bavards.

Espérant sans doute réduire son énorme voix au

niveau sonore d'un chuchotement confidentiel, Corcoran baissa le ton.

— Je vous avais dit, fit-il, que j'allais fouiner un peu là-dedans. Eh bien ! je crois que je rapporte quelque chose. (Il regarda encore par-dessus leurs têtes comme s'il craignait d'être entendu.) Mais il faut d'abord que je vous pose quelques questions.

— Je vous écoute.

— Il y a ce type, Jake Spivey, qui...

Corcoran ne termina jamais sa phrase. Il écarta Dill d'une bourrade qui l'envoya dinguer deux mètres plus loin tandis que, du bras gauche, il fauchait Anna Maude Singer qui s'étala. L'instant d'après, il se laissa tomber sur un genou et saisit quelque chose sous la jambe droite de son pantalon.

D'où il était, au ras du sol, Dill suivit le regard de Corcoran et vit à une dizaine de mètres, dépassant du feuillage de la haie, un minuscule pistolet dans une énorme main. (Mais peut-être était-ce la petitesse de l'arme qui faisait paraître le poing si gros.) Un coup de feu claqua sec. Un seul. Il toucha à la base du cou l'homme agenouillé, qui lâcha le petit 6,35 plat qu'il venait d'extraire de l'étui fixé à sa jambe droite. Corcoran porta les deux mains à la blessure, les retira couvertes de sang et les contempla d'un œil stupéfait. Il resta sur un genou une, deux, trois, quatre secondes, puis poussa un soupir et se laissa aller dans l'herbe, le sang giclant de sa gorge par saccades.

Dill, qui s'était relevé, regarda autour de lui. Les seules personnes encore debout étaient les femmes de policiers. Quant aux policiers eux, ils s'étaient plaqués au sol ou avaient mis un genou en terre. Ceux-là, une jambe de pantalon relevée, exhibaient des mollets poilus ornés de minuscules holsters de cuir.

Une douzaine de pistolets, pour la plupart des automatiques de petit calibre très semblables à celui de Corcoran, avaient subitement poussé dans autant de gros poings. Les flics armés tournaient la tête en tous sens, cherchant sur qui tirer après sommation, ou avant, mais ne voyaient que d'autres flics — dont beaucoup d'étrangers — qui en faisaient autant.

Le silence qui suivit la détonation ne dura que quelques secondes. Puis une femme de policier poussa un hurlement à la vue de Corcoran gisant sur le côté, les genoux remontés presque contre la poitrine, arrosant l'herbe de son sang. Ce fut le signal des coups de gueule et de l'agitation.

Dill fut le premier à rejoindre le blessé dont les yeux verts, déjà un peu vagues, parurent le reconnaître. Corcoran essaya de parler, mais ne produisit qu'une grosse bulle rose qui creva avec un petit bruit ridicule. Ses lèvres remuèrent encore et Dill se pencha pour écouter. Les témoins de la scène eurent l'impression qu'il avait réussi à articuler trois ou quatre mots avant que la plaie cessât de saigner. Sa bouche exhala un dernier soupir sous forme d'une nouvelle bulle rose qui creva presque tout de suite. Et le cœur cessa de battre, n'ayant plus rien à pomper.

Dill se releva lentement. Un policier qui semblait avoir des connaissances médicales s'agenouilla aussitôt près du corps et le palpa adroitement, à la recherche d'un signe de vie. Il n'en trouva pas et s'assit sur ses talons en hochant la tête.

Anna Maude Singer tremblait comme une feuille. Dill l'aida à se remettre sur ses pieds et lui demanda si elle avait mal. Elle fit signe que non sans quitter des yeux le grand corps recroquevillé de Clay Corcoran, et il la prit aux épaules pour l'entraîner plus loin. Le capitaine Colder leur barra la route, aussitôt rejoint par son supérieur qu'il interrogea du regard, comme pour solliciter une approbation qui lui fut accordée d'un autre regard.

— Dites-moi vite, Dill, fit Colder d'une voix sèche. Il paraît qu'il a dit quelque chose. Vous avez pu comprendre quoi ?

— Il a dit « ça fait mal, ça fait mal ». Deux fois.

— C'est tout ? intervint Strucker dont le ton, sinon la physionomie, exprimait l'incrédulité.

— C'est tout.

Strucker se tourna vers Colder.

— Vous savez ce que vous avez à faire, capitaine. Autant vous y mettre.

— Oui, chef.

Il tourna les talons et s'éloigna en hâte, interpellant un policier, puis un autre, Dill ne l'avait encore jamais entendu dire « chef » à Strucker.

Le patron de la Crim' sortit un cigare de sa poche de poitrine et entreprit posément de le dépouiller de son enveloppe de cellophane, qu'il roula en une boulette avant de la jeter, mordit un bout du cigare qu'il cracha et alluma le reste avec un briquet à gaz, tout cela sans cesser de contempler le cadavre.

— Vous le connaissiez, hein ? fit-il sans changer d'attitude.

— Il disait avoir fréquenté ma sœur.

Strucker porta enfin son regard sur Dill

— C'était vrai.

— Il disait aussi qu'il avait été flic.

— Vrai aussi. Pas mauvais, d'ailleurs, bien qu'il ait été bien meilleur sur les terrains de foot. Il vous a dit ce qu'il faisait maintenant ?

— Détective privé. Epouvantail, suivant son expression.

Strucker eut un petit sourire, très fugitif.

— Ça ne lui allait pas mal non plus, mais sa grande affaire, c'était quand même le foot. Où s'est-il présenté à vous ? A l'hôtel ?

— En effet.

— De quoi avez-vous parlé ?

— De ma sœur, bien sûr.

— Et vous, Miss Singer, vous le connaissiez aussi ?

— Oui, très bien.

— Que s'est-il passé ici, à l'instant ?

— Je ne suis pas absolument sûre…

Strucker tira sur son cigare et souffla une bouffée en l'air dans la direction opposée.

— Dites-moi seulement ce que vous avez vu, ce dont vous vous souvenez.

— Eh bien, Clay nous a abordés en disant que ç'avait été un bel enterrement et que tout s'était bien passé. M. Dill lui a répondu que c'était aussi son avis. Ensuite Clay a dit qu'il s'était renseigné, ou qu'il avait fouiné, et qu'il avait une question à poser à M. Dill. C'est alors qu'il a vu quelque chose derrière nous, du moins je le suppose car tout s'est déroulé terriblement vite. Il a bousculé M. Dill…

— Un coup de hanche, précisa l'intéressé.

Strucker approuva en connaisseur et encouragea Anna Maude d'un sourire.

— Puis il a lancé le bras comme ça (elle imita le geste) et je me suis retrouvée sur le dos. Alors, j'ai entendu une détonation, je me suis redressée et j'ai vu Clay un genou en terre, le bas du pantalon relevé et un pistolet à la main. Mais il a lâché l'arme, s'est pris la gorge à deux mains et a regardé le sang qui les couvrait. Après ça, j'ai eu l'impression qu'il se laissait tomber. Il s'est couché sur le côté et a ramené ses genoux contre lui. Comme s'il se repliait. Et il… il est mort.

Elle détourna son regard.

— Vous vous sentez bien ? dit Strucker avec sollicitude.

— Oui, très bien.

— Et vous, monsieur Dill, qu'avez-vous vu ?

— La même chose, plus une main qui brandissait un pistolet à travers la haie, à peu près ici.

Il montra l'endroit où une poignée de flics en grande tenue, à quatre pattes, fouillaient méticuleusement l'herbe du cimetière, sans doute à la recherche d'une douille éjectée. Strucker les considéra longuement et secoua tristement la tête.

— Regardez-moi ça, dit-il. Tous en uniforme et pas plus

reconnaissables que des petits pois en conserve. Le type a très bien pu se procurer un uniforme d'une autre ville, venir aux obsèques, se glisser ici, descendre Corcoran et filer par l'autre bout du labyrinthe. C'est une hypothèse qui tient debout.

— Peut-être, fit Dill.

Strucker le regarda avec un regain d'intérêt.

— Comment ça, peut-être ?

— L'autre jour, Corcoran m'a dit qu'il faisait beaucoup de protection rapprochée. Ce sont peut-être ses réflexes de garde du corps qui ont joué.

Le directeur de la Brigade criminelle tira pensivement sur son cigare, toussa deux fois et se décida à opiner du chef, un peu à contrecœur à ce que crut comprendre Dill.

— Et à qui le tueur en voulait-il ? A vous, ou à elle ?

D'émotion, Anna Maude ouvrit de grands yeux et fit une drôle de grimace pour prononcer « à moi ? »

— Sait-on jamais ! persifla Dill.

— Mais pourquoi moi ?

— Et pourquoi quelqu'un d'autre ?

# CHAPITRE XXI

Au QG de la police, Dill et Anna Maude Singer enregistrèrent sur bande leurs brèves dépositions, après quoi le sergent Mock les ramena à l'hôtel Hawkins. Il était 13 h 31 et le thermomètre indiquait 38 degrés.

C'est seulement quand ils furent assis dans la Ford au garage en sous-sol, le moteur tournant au ralenti et le climatiseur au maximum, qu'Anna Maude posa la question que son compagnon attendait :

— Pourquoi n'avez-vous rien dit des dernières paroles de Clay à propos de Spivey ?

— Quelles dernières paroles ?

— Il a dit : « Il y a ce type, Jake Spivey, qui... » Mot pour mot.

— Il y a ce type, Jake Spivey, qui quoi ?

— Je n'en sais rien.

— Moi non plus, et c'est pourquoi je ne l'ai pas mentionné. Pourquoi ne l'avez-vous pas fait, vous ?

— Vous êtes mon client.

— Ce n'est pas une raison, objecta Dill en passant la marche arrière.

— Peut-être me suis-je tue parce que Clay s'apprêtait à dire : « ... Jake Spivey qui m'a demandé de venir chez lui dimanche pour sa petite fête, et où, si je ne me trompe, vous serez aussi. » Ou bien....

Elle laissa la phrase en suspens tandis qu'il attaquait la rampe de sortie.

— Ou bien quoi ?

— Je ne sais pas.

Ils sortirent dans Our Jack Street et tournèrent dans Broadway après avoir traité le feu rouge du carrefour comme un vulgaire « stop », en vertu d'une pratique inaugurée en 1929 et, depuis, sournoisement adoptée par la Californie.

— Vous avez faim ?

— Non.

— Alors, finissez votre « ou bien ».

— Ou bien : « ... Jake Spivey qui m'a demandé de lui servir de garde du corps, parce qu'on veut le descendre. »

— Pas mal, reconnut Dill.

Elle refusa le compliment.

— Ce ne sont là que des suppositions, qu'on peut varier à l'infini et qui ne mènent à rien.

— Vous êtes sûre que vous n'avez pas faim ?

— Je boirais volontiers quelque chose.

— Très bien. Nous allons nous arrêter quelque part. Vous prendrez votre verre, et moi un verre aussi, mais avec un sandwich.

— Et ensuite ?

— Ensuite, nous irons voir où Felicity habitait réellement.

Ils firent escale dans une brasserie fort correcte où Anna Maude, ayant changé d'avis, commanda un sandwich bacon-laitue-tomates accompagné d'un Bloody-Mary, tandis que Dill choisissait un cheeseburger et une bière.

Tout cela se révéla excellent. Anna Maude dévora son sandwich jusqu'à la dernière miette et demanda :

— Qu'espérez-vous trouver ?

— Chez Felicity ? Je n'en sais rien.

— Les flics y sont déjà passés ?

— C'est sûr.

— Alors ?

— Je cherche une trace de ma petite sœur. Jusqu'ici, il n'y en a pas beaucoup.

Seule la largeur d'une rue séparait la maison de Washington Park. Si ce parc de dix hectares formait une profonde cuvette, c'est qu'il occupait l'emplacement d'une briqueterie dont l'argile avait fourni le matériau — la brique rouge ordinaire — de presque toutes les constructions antérieures à 1910. Puis l'extension subite de la ville avait fait monter en flèche le prix des terrains avoisinants. Pas assez cependant au gré des spéculateurs, qui ne voyaient pas le moyen de vendre ou louer des résidences de luxe à proximité d'une usine. La municipalité, acquise au progrès et à la politique du profit, condamna donc la briqueterie et transforma en parc son trou de vingt-cinq hectares.

Quant à la maison, c'était un grand machin de deux étages construit en 1914, avec une immense véranda à l'aplomb d'un large avant-toit. Elle étalait ses seize pièces sur un terrain d'angle bien situé de quarante-cinq mètres sur trente où poussaient des ormes, des cornouillers, des robiniers, deux abricotiers et un pêcher. C'est au-dessus de l'ancienne remise à voitures, au fond de l'allée, que Felicity avait habité.

Dill et Anna Maude laissèrent la Ford dans la 19e Rue et remontèrent le trottoir jusqu'à l'allée. La clé donnée par Colder ouvrait bien la porte du bas, laquelle donnait directement accès à une étroite volée de marches très raides. Aucune fenêtre n'éclairait cette cage d'escalier obscure et étouffante. Dill, tâtant le mur à l'aveuglette, rencontra un commutateur qui alluma une ampoule de quarante watts. Il ne lui en fallait pas plus pour gravir l'escalier, suivi d'Anna Maude. Ils se retrouvèrent sur un minuscule palier — guère plus d'un mètre carré —

devant une porte que la même clé ouvrait aussi. Il la poussa, fit de la lumière, et sut immédiatement que sa sœur avait vécu là.

D'abord, les bouquins. Ils couvraient entièrement deux murs et il y en avait encore de petites piles bien rangées sur le plancher, ainsi que dans la profonde embrasure des quatre fenêtres mansardées donnant sur l'allée. Un appareil de conditionnement d'air était encastré dans l'une de ces fenêtres. En allant le brancher, Dill prit un livre au hasard, le feuilleta et en lut le titre à haute voix à l'intention d'Anna Maude : *L'Apiculture en Nouvelle-Angleterre au XVIII*e *siècle.* Des passages étaient soulignés et annotés. Il remit le bouquin en place et entreprit d'inventorier le reste de la pièce.

Il y avait une ottomane, et un vaste fauteuil flanqué d'un lampadaire de cuivre orienté en sorte que la lumière passe par-dessus l'épaule de la personne assise. C'était bien là un raffinement d'enragé de la lecture.

Anna Maude prit sur la table à thé un vase jaune et bleu, le souleva, l'examina et le remit en place.

— J'étais avec elle quand elle l'a acheté, dit-elle. C'était à une vente publique. Elle fréquentait beaucoup les ventes publiques, trouvant qu'elles donnaient aux objets un caractère dramatique.

— Ça, fit Ben, c'est bien de ma sœur.

— Vous avez remarqué quelque chose ?

— Quoi ?

— Il n'y a pas de poussière.

Dill passa un doigt sur le bord du plus haut rayon de bibliothèque et l'examina attentivement.

— Vous avez raison. Je suppose qu'ils ont regardé les bouquins un à un.

— Les flics ? Ils sont devenus bien soigneux.

— Gene Colder a dû y veiller.

Il regarda encore autour de lui et ne vit rien de bien remarquable : un tapis d'Orient usagé, probablement tissé à la machine, trois tableaux dont un abstrait aux couleurs gueulantes, un divan contre un mur, quelques chaises, un porte-revues (plein) et une étagère d'angle. Rien n'était assorti dans ce mobilier, mais rien ne jurait avec l'ensemble.

Dill passa dans un petit couloir sur lequel s'ouvraient la salle de bains à droite et une petite cuisine à gauche. Il fit de la lumière dans la cuisine et vit tout de suite les épices. Il y en avait de trente à quarante sortes, rangées dans un casier à six étages. Il y avait aussi une étagère de plus d'un mètre chargée de livres de cuisine. Ouvrant un placard, il le trouva bourré de boîtes de conserve et de bouteilles de boisson gazeuse. Assez pour tout l'hiver, se dit-il. Le réfrigérateur semblait avoir été débarrassé de toute denrée périssable — sans doute par les soins de la police — et il n'y restait que six bouteilles de bière. Comme il n'avait pas été débranché, elles étaient encore fraîches.

— Une bière ? demanda-t-il à Anna Maude qui ouvrait et refermait les tiroirs.

— Ça ne me ferait pas de mal.

— Vous n'avez pas vu un décapsuleur ?

Elle lui en tendit un, extrait d'un tiroir, et il ouvrit deux bouteilles en lui demandant si elle voulait un verre.

— Ça restera plus frais dans la bouteille.

Elle but au goulot et alla ouvrir un tiroir.

— Son argenterie est là, dit-elle.

— C'est tout ce qu'elle avait hérité de sa mère, remarqua Dill.

— C'était bien entretenu. Ça brille. (Elle referma le tiroir.) Et maintenant, la salle de bains ?

— Okay.

C'était une grande pièce à l'ancienne mode, recouverte jusqu'à mi-hauteur de carreaux de céramique blanche. Le sol était de même matière et même couleur, mais les carreaux étaient hexagonaux. La baignoire et le lavabo étaient équipés de robinets séparés pour l'eau chaude et l'eau froide. Il n'y avait rien d'intéressant dans l'armoire à pharmacie.

— Pas de médicaments, constata Dill en la refermant.

— Elle se portait joliment bien... Au fait, vous avez trouvé ce que vous cherchiez ?

— Oui. Elle vivait ici, sans aucun doute. C'est tout ce que je voulais savoir.

— On regarde quand même la chambre à coucher ?

— Bien sûr.

La chambre n'était pas tout à fait aussi vaste que le living, à cause d'une très grande penderie qui tenait beaucoup de place. Il y avait de jolis rideaux jaunes aux fenêtres et, sur le sol, un tapis blanc et brun qui réjouissait l'œil. Le lit était assez grand pour deux, à condition que le deuxième occupant ne reste pas pour la nuit. Une chaise longue ancienne donnait à la pièce un petit air de boudoir. Une table de jeu, une lampe de bridge, une machine à écrire électrique portative et un fauteuil directorial lui apportaient le cachet Felicity.

Dill fit glisser une des portes coulissantes de la penderie, découvrant tout un assortiment de vêtements féminins accrochés à des cintres, ceux d'hiver dans des housses de plastique, ceux d'été prêts à servir. Comme il poussait le tout sur un côté pour voir s'il y avait autre chose d'intéressant, il ne fut pas déçu. Un homme se tenait au fond du placard. Il avait une longue figure maigre et arborait un sourire idiot, mais ses yeux d'un brun jaunâtre exprimaient la ruse autant que l'affolement.

— Qu'est-ce que vous foutez là, mon vieux ?

— Laissez-moi vous expliquer...

Dill s'écarta vivement, chercha de l'œil quelque chose de dur et, avisant l'appui de la fenêtre, fracassa dessus la bouteille de bière qu'il tenait encore à la main.

— Venez l'expliquer ici, dit-il en brandissant son arme, un goulot hérissé de longs éclats de verre terriblement tranchants.

Le type au sourire idiot sortit du placard en tenant un petit coffre à outils.

— Je vais vous dire exactement ce qu'il faut faire, ordonna Dill. Vous posez d'abord, bien doucement, votre boîte à malices. Ensuite, non moins doucement, vous sortez de votre poche une pièce d'identité quelconque. Sans ça, je vous découpe le portrait en fines lanières.

— Ne vous emballez pas, dit l'homme sans cesser de sourire.

Il posa à ses pieds la caisse à outils, plongea dans sa poche-revolver et en sortit un petit portefeuille usé qu'il tendit à Dill.

— Donnez-le à madame.

Le type s'exécuta. Anna Maude s'approcha prudemment, lui arracha presque le porte-billets de la main et recula d'un bond. Elle ouvrit la pochette de cuir noir et en tira un permis de conduire.

— Il s'appelle Harold Snow, dit-elle. Ça me dit quelque chose.

— A moi aussi. C'est donc vous, le petit copain de Cindy ?

— Vous connaissez Cindy ?

— Nous nous sommes rencontrés.

— Harold est le locataire, expliqua Anna Maude. J'ai vu son nom sur le bail du duplex.

— Je sais.

Harold Snow renonça enfin à son sourire désarmant. Dans son regard jaunâtre, la rouerie l'emporta sur la peur.

— Alors, dit-il avec un évident soulagement, vous n'êtes pas des flics ?

— Je suis pire que ça, répliqua Dill. Je suis le frère.

# CHAPITRE XXII

Harold Snow observa scrupuleusement les consignes suivantes de Dill. Il s'accroupit les mains derrière le dos, chercha à l'aveuglette la poignée de sa boîte à outils et, l'ayant trouvée, se redressa avec le colis juste sous les fesses.

— Maintenant, ordonna Dill, nous allons dans le living. Il y fait plus frais. Mais quand je dirai stop, vous vous arrêterez pile ou je vous coupe une oreille. Compris ?

— Compris.

— En route.

Snow passa le premier dans le couloir, suivi de Dill, Anna Maude fermant la marche. Devant la porte de la cuisine, Dill dit « stop ! » et fut obéi.

— Vous savez où sont les couteaux ? demanda-t-il à Anna Maude.

— De quelle sorte !

— D'une sorte qui fasse réfléchir Harold.

— Pas besoin de couteau, dit Snow.

— Ta gueule, Harold.

Dill entendit Anna Maude fourgonner dans un tiroir du buffet de cuisine. Elle ne tarda pas à revenir avec un grand couteau à découper d'aspect inquiétant.

— Ça fait l'affaire ?

— Parfaitement.

Il lui prit le couteau des mains et lui donna la bouteille cassée à la place.

— Parfait. Dans le living, Harold.

Snow se remit en marche et entra dans la salle de séjour, suivi de Dill et d'Anna Maude, qui jeta le goulot dans une corbeille à papiers.

— Vous pouvez poser votre truc.

Harold plia les genoux et s'exécuta, manquant de tomber à la renverse, mais se releva sans dommage.

— Et maintenant ?

— Allez vous asseoir là-bas.

— Dans le grand fauteuil ?

— C'est ça.

Il y alla et s'assit.

— Votre coffre est fermé à clé ? questionna Dill.

— Non.

— Ouvrons-le et voyons ce qu'il y a dedans.

Snow fit mine de se lever, mais y renonça à la vue du couteau qui se pointait dans sa direction.

— Non, Harold. Pas vous.

Anna Maude Singer s'agenouilla près du coffre et l'ouvrit. Elle en ôta un plateau garni d'outils divers et inspecta le fond de la boîte.

— Ou c'est un agent du téléphone, ou c'est un réparateur de hi-fi. Quoique je ne voie pas très bien à quoi pourrait leur servir un outil comme ça.

Dill jeta un rapide coup d'œil à ce qu'elle tenait à la main gauche et lui demanda :

— Il est chargé !

— A bloc.

— Voyons ça...

Elle se releva et lui remit, en échange du couteau à découper, un revolver Smith & Wesson du calibre .38, cinq coups, à canon court. Il dirigea l'arme sur Snow avec un sourire qui déclencha chez son vis-à-vis un mouvement convulsif de la pomme d'Adam.

— Mon petit Harold, nous allons dire aux flics que nous vous avons surpris en flagrant délit de cambriolage. Vous nous avez menacés avec ce joujou, je vous l'ai arraché et je vous ai envoyé une balle dans le genou. Le genou droit, je crois.

Et de viser le genou en question.

— Vous ne feriez pas ça, balbutia Snow.

— Et pourquoi non ? dit Anna Maude.

— Voyons, m'dame ! Les gens ne se tirent pas dessus à tout bout de champ.

— Il est le frère, ne l'oubliez pas. La mort de sa sœur l'a rendu un peu nerveux.

— Harold, intervint Dill.

— Quoi ?

— Je vais vous demander ce que vous foutiez ici. Je vous promets que je vous fracasse le genou si vous mentez. C'est bien compris ?

— Vous ne tirerez pas ! défia-t-il, d'un ton aussi ferme qu'il le put.

Dill pressa la détente, et le projectile de gros calibre alla s'enfoncer dans l'ottomane, devant les genoux de Snow qui se recroquevilla dans le fauteuil en gueulant. Dill se demanda si quelqu'un avait entendu la détonation. Probablement pas, car l'endroit était retiré. Il décida aussi qu'après tout, il ne s'en souciait guère.

— Je regrette, Harold.

Cette fois, il prit l'arme à deux mains et visa soigneusement la rotule droite du visiteur.

— La bande ! cria Snow. C'était juste pour la bande !

— Quelle bande !

— La dernière.

— Et où est-elle, cette dernière bande ?

Snow montra le plafond.

— Sous le toit. Ça fait une espèce de grenier. On y arrive en montant par la trappe dans le plafond de la penderie.

— Comment savez-vous qu'il y a une bande là-dedans ?

— C'est moi qui ai installé le magnétophone. Un modèle qui démarre à la voix et que j'ai branché sur le secteur pour ne pas m'emmerder avec des piles.

— Mais quand avez-vous fait tout ça ? intervint Anna Maude.

Snow la regarda, puis revint à Dill.

— C'est qui, la dame ?

— Mon témoin pour quand je vous tirerai dessus. Mais ce ne sera peut-être pas nécessaire si vous répondez à mes questions.

— Je peux fumer !

— Non. Quand avez-vous installé ce magnétophone dans le grenier !

— Il y a à peu près six mois. Pourquoi je ne peux pas fumer ?

— Parce que. Pourquoi ce magnétophone ?

— J'ai été payé pour ça. Voilà pourquoi.

— Qui ça ?

— Un mec.

— Je parie qu'il a un nom, ce mec.

— Je peux pas le dire. C'est... un client.

— Dites donc, fit doucement Anna Maude, vous n'êtes pas avocat, ni médecin, ni curé, ni même détective privé. Le secret professionnel n'a donc pas cours. Vous n'avez pas de clients, Harold. Seulement des usagers de passage, et si vous ne nous dites pas qui est ce mec, M. Dill va vous casser la patte. Pas vrai, monsieur Dill ?

— Absolument.

Snow regarda alternativement ses tortionnaires et se passa la langue sur la lèvre supérieure comme pour essuyer la sueur. Son front en était couvert et il l'épongea avec les manches de son T-shirt bleu déjà trempé. Puis il se sécha les mains sur son pantalon et se mit à contempler le trou déchiqueté que la balle de .38 avait laissé dans l'ottomane. C'est au meuble qu'il s'adressa finalement d'une voix basse, presque inaudible.

— Il s'appelle Corcoran. Clay Corcoran. Il en pinçait pour votre frangine et il va m'arracher la tête quand il apprendra que j'ai causé.

— Pas de danger, le rassura Dill. Il ne vous arrachera rien du tout ?

— On voit que vous ne le connaissez pas.

— Si, je le connais. Mais il ne touchera pas à votre tête parce qu'il s'est fait descendre. Aujourd'hui vers midi.

La surprise de Snow n'était évidemment pas feinte. Son scepticisme non plus.

— Flingué ?

— Pour le compte, précisa Anna Maude. Dans le cimetière.

— Maintenant, reprit Dill, vous allez tout reprendre par le commencement. Tout sur vous, ma sœur et Clay Corcoran.

— Je peux fumer ?

— Bien sûr.

Snow sortit un paquet de mentholées d'une poche de pantalon et en alluma une.

— Vous êtes sûr qu'il est mort ?

— Aucun doute. J'étais là.

— C'est vous qui l'avez tué ?

Un sourire fut la seule réponse.

— Depuis le commencement, Harold.

Snow chercha un cendrier des yeux. Anna Maude lui en apporta un, où il jeta un peu de cendre sans dire merci.

— Nous avons emménagé, dit-il, très peu de temps après l'achat de la maison par votre sœur. Moi et Cindy, on ne l'avait pas beaucoup vue. Puis un soir qu'elle n'était pas là, Corcoran s'est amené et a fait un boucan du diable sur le palier du premier étage. Il était déjà venu une fois, quand elle était là, mais ce coup-là, il n'y avait personne. Cindy non plus n'était pas là. Je suis monté voir ce qui se passait. Il était beurré et déconnait à tout va. Il disait que votre frangine l'avait plaqué et fricotait avec un autre. Il n'a pas dit qui, mais j'étais au courant. Alors, qu'est-ce que vous voulez, je me suis dit qu'il y avait peut-être quelque chose à gagner et je lui ai fait une proposition. Je lui ai offert de piquer un micro à travers le plancher de la chambre et d'enregistrer tout ce qui se dirait entre votre sœur et l'autre mec. Corcoran voulait savoir à qui il avait affaire. Je lui ai dit mon nom, et que j'étais dans l'électronique. Il m'a demandé combien ça coûterait. Je le lui dit et il était d'accord. Moi, j'ai répondu : « Minute ! pas d'accord tant que je n'ai pas vu l'oseille. » Il m'a dit de venir à son bureau le lendemain pour tout régler. J'y suis allé et j'ai vu qu'il était détective privé.

— Il avait un bureau ? Où ça ?

— Dans le Cordell Building. Vous connaissez ?

— Il était à jeun, s'enquit Anna Maude, quand vous l'avez vu à son bureau ?

— Parfaitement dessaoulé, et très bizness-bizness. Il m'a dit ce qu'il voulait exactement : un micro dans le plancher de la piaule et aussi une écoute sur son téléphone. Tout ça démarrant à la voix. Bon, ça allait coûter chaud et je lui ai dit combien. Il a sorti un rouleau et m'a payé en billets de cent. Pas de reçu, pas de questions, rien du tout. Alors, j'ai fait le boulot.

— Quand ramassait-il les cassettes ?

— Une fois par semaine.

— Qu'est-ce qu'il y avait dessus ?

Dans le regard que Snow fixa sur lui, Dill vit que la crainte avait fait place à la cupidité.

— Vous voudriez bien le savoir, pas vrai ? Eh bien ! sûrement des bruits de tringlette, quoique je n'en sache trop rien. Je ne les ai pas écoutées. J'en ai tellement fait, de ce genre de boulot ! Au début, je les écoutais, mais au bout d'un moment, on s'en lasse. C'est toujours la même rengaine.

— Vous êtes sûr de n'avoir jamais écouté les bandes ? insista Anna Maude. Pas même une fois ?

— J'ai écouté un petit bout de la première cassette pour vérifier la qualité, mais après, je me suis borné à les foutre dans une enveloppe.

— Et ensuite ? poursuivit Dill.

— Ensuite, Corcoran a demandé à me voir. Toujours très bizness, comme si j'avais discuté avec une machine IBM, il m'a dit que votre sœur avait un autre domicile où elle passait beaucoup de temps, et qu'il voulait le surveiller aussi. Il s'agissait, bien sûr, de cette baraque-ci. Je suis venu y jeter un coup d'œil en bagnole et ça ne m'a pas beaucoup plu. J'ai donc fait demi-tour et je le lui ai dit. Vous savez ce qu'il m'a répondu ? « Combien ? » Rien de plus. « Combien ? » Ça posait un problème. Bien sûr, je pouvais maquiller tout le bazar dans le grenier, mais comment récupérer les cassettes ? S'introduire quelque part pour faire l'installation, ça marche une fois, mais revenir toutes les semaines, non merci !

— Alors ?

— Il y a la radio. J'ai goupillé un émetteur, branché sur un magnétophone à très petite vitesse de défilement. Vous voyez le topo ? Ces cassettes-là, ça dure des heures. Tous les deux ou trois jours, je passe dans la rue avec la camionnette, j'arrête à la distance voulue et j'envoie un signal radio au grenier. Ça rembobine la bande et me renvoie ce qu'il y a dessus en deux, trois, quatre secondes, jamais plus de cinq. Le magnétophone de la camionnette enregistre et il ne me reste plus qu'à transférer sur une cassette ordinaire que je donne à Corcoran.

— Et ça marche ?

— Et comment, que ça marche !

— Mais ça doit coûter la peau des fesses.

— Pouvez le dire.

— Combien au juste ? demanda Anna Maude.

Au lieu de répondre, il sortit son paquet et alluma une autre cigarette.

— Je me disais, fit-il en agitant l'allumette pour l'éteindre, que vous pourriez me donner un petit quelque chose pour mes renseignements.

Dill, en soupirant, se pencha en avant et frappa Snow en travers du genou droit avec le canon du revolver. Le génial bricoleur poussa une gueulante, lâcha la cigarette et se prit le genou à deux mains. Dill ramassa posément la sèche et la lui remit entre les lèvres.

— Vous n'êtes pas particulièrement malin, dit-il, mais vous n'êtes pas idiot non plus. Corcoran vous payait combien ?

Tout en continuant à se masser le genou et la cigarette au bec, Snow articula :

— Mille par semaine.

Anna Maude en siffla d'admiration.

— Il vous payait comment ?

— Avec du fric, tiens !

— En espèces ?

— Oui, cash.

— Et vous croyez que c'était son fric ? demanda Dill.

La ruse reparut dans les yeux de Snow.

— Question intéressante, dit-il. La première fois, je croyais bien que c'était son pognon. Mais par la suite, j'ai eu des doutes. J'ai l'impression qu'il représentait d'autres gens qui voulaient savoir ce que fabriquait votre frangine.

— En somme, il s'était trouvé un client.

— C'est ça. Un client.

— Qui ?

— Comment le saurais-je ? Quand un type vous allonge mille dollars par semaine en coupures de dix et de vingt, on évite de se montrer curieux.

— Et d'écouter les bandes, compléta Anna Maude.

— Je ne les ai pas écoutées, m'dame ! Le peu que j'en ai

entendu, c'était des histoires de cul et vous ne pouvez pas savoir à quel point je m'en fous. Mais je vais tout de même vous dire quelque chose.

— Quoi ?

— Corcoran voulait me brancher sur quelqu'un d'autre.

— Corcoran ?

— Lui-même. Il m'a dit que mon prix serait le sien. Je suis allé voir et j'ai répondu pas question. Ce mec était équipé comme s'il attendait une vague d'assaut.

— Qu'a dit Corcoran quand vous avez refusé ?

— Que pouvait-il dire ? C'est pas que je voulais pas, je pouvais pas. Nuance !

— Un bon mouvement, Harold. C'était qui !

— Tout ce que je sais, c'est qu'il habite une grande baraque à Cherry Hills.

— Ce ne serait pas Jake Spivey, par hasard ?

Harold Snow renonça à jouer la surprise ou quoi que ce soit.

— Vous, décidément, on ne peut rien vous cacher.

# CHAPITRE XXIII

Sous la menace de son propre revolver, Harold Snow grimpa sur un tabouret de cuisine pour se faufiler entre le plafond et la toiture et ramener l'enregistreur-émetteur. C'était plus petit que Dill ne l'avait supposé : à peine plus volumineux qu'une boîte à cigares et enfermé dans un coffret de métal peint en vert.

— Où sont les micros ?

Snow pointa l'index vers le plafond, au-dessus du lit.

— Vous voyez ça ? Comme une trace de clou.

— Je vois.

— C'est le micro-espion. Je le laisse. Ça ne vaut pas la peine de le démonter. Le branchement sur le téléphone non plus.

— Vous ne croyez pas que les flics l'ont vu quand ils sont venus perquisitionner ?

— Non. A moins qu'ils aient visité le grenier, mais ils ne l'ont pas fait.

— Qu'en savez-vous ?

— J'avais mis du talc tout autour du bidule. Il y était encore.

Anna Maude Singer s'approcha pour regarder la boîte verte que Snow n'avait pas lâchée.

— Vous disiez que la dernière bande est là-dedans ?

— Elle y est.

— On voudrait bien l'entendre. Vous pouvez nous la passer ?

Snow interrogea Dill du regard.

— Si je la passe, je pourrai garder mon appareil ? Vous comprenez, c'est de la fabrication maison et ça ne court pas les rues. Je sais où je pourrais en tirer deux ou trois mille dollars.

— C'est d'accord.

Ils retournèrent dans le living-room, où Snow avait laissé son coffre à outils. En moins de deux minutes, il adapta une fiche au cordon qui sortait de la boîte et l'enfonça dans une prise murale.

— Je vous préviens, dit-il, que ça ne va pas être fameux. Il n'y a qu'un haut-parleur de trois centimètres et demi dans ce truc-là.

— On s'en contentera.

— Y'a pas grand-chose dessus, prévint encore Snow.

— Tant pis, faites rouler.

La première chose qu'ils entendirent fut un déclic assourdi.

— C'est le téléphone qui se branche, expliqua Snow.

— Pas de sonnerie ?

— Je n'enregistre pas les sonneries.

Une voix féminine dit « Allô » et Dill, reconnaissant celle de sa sœur, sentit un frisson lui glacer l'échine. Puis une voix d'homme dit « Alors ? ». Felicity Dill répondit « Même endroit, même heure » et l'homme dit « Entendu ». Un petit déclic fut suivi d'un bref silence. Encore un déclic, et Felicity répéta « Allô ».

— Un autre coup de fil, dit Snow.

VOIX D'HOMME — C'est moi.

FELICITY — Salut.

VOIX D'HOMME — Pas moyen pour ce soir. Quelle barbe !

Dill identifia la voix comme étant celle du capitaine Colder.

FELICITY — C'est rageant. Qu'est-ce qui se passe ?

COLDER — Un truc qui exige ma présence, d'après le Vieux.

FELICITY — J'espère qu'il ne saura pas que tu l'appelles comme ça.

COLDER (riant) — C'est toi qui me l'as soufflé, non ?

FELICITY — Du moment qu'il ne t'entend pas.

COLDER — Je vais te manquer ?

FELICITY — Bien sûr que tu vas me manquer.

COLDER — Qu'est-ce que tu vas faire ?

FELICITY — Puisque tu ne viens pas, je crois que je vais faire un saut au duplex pour me laver les cheveux.

COLDER — Je voudrais bien t'aider.

FELICITY — A me laver les cheveux ?

COLDER — Les cheveux et tout le reste.

FELICITY (riant) — La prochaine fois.

COLDER — Il faut que j'y aille. Je t'aime.

FELICITY — Moi aussi.

COLDER — Bonsoir.

FELICITY — Bonsoir, chéri.

Encore un déclic, puis plus rien, jusqu'à l'intervention d'une voix mâle :

— Elle bouquinait énormément, on dirait !

— Ça, commenta Snow en coupant le magnétophone, c'est les flics. Vous voulez l'entendre aussi ?

Dill ayant répondu affirmativement, Snow remit l'appareil en marche, mais n'en tira effectivement pas beaucoup plus qu'un « C' que tu dis d' ça, Joe ? » de temps en temps.

— Pouvez-vous nous la passer encore une fois ? demanda Dill.

— Tout ?

— Seulement le premier appel.

Docile, Snow rembobina et repassa les quatre lignes du dialogue. Trois fois de suite. Dill et Anna Maude se regardèrent.

— Deux mots en tout, dit-elle. « Alors » et « entendu ».

— Ce n'est pas assez ?

— Pas pour moi.

— Pour moi non plus. Harold, vous pouvez garder votre engin miraculeux, mais je veux la cassette.

— Vous voulez dire que je peux m'en aller ?

— Dès que j'aurai la cassette.

Snow la sortit de l'appareil après l'avoir rembobinée et la donna à Dill. Il débrancha l'enregistreur-émetteur, enroula le fil autour et mit le tout sous son bras gauche.

— C'était pas la peine de me frapper, dit-il en se baissant pour ramasser le coffre à outils.

— Excusez-moi.

— Et mon revolver ?

— Je le garde.

— Vous pourriez enlever les cartouches et me le rendre.

— Au revoir, Harold.

Snow se dirigea vers la porte.

— Cette cassette vaut bien quelque chose pour vous. Une centaine de dollars, en tout cas.

— Rentrez chez vous, Harold.

— Vous pourriez au moins m'ouvrir la porte.

Dill alla ouvrir la porte d'entrée.

— J'ai encore une question à vous poser, dit Snow. Felicity, elle palpait ?

— Je n'en sais rien.

— Vous auriez dû mieux la surveiller.

— C'est probable... Encore une chose, Harold.

— Quoi ?

— La bande que nous venons d'entendre, ça date de quand ?

Une fois de plus, les yeux jaunâtres brillèrent de convoitise.

— Pour cent dollars, je peux vous le dire.

Vaincu, Dill sortit deux billets de cinquante de son portefeuille et les fourra dans une poche du pantalon de Snow.

— C'était mercredi dernier.

— Comment le savez-vous ?

— Parce que j'ai effacé la bande mardi. Et le jeudi... Vous savez aussi bien que moi ce qui s'est passé.

Il allait ajouter quelque chose, mais il se ravisa et se mit à descendre. A mi-étage, il tourna la tête et dit :

— Je suis désolé. Enfin... pour votre sœur.

— Merci, Harold.

Snow remit sa tête dans le bon sens et acheva de descendre les marches.

## CHAPITRE XXIV

Un verre à la main, Dill était assis sur le divan dans le living-room d'Anna Maude Singer, quand elle revint de la salle de bains vêtue d'une robe de chambre blanche de soie transparente. Elle s'assit à l'autre bout du divan, séparée de Dill par toute la largeur du coussin central.

Il posa son verre sur la table à thé et déclara :

— On voit clair à travers.

— Je sais.

— Ça vaut le détour.

— Moitié hérité, moitié acquis.

— Vous avez fait de la danse ?

— Comment le savez-vous ?

— Votre façon de bouger, surtout.

— On a cru que ça m'aiderait pour ça.

Elle montra la fine cicatrice de sa lèvre supérieure.

— Qu'est-ce que c'est ?

— J'avais un bec-de-lièvre. Jusqu'à sept ans, j'avais une drôle de voix. Puis on m'a opérée et, après des tas de séances chez l'orthophoniste, j'ai parlé comme tout le monde. Mais comme je n'en étais pas convaincue moi-même, on m'a fait suivre des cours de danse classique pour me donner confiance en moi.

— Ça a réussi ?

— Pas vraiment. Mais à treize ans, je suis devenue jolie, presque du jour au lendemain. C'est alors que j'ai décidé de choisir un métier où le physique ne compte pas beaucoup : avocate.

— A treize ans ?

— Pourquoi pas ?

— Moi, à treize ans, je voulais être ambassadeur à l'ONU. Pour vivre à New York et travailler assis, avec des tas de gens derrière vous qui vous glissent des secrets à l'oreille et vous passent des notes. Ça m'avait l'air d'une situation stable et, à cet âge-là, les situations stables m'impressionnaient beaucoup.

Il but une gorgée et alla s'installer près d'Anna Maude, dont il effleura du doigt la petite cicatrice.

— J'ai toujours un peu de difficulté avec mes « R », dit-elle.

— Je n'avais pas remarqué, mentit-il en posant un baiser sur la fine ligne blanche.

— Savez-vous pourquoi j'ai abandonné la danse ? Parce qu'on m'avait présenté ça comme un traitement. Je me suis dit que puisque j'étais guérie, je n'avais plus besoin de me soigner, et j'ai laissé tomber.

Il s'affairait maintenant à dénouer la ceinture de la robe de chambre.

— Je savais que ça vous inspirerait, dit-elle. J'y pensais tout à l'heure, sous la douche, et j'en étais tout excitée d'avance.

Il fit glisser la robe des épaules, découvrant des seins d'un ton nettement plus clair que le reste de sa peau. Les pointes étaient dressées. Dill caressa celle de droite, puis celle de gauche. Ce furent ensuite ses lèvres qui entrèrent en action, dans le même ordre.

— Il y en a un à la fraise, dit-elle. L'autre est à la vanille.

— C'est vrai.

Comme il se redressait, elle lui dit qu'il était trop habillé et se mit à défaire sa cravate, tandis qu'il s'escrimait sur les boutons de la chemise. Quelques secondes plus tard, tous ses vêtements étaient par terre et Anna Maude le considérait avec un intérêt non dissimulé.

— J'aime bien regarder les hommes nus, dit-elle.

— Les femmes, c'est mieux.

— Elles sont très bien, mais les hommes sont mieux — comment dirais-je — outillés. Prenez ça, par exemple.

— C'est à vous de le prendre.

— D'accord. C'est la plus belle chose du monde.

— Pas tout à fait.

Ses doigts exploraient la douce moiteur de l'entre-cuisses. Elle ferma les yeux en souriant, la tête un peu renversée en arrière.

— On pourrait, dit-elle, commencer sur le divan et continuer sur le tapis.

— Où il y a plus de place, oui.

— Puis tu m'emporterais dans la chambre, tu me jetterais sur le lit et tu ferais tout ce que tu veux de moi.

— L'après-midi s'annonce bien.

— Je l'espère.

Suivit un baiser ardent, fougueux, frénétique. Ils restèrent un moment sur le divan, puis se retrouvèrent par terre pour beaucoup plus longtemps. Ils n'arrivèrent pas jusqu'au lit.

Dill gisait toujours sur la moquette, les bras repliés sous la nuque. Anna Maude entra, toute nue, avec deux bouteilles de bière glacée, s'agenouilla près de lui et lui en posa une sur l'estomac. Il dit « merde ! » en riant, dégagea sa main droite et enleva la bouteille. Anna Maude leva la sienne, faisant mine de porter un toast.

— A l'après-midi d'un faune !

— Merci pour le faune.

Il se redressa de manière à s'appuyer sur le bras gauche.

— Tu fais de la course à pied ? dit-elle en l'examinant de nouveau. Tu es bâti comme un coureur.

— Non, je ne cours pas. C'est mon héritage, et il commence à s'épuiser. Tout ce que mon paternel m'a légué. Le nez aussi, mais il aurait pu le garder.

— Je l'aime bien, ton nez.

Prise d'un léger frisson dans l'air un peu trop conditionné, Anna Maude posa sa bière, se leva et enfila la robe blanche. Elle s'assit sur le divan et reprit sa bière tandis que Dill restait à demi couché sur le côté.

— A quoi penses-tu, chéri ?

Il s'allongea tout à fait sur le dos et contempla le plafond.

— Non, Felicity n'en croquait pas.

— Je ne le crois pas non plus.

— N'empêche qu'elle trouvait bien tout ce fric quelque part.

Dill se releva sans l'aide de ses mains, ramassa son caleçon et sa chemise et commença à les enfiler.

— Et Jake Spivey ? fit-elle sans avoir l'air d'y toucher.

— Ce vieux Jake...

— Clay Corcoran allait nous dire quelque chose à son sujet.

— Celui qui l'a descendu ne l'a pas fait seulement pour l'empêcher de nous parler. Ça tombait trop bien pour être vraisemblable.

— Soit. Mais il y avait un autre lien entre Spivey et Corcoran.

— Oui, si l'on en croit Harold Snow. J'en parlerai peut-être à Jake demain.

— Tu crois qu'il te répondra ?

— Ça se peut.

Il était maintenant debout et mettait son pantalon.

— Mon Dieu ! soupira-t-elle. Une jambe à la fois, comme tout le monde !

— Qu'est-ce que tu attendais ?

— Après tout à l'heure... eh bien ! Quelque chose de différent.

— Sais-tu que je vais prendre ça pour un compliment ?

— Tu peux.
— Il y a aussi le vieux, à l'église.
— Le reporter ?
— Oui, Laffter. Il faudrait que je lui dise deux mots.
— Téléphone-lui.
— Quelqu'un l'a tuyauté sur les affaires financières de Felicity juste après sa mort. Il s'est mis ça sous le coude jusqu'à aujourd'hui, mais il va sortir l'histoire parce que quelqu'un lui en a donné l'ordre. Je voudrais bien savoir qui sont tous ces quelqu'uns.
— Tu sais où il habite ?
— Non, mais je sais où le trouver. Tu aimes la viande ?
— Je peux en manger. Où ça ?
— Au Club de la Presse. Vers huit heures.
— Mais qu'est-ce qu'on va faire d'ici là ?
— On peut essayer ton lit.
— Mais il faudrait encore retirer ton pantalon.
— Ça peut s'arranger.

Ils n'arrivèrent au Club qu'à 20 h 35, car Dill avait décidé de passer à son hôtel pour changer de chemise et voir si des messages l'attendaient. Il y en avait un, lui demandant de rappeler le sénateur Ramirez à Tucumcari, et il l'avait fait sans obtenir autre chose que les excuses polies d'un répondeur, en deux langues.

Ils trouvèrent deux tabourets libres sur le petit côté du bar où Levides le Grec, qui connaissait déjà Anna Maude, les accueillit à sa manière habituelle. S'adressant à la jeune femme et désignant son compagnon d'un coup de menton, il lâcha :

— T'as pas fait beaucoup de progrès depuis la dernière fois.
— Que veux-tu ! On prend ce qu'on trouve.
Il se tourna alors vers Dill.
— Un sacré enterrement, à ce qu'il paraît. On descend

un pauvre mec sous le nez d'un millier de flics et personne n'y voit rien. Quand je pense que j'ai failli y aller ! Je regrette d'avoir manqué ça.

— Un scotch, commanda Dill.

— Et toi, la môme ?

— Un vin blanc.

Le Grec les servit, puis :

— Tu as vu le journal ?

— Celui de demain ?

Le Grec prit sous le comptoir l'édition dominicale de la *Tribune,* pliée à la page 3.

— Liftier raconte que ta frangine avait fait fortune, dit-il.

C'était un encadré sur deux colonnes, signé, sous l'article qui relatait le drame du cimetière. Il était intitulé : « LA POLICE ENQUETE SUR LES RESSOURCES DE L'INSPECTRICE ASSASSINEE » et, dans le style-maison réservé aux viols, homicides, enfants martyrs, affaires de haute trahison, victoires du parti démocrate et autres calamités, exposait les faits que Dill connaissait déjà. Lui-même était cité dans le dernier paragraphe comme n'ayant rien à dire. Il passa le journal à Anna Maude et interrogea Levides.

— Laffter est déjà là ?

— Dans son coin, rond comme une queue de pelle et en train de bâfrer.

— Demande au Loufiat s'il peut nous avoir une table à côté de la sienne.

Après avoir longuement réfléchi en se lissant les bacchantes, Levides dit : « Si tu y tiens... » et partit à la recherche de Harry le Loufiat.

Il ne fallut que trente secondes à Anna Maude pour finir l'article. Elle remit le journal sur le comptoir et dit :

— Rien de nouveau là-dedans, ni rien qui soit tant soit peu diffamatoire. Le mot « prétendu » revient cinq fois, si j'ai bien compté. Les « prétendus biens » de la victime, ses

« prétendues dépenses ». Il n'y a que sa mort qui ne soit pas « prétendue ».

— J'avais remarqué. (Dill but une gorgée de son whisky.) Je sens que je vais devenir méchant avec ce vieux crabe.

— Plus méchant qu'avec Harold tout à l'heure ?

— On verra ça le moment venu. Mais quoi que je lui dise, n'aie pas l'air de t'étonner.

— Okay... Mais où as-tu appris à faire ça ?

— A faire quoi ?

Avant qu'Anna Maude eût pu répondre, le Grec revint derrière le bar.

— Harry dit qu'il pourra vous placer à côté de Liftier dans cinq minutes à peu près. Ça marche ?

— Très bien.

— Il demande aussi ce que vous voulez pour dîner.

— Filet, pommes de terre au four et salade, commanda-t-il en regardant sa voisine.

— La même chose, dit Anna Maude. Saignant, le filet.

— Pour moi, entre les deux.

Levides reparti, Anna Maude re-posa sa question.

— Où as-tu appris à traiter les gens comme ça ?

— Je ne sais pas. Ça doit être naturel.

— C'était quand même de la comédie, non ?

— De la comédie ? Oui, naturellement.

Mais il n'en était pas si sûr.

# CHAPITRE XXV

Fort occupé à essuyer une tache de sauce sur sa chemise avec le coin de sa serviette trempé dans l'eau de son verre, le vieillard leva à peine les yeux sur Dill et Anna Maude qui s'asseyaient et se remit à frotter. La jeune femme prit place à côté de lui sur la banquette capitonnée et Dill sur une chaise en face d'elle.

— Mon papier vous a plu ? dit enfin Laffter sans regarder personne.

— Je crois, fit Dill, avoir relevé treize fois le mot « prétendu ».

— Je l'ai employé quatre fois ! protesta le vieux. Mais un merdeux du secrétariat de rédaction en a rajouté un cinquième. (Il leva la tête.) Qu'est-ce que vous voulez, au juste ?

— Vous prenez un verre ?

— Si c'est vous qui le payez, oui... Et elle, qui c'est ?

— Mon avocate. Miss Singer, monsieur Laffter.

L'arrivée de Harry le Loufiat avec les serviettes et les couverts coupa court aux présentations. Tout en mettant la table, il demanda à ses nouveaux clients s'ils voulaient un autre apéritif. Dill répondit qu'ils en resteraient à ceux qu'ils avaient rapportés du bar, mais qu'il pouvait servir quelque chose à Laffter.

— Ce vieux macaque, il en a eu assez.

— Cognac, dit Laffter sans se démonter. Du vrai. Et double.

Harry le regarda de plus près.

— Encore foutu de la sauce sur ta limace, hein ? Tu ne la portais que depuis quatre jours. Elle aurait pu durer au moins deux de plus si tu ne l'avais pas salopée avec ton putain de chili.

— Va chercher mon cognac, Loufiat, dit-il d'une voix assez forte pour que les gens se retournent.

— J'ai bien envie de t'envoyer aux pelotes, et pas plus tard que tout de suite.

Laffter le foudroya du regard.

— M'envoyer aux pelotes ? Toi ?

— Regardez-moi ce vieux plumitif déplumé. Y'a rien de plus triste au monde. Usé jusqu'à la corde. Foutu. Jamais existé. A moitié pété les trois quarts du temps. (Il se tourna vers Dill.) Tu es sûr de vouloir lui offrir un verre, à ce vieux guignol ?

— Mais oui.

Harry le Loufiat s'éloigna, résigné, tandis que Laffter proclamait à haute voix que sa brousse lui manquait, puis demandait à Dill, sans rire, à quoi il croyait avoir droit pour son double cognac.

— J'ai besoin de savoir, fit Dill avec un sourire calculé, qui a décidé de passer l'article d'aujourd'hui. Ça, c'est une chose. En voici une autre : de qui tenez-vous vos renseignements ? Et la troisième : si vous ne me le dites pas, je vous ferai regretter votre discrétion.

Le vieil homme renifla bruyamment.

— Que croyez-vous donc pouvoir me faire, Dill ? J'ai soixante-treize balais et j'en ai vu de toutes les couleurs. Vous voulez me passer à tabac pour me tirer les vers du nez ? Un seul coup et j'en claque. Et vous, vous voulez savoir quelles seront mes dernières paroles ? « Merci bien ! », voilà ce que je dirai. Me faire virer ? J'irai en Floride me dorer au soleil, comme je devrais le faire depuis cinq ans. Vous ne pouvez rien me faire regretter du tout.

Dill se remit à sourire.

— Ma sœur, comme vous le savez, avait souscrit une assurance sur la vie. Sur ma tête à moi. Il y en a pour un quart de million. Etes-vous dans la misère ?

Les yeux délavés de Laffter devinrent soupçonneux.

— « Dans la misère », que voulez-vous dire par là ?

— Démuni, fauché, raide, nettoyé, sans un, à plat ?

— J'ai quelques dollars de côté.

— Vous en aurez besoin quand je vous flanquerai un procès en diffamation. Pas à la *Tribune*, à vous personnellement. Je sais que ma sœur n'en croquait pas, et votre papier insinue le contraire. Je ne crois pas que l'intention de nuire soit difficile à prouver. Qu'en dites-vous, Miss Singer ?

— Que vous tenez un excellent dossier.

— Et combien de temps peut-on plaider avec deux cent cinquante mille dollars ?

— Des années, mon cher, des années.

— Et si je vous traîne en justice, Liftier, pensez-vous que la *Tribune* prendra les frais à son compte ?

— Votre histoire ne tient pas debout, ricana le vieux. Les lois sur la diffamation, je les connais mieux que vous deux réunis. Vous les ferez marrer, au tribunal.

— Eh bien ! dit l'avocate toujours souriante, nous irons en appel.

— Je sais que ça coûte cher, renchérit Dill, mais j'ai deux cent cinquante mille dollars à dépenser. Et vous ?

— De la merde ! cria Laffter au moment où le Loufiat posait devant lui un verre dégustation.

— Qui parle de merde ? demanda Harry.

— Ce fumier parle de me poursuivre en diffamation.

Harry le Loufiat rit de toutes ses dents à l'adresse de Dill :

— Vous avez besoin d'un témoin ? Que je dise au

tribunal ce que je pense de ce vieux sacripant ? Un seul mot, et je suis votre homme !

Il s'éloigna en rigolant, suivi de l'œil par Laffter qui se souvint alors de son cognac et s'en octroya une lichée. Puis il claqua des lèvres et alluma une Pall Mall.

— Pas de diffamation dans ce papier, déclara-t-il. Vous croyez que je ne sais pas jusqu'où je peux aller ?

Dill haussa les épaules et dit à Anna Maude :

— Il n'y a rien qu'on puisse faire traîner en longueur comme un procès en diffamation. Pas vrai ?

— Ça peut durer éternellement.

Dill revint à Laffter.

— Vous savez ce que fera le vieil Hartshorne quand j'irai en justice ? Il vous mettra sur la touche, surtout si la *Tribune* n'est pas dans le coup. Il ne se rappellera même pas votre nom. Il est même capable de vous virer, mais ça n'arrêtera pas les poursuites. J'ai l'argent et du temps devant moi. Je ne crois pas que ce soit votre cas.

Le journaliste finit son cognac d'un seul coup.

— C'est du chantage, dit-il.

— C'est la justice.

— Je n'ai jamais écrit qu'elle palpait.

— Vous l'avez insinué. Ne m'avez-vous pas dit que vous aviez fait un gros plan sur elle, il y a quelque temps, et que le journal n'en avait pas voulu ? Je serais curieux de savoir pourquoi.

— Ils l'ont sucré, c'est tout.

— Mais pourquoi ? interrogea Anna Maude. L'ont-ils trouvé inexact, malveillant, déloyal, diffamatoire ?

— C'était un portrait comme un autre, rien de plus. Plutôt gentil.

— Votre papier d'aujourd'hui ne l'est pas, coupa Dill.

Le vieillard le regarda longuement.

— Vous feriez ça, vraiment ?

Dill sentit qu'il avait gagné et le regretta presque.

— Vous pouvez y compter.

— Il y a cinq ans, je vous aurais envoyé faire foutre.

— Oui, mais vous n'aviez que soixante-huit ans.

— Alors, qu'est-ce que vous voulez ?

— L'origine des fuites au sujet des finances de ma sœur.

— Des fuites ! Qu'en savez-vous ? Je n'ai pas besoin de fuites. Il y a assez de robinets que je n'ai qu'à ouvrir. Dites-vous bien que je m'occupe de police depuis cinquante ans, moins les années de guerre. J'ai vu près de deux générations de poulets entrer dans la baraque, mûrir, vieillir et prendre leur retraite. Ici, monsieur, je suis une institution ! Des fuites !

Il cracha presque le dernier mot, reprit son verre vide et aspira les dernières gouttes restées au fond.

— Qui vous a renseigné, Liftier ?

— Le chef, lâcha-t-il sur le ton de la résignation.

— Vous voulez dire Rinkler, le préfet de police ?

— Le chef de la Criminelle, ce trou du cul de Strucker.

— Pourquoi ?

— Comment, pourquoi ? Est-ce qu'on pose des questions pareilles à un informateur officiel ?

— Qu'est-ce qu'il vous a dit ?

— Il m'a dit : « J'ai quelque chose qui pourrait vous intéresser ». Puis il a débité sa salade et j'ai pris note. Je me suis assis dessus jusqu'à aujourd'hui, quand j'ai reçu des instructions comme quoi il fallait sortir l'affaire. J'ai rédigé le papier sans fioritures, comme je le fais toujours. Il n'y a pas un mot de diffamatoire là-dedans, et vous le savez aussi bien que moi.

— D'où venait la consigne ? Du vieil Hartshorne ?

— Je n'en sais rien. De lui ou du fiston, qu'est-ce que ça change ? C'est comme ça et un point c'est tout, nom de Dieu !

Il repoussa la table et se leva.

— Vous voulez toujours faire un procès, Dill ? Ne vous gênez pas ! Allez-y !

Parti pour contourner la table, il s'arrêta net. Ses yeux

pâles s'exorbitèrent et sa figure s'empourpra avant de se crisper de douleur. Puis il se plaqua la main droite sur la poitrine et se plia en deux, tout en essayant de se retenir à la table du bras gauche. Mais ses muscles refusant de coopérer, il s'effondra et serait tombé si Harry le Loufiat, accouru en catastrophe, ne l'avait rattrapé et allongé doucement sur le plancher.

— Dites au Grec d'appeler les secours d'urgence.

— J'y vais, fit Anna Maude Singer en se levant.

— Tu ne vas pas me claquer dans les mains, vieille noix ! murmura le Noir en dénouant la cravate graisseuse de Laffter. Pas chez moi. (Puis il lui secoua l'épaule en gueulant :) Ça va pas, dis ?

Il n'attendait certainement pas de réponse, et n'en obtint pas. Il passa la main gauche sous la nuque du vieillard, la souleva et repoussa de la main droite le front luisant de sueur. La bouche s'ouvrit toute grande. Harry se pencha pour écouter et hocha la tête d'un air dégoûté.

— Va encore falloir que je te roule un patin.

Maintenant la tête surélevée, il pinça fortement les narines de sa main droite, prit son souffle et, la bouche ouverte au maximum, l'appliqua sur celle du vieux et souffla. Dill vit la poitrine de Laffter se gonfler. Le Loufiat prit un peu de recul et, constatant que la cage thoracique ne retombait pas, recommença quatre fois de suite. La poitrine se souleva encore, puis s'affaissa et ne bougea plus.

Après avoir tâté la carotide, Harry croisa les doigts de ses deux mains, appuya un peu plus bas que l'épigastre et relâcha la pression. Il répéta la manœuvre quinze fois, puis souffla à deux reprises dans la bouche du vieux.

— C'est dégoûtant, fit une voix de femme derrière Dill, qui tourna la tête et vit qu'un petit groupe de curieux s'était formé.

— Tu peux souffler ? lui demanda le Loufiat.

— Bien sûr, dit-il en se mettant à genoux près du malade. Tu n'as qu'à me dire quand.

— A la cinquième pression.

Il se remit à la besogne en comptant à haute voix. A cinq, Dill se gonfla les poumons à bloc et colla sa bouche à celle de Laffter.

— Encore, dit Harry.

Il obéit. La bouche du vieux sentait le mégot refroidi et le cognac. Probablement aussi la colle à dentier, pensa-t-il en luttant contre la nausée.

Cela durait depuis plusieurs minutes quand les pompiers arrivèrent et prirent la relève. Ils appliquèrent à Laffeter un masque à oxygène, le couchèrent sur une civière roulante et l'emportèrent vers la sortie. Dill et Harry les accompagnèrent tandis que les badauds retournaient qui à son verre, qui à son assiette.

— Croyez-vous qu'il s'en tirera ? demanda le Loufiat à l'un des infirmiers.

— Probablement. Vous êtes décidément un fameux secouriste.

Quand les infirmiers furent partis, Dill interrogea son coéquipier.

— Tu lui avais déjà fait du bouche-à-bouche ?

— Deux fois.

— Merde !

— Je ne faisais que lui répéter, à ce vieux ballot, qu'il n'allait pas clamser chez moi. Qu'il aille faire ça tout seul dans son pucier. Tu allais vraiment lui foutre un procès ? (Dill opina du chef.) C'est sûrement ça qui l'a chanstiqué... Tu sais à qui il laisse tout ce qu'il a, ce vieil ahuri ? A moi. Oui mon gars ! (Harry se passa la langue sur les lèvres en grimaçant.) Il a pourtant bien mauvais goût.

## CHAPITRE XXVI

Dill rejoignit au bar Anna Maude Singer, penchée sur un verre qui semblait contenir une vodka avec des glaçons. Il demanda la même chose au Grec, qui le servit et expliqua :

— Je lui ai dit que ça n'avait aucun rapport avec ce que vous lui avez raconté, elle et toi, mais elle n'est pas convaincue.

C'était bien de la vodka. Dill regarda Anna Maude qui n'avait pas levé les yeux de son verre.

— Je lui disais, poursuivit Levides, que ce n'était pas la première fois qu'il se payait une attaque, et que ça n'avait rien d'étonnant quand on pense que ce vieux débris se tapait une bouteille d'alcool et trois paquets de Pall Mall par jour, bouffait de la graisse comme un chancre et ne faisait pas soixante pas par semaine. Mais on pouvait toujours causer ! N'empêche que vous lui avez sauvé la vie, toi et le Loufiat.

— Pour combien de temps ?

— Qu'est-ce que tu veux ! Il a soixante-treize piges, ce sacré vieux con...

— Je veux partir d'ici, dit enfin Anna Maude, sans bouger.

Dill posa une coupure de dix dollars sur le comptoir et sécha son verre en trois gorgées.

— Allons-y.

Elle descendit de son tabouret sans mot dire et se dirigea

vers la porte. Dill ramassait sa monnaie quand Levides, regardant ailleurs, lui demanda négligemment :

— Qu'as-tu donc raconté au vieux Liftier ?

— Que j'allais le poursuivre en diffamation.

— Rien que ça !

Dill lui tourna le dos et rattrapa la jeune femme.

Dans la voiture qui roulait vers le centre, elle s'était pelotonnée contre la portière de droite.

— Je suppose, fit Dill, que ça t'a coupé l'appétit.

— Oui.

— A moi aussi.

— Je voudrais rentrer à la maison.

— D'accord. Ça t'ennuierait si je m'arrêtais à un drugstore ?

— Pour quoi faire ?

— Pour me rincer la bouche.

Il acheta un petit flacon de Scope, le décapsula sur le trottoir, s'en gargarisa longuement et recracha dans le caniveau.

— Tu ne pouvais pas attendre d'être à la maison ?

— Non. J'avais toujours ce goût dans la bouche, un goût de vieillesse et de mort.

Arrivé aux Van Buren Towers, il chercha une place pour se garer, mais elle l'en dispensa.

— Pas la peine. Tu n'as qu'à me laisser à la porte.

Il freina devant l'immeuble, mais Anna Maude ne fit pas un geste pour sortir. Les yeux fixés sur le pare-brise, elle dit :

— Je ne crois pas que je veuille rester ton amie. Ton avocate si tu veux, mais pas ton amie.

— Dommage. Je n'ai pas tant d'amis.

— Personne n'en a beaucoup.

— C'est à cause du vieux qui est à moitié mort ?

— Tu n'as pas cherché à le tuer.

— C'est vrai. Je ne l'ai pas fait exprès.

— Je crains deux choses si je deviens ton amie. D'abord, de tomber amoureuse de toi. Ensuite, de me fourrer dans des emmerdements dont je ne veux pas. Le premier point, je peux m'en arranger. Le deuxième, je ne sais pas.

— Tu fais allusion à la séance de cet après-midi avec Harold Snow? (Elle fit oui de la tête.) Ça ne t'a pourtant pas déplu, c'était visible.

— Le pire, c'est que c'est vrai, et j'en ai été bien étonnée. Avant, je croyais aimer les manières polies et les choses sûres. Et voilà que... Même ce soir, j'ai pris un certain plaisir à voir ce vieux se débattre au lieu de s'écraser. Au fond, il a été meilleur que nous la plupart du temps. Jusqu'à ce qu'il tourne de l'œil, en tout cas. Ça m'a secouée. Même de voir Clay se faire descendre ne m'avait pas remuée autant. Et quant à cette pauvre pomme de Snow, ce n'était que de la rigolade. Mais pour le vieux, là, j'ai eu l'impression d'être concernée. Sans doute parce que j'ai compris à ce moment-là que ce n'était pas un jeu. Tu te rappelles que je t'avais demandé si c'était de la comédie ?

— Oui. Ce n'en était probablement pas.

— C'est bien ce qui m'effraie, et je n'aime pas avoir peur. Et puis, je ne veux pas tomber amoureuse de toi, ni être ton amie.

— Seulement mon avocate.

— Et encore...

Ne sachant que répondre, il se tut et l'attira contre lui. Elle offrit quelque résistance, mais s'abandonna très vite et leurs lèvres s'écrasèrent furieusement.

— J'attendais ça, avoua-t-elle. Je voulais sentir le goût de la mort, moi aussi.

— Tu l'as senti ?

— Oui, si la mort a un goût de désinfectant.

Il l'embrassa encore, cette fois avec douceur, presque amoureusement.

— C'est bien vrai que tu ne veux plus être que mon avocate ?

— Je ne sais plus.

— Tu pourrais être à la fois mon avocate et mon petit cœur.

— Ton petit cœur ! Voyez-vous ça ! C'est pour le coup que je n'aurais pas fini d'être empoisonnée.

— Tu les aimes, les emmerdements. Tu l'as avoué toi-même.

— Son petit cœur ! répéta-t-elle en posant la tête sur son épaule.

Quand il arriva aux abords de son hôtel, Dill nota l'heure et la température : 22 h 31 et 31 degrés. Dans le garage, il chercha machinalement la Dodge de Clyde Brattle, mais elle n'y était pas. Il n'en contourna pas moins avec précaution les gros piliers de béton, se jeta dans l'ascenseur et monta directement au huitième étage sans passer par la réception.

Il ouvrit la porte du 981 et attendit pour entrer. N'entendant d'autre bruit que le ronronnement du climatiseur, il pénétra vivement dans la pièce, referma et gagna la salle de bains où gouttait un robinet, qu'il ferma.

De retour dans la chambre, Dill prit le téléphone et demanda les renseignements. Il obtint rapidement le numéro de l'hôpital St Anthony, mais dut passer par quatre services avant d'être mis en communication avec un certain M. Wade qui lui parut très jeune et très détendu.

— Je voudrais savoir, dit-il, comment va un de vos clients en réanimation. Fred Y. Laffter. L, A, deux F, T, E, R.

— Attendez que je regarde. La... Laffter, j'y suis. Il est mort il y a une vingtaine de minutes. Vous êtes de la famille ?

— Non.

— Sa fiche d'admission ne mentionne pas de parents. Savez-vous qui je devrais prévenir ?

Dill réfléchit un moment et donna le nom de Harry le Loufiat au Club de la Presse.

Puis il appela le service de chambre et fit monter une bouteille de J & B, de la glace et un sandwich au rosbif. Quand le plateau fut arrivé, il ne toucha pas au sandwich mais se servit un whisky qu'il avala debout, puis en prépara un autre qu'il dégusta posément en regardant par la fenêtre. Il gambergea ferme jusqu'à ce qu'il eût constaté que son verre était vide et qu'il était minuit deux. Déjà le dimanche 7 août...

Il quitta son observatoire pour le téléphone et appela Anna Maude Singer, qui répondit à la septième sonnerie par un « allô » à peine audible.

— Il est mort il y a environ deux heures, annonça-t-il.

— C'est triste, dit-elle au bout de quelques instants. Je peux faire quelque chose ?

— Non.

— Tu te fais des reproches, j'imagine.

— Un peu. Je l'avais mis hors de lui.

— Bon. C'est du passé et tu n'y peux rien. A moins que tu veuilles porter le deuil.

— Je ne le connaissais pas à ce point-là.

— Alors, je vais te donner un bon conseil juridique : n'y pense plus, mon petit cœur.

Et elle raccrocha.

# CHAPITRE XXVII

Ce dimanche, peu après neuf heures, la sonnerie du téléphone tira Dill de son lit. Encore à moitié endormi, il décrocha et murmura un « allô » plutôt enroué.

— Ici Joe Ramirez. Je vous réveille ?

— C'est fait.

— Nous arriverons demain vers quatre heures. Est-ce que par hasard vous pourriez louer une voiture et venir nous chercher à l'aéroport ?

— Nous ?

— Dolan et moi. Il viendra de Washington. Moi, je suis encore à Santa Fe.

— Entendu. Vers quatre heures.

— Si ça ne vous dérange pas, bien sûr.

— J'y serai. Vous pouvez garder la ligne un instant ?

— Naturellement.

Dill posa le combiné et alla dans la salle de bains s'asperger la figure à l'eau froide. En revenant, il avisa la bouteille de scotch, s'en jeta rapidement une giclée et reprit le téléphone avec une question :

— Dolan vous a-t-il parlé de Clyde Brattle ?

— Oui, et ça pose un problème, n'est-ce pas ?

— J'ai dit à Dolan que vous pouviez coincer Brattle ou Jake Spivey, mais pas les deux.

— Là, je ne vous suis pas tout à fait. Il faut d'abord que

je leur parle, à tous les deux. Vous pouvez arranger ça, Ben ?

— Pour Spivey, ça va tout seul. Je dois le voir aujourd'hui. Mais pour Brattle, il faut que j'attende qu'il m'appelle, ce qu'il fera sûrement si le FBI ne l'a pas épinglé avant.

— Vous ne l'avez pas averti qu'il était là ? questionna le sénateur sur un ton où perçait l'inquiétude.

— Moi, non, répondit prudemment Dill. J'allais le faire quand Dolan m'a dit qu'il s'en occupait à Washington. A-t-il tenu parole ?

— J'en suis certain.

— Je ferais peut-être bien de contacter le FBI d'ici, pour plus de sûreté.

— Je ne le crois pas, Ben. Un coup de fil de vous risquerait de compliquer les choses et de ruiner l'avantage politique que nous pourrions en tirer. Avantage politique au sens le plus large du terme, bien sûr.

— Bien sûr, répéta Dill sans essayer de cacher son scepticisme. Que voulez-vous que je dise à Brattle quand il téléphonera ?

— Que je suis disposé à une rencontre préparatoire tout à fait officieuse demain soir ou mardi matin. Avec Dolan, moi, et naturellement vous.

— Et pour Jake Spivey ?

— La même chose, mais pas aux mêmes heures. A part ça, j'ai lu ce matin dans le *New Mexican* une dépêche au sujet des obsèques de votre sœur. Il paraît qu'un ancien policier a été assassiné ?

— Oui. Clay Corcoran lui-même. C'était aussi un ancien flirt de ma sœur.

— Est-ce qu'il y a un rapport entre notre affaire et ce qui est arrivé à votre sœur... ou à ce Corcoran ?

— Pas que je sache.

— Si c'était le cas — mais je ne vois vraiment pas

comment — ça pourrait être très embarrassant. Enfin... Nous nous voyons demain, à l'aéroport.

Quand le sénateur eut raccroché, Dill appela le service de chambre. Il passa cinq minutes sous la douche, se rasa, se brossa les dents et remit son pantalon gris, une chemise blanche et ses chaussures noires. Il avait fini de s'habiller au moment où le café arriva. Il s'en versa une tasse, l'arrosa d'un peu de scotch et s'assit pour le boire. Il en était à la quatrième tasse quand le téléphone sonna. Cette fois, c'était Clyde Brattle.

— Tu as causé avec notre ami du Pays des Merveilles ?

— A l'instant.

— Et alors ?

— Il souhaite une réunion strictement privée soit demain soir, soit mardi matin de bonne heure. Seulement toi, lui, Dolan et moi. Qu'est-ce que tu en dis ?

— J'aimerais bien venir avec Sid et Harley. Pour plus de sûreté, tu comprends ?

— Dans ce cas, je choisis le lieu de la réunion.

Après un silence, Brattle déclara :

— D'accord, à condition que ce soit en terrain neutre.

— Ma sœur avait une petite maison très isolée, en retrait d'une rue qui borde un parc. Ça te va ?

— Ouais... Ça pourrait faire l'affaire. Quelle adresse ?

— Au coin de la Dix-neuvième et de Fillmore, dans l'allée.

— Demain six heures ?

— Disons sept.

— Si tu veux. A demain sept heures, donc.

Dill ne laissa pas refroidir le téléphone, demanda les renseignements et composa le numéro qu'on lui avait fourni. Un « allô » féminin lui répondit.

— Cindy ? dit-il d'un ton faussement enjoué. Ici Ben Dill.

— Qui ça ?

— Ben Dill. Le frère de Felicity.

— Oui, j'y suis. Mais je ne peux pas vous parler maintenant.

— C'est à Harold que je voulais parler. Vous pouvez me le passer ?

La voix de Cindy s'éloigna : « C'est le frère de Felicity qui veut te causer. » Harold Snow vint en ligne et questionna sans aménité :

— Qu'est-ce que vous me voulez encore ?

— Vous donner mille dollars pour une heure de boulot.

— Quel boulot ?

— Seulement remettre en place l'appareil que vous avez récupéré hier. Mais cette fois, je voudrais le micro dans le living et non dans la chambre.

— Quand ?

— Dans la journée.

— Et je touche quand ?

— Vous prenez les chèques ?

— Non.

— En liquide, alors. Mais pas avant ce soir.

— Où ?

— Chez vous.

— Qu'est-ce qui se passe donc ?

— Croyez-moi, Harold. Vous n'en avez rien à cirer.

— Tout remonter comme avant, mais au-dessus du living, et vous rappliquez dans la soirée avec ce que vous savez.

— A sept heures au plus tard. Je suppose que vous ne tenez pas à ce que Cindy soit au courant, pour ce que vous savez.

— Pas vraiment, non.

— Moi non plus.

Il raccrocha.

Il n'était pas tout à fait midi quand Dill alla prendre Anna Maude Singer chez elle. La radio de la Ford annonçait que cette journée du 7 août pourrait bien battre tous les records de chaleur. Déjà 35 degrés, pas de vent, pas un nuage et pas de changement en vue.

Anna Maude portait un short blanc, un chemisier de coton jaune et des sandales. Elle examina Dill d'un œil critique et lui demanda s'il allait à la messe. Il proposa de retrousser les manches de sa chemise blanche, mais elle avait une meilleure idée.

Dans un magasin ouvert le dimanche où l'on trouvait à peu près de tout, il acheta un polo bleu et un caleçon de bain havane. Comme il achevait de se changer dans la voiture, elle lui fit enlever ses chaussettes noires montantes (il n'en portait jamais d'autres pour n'avoir pas à les assortir au moment de les enfiler) et remettre ses pompes à même la peau.

— Comme ça, dit-elle, on dirait que tu viens de débarquer de Californie.

— Et toi, s'inquiéta-t-il, où est ton costume de bain ?

— Ce qui en tient lieu, je l'ai sur moi.

— Tu veux te faire de la publicité ? rigola-t-il en sortant du parking.

— Pourquoi pas ? Je pourrais lever un client riche. C'est bien ce que nous allons rencontrer, non ? Des gens pleins aux as.

— Chez Jake Spivey, on ne sait jamais ce qu'on s'expose à rencontrer.

# CHAPITRE XXVIII

Un jeune Mexicain montait la garde au portail — grand ouvert — de la propriété de Spivey, assis dans un fauteuil de toile sous un parasol aux couleurs de Cinzano. Il avait à ses pieds une cruche Thermos de boisson fraîche, un fusil de chasse en travers des cuisses et un revolver dans sa gaine à la hanche droite.

Il se leva en voyant la Ford s'arrêter à cheval sur le pas de la porte et vint à la rencontre de Dill, le fusil en diagonale sur la poitrine, cran de sûreté au rouge. Se penchant à la glace baissée, il examina attentivement les occupants de la voiture et dit :

— Vous êtes ?

— Ben Dill. Et Miss Singer.

Gardant un doigt sur la détente du fusil (un calibre 12), le Mexicain mit l'autre main à la poche de sa chemise et sortit un petit carton où des noms étaient tapés à la machine. Il y trouva celui de Dill et pointa son fusil en direction de la maison.

— Allez-y, dit-il. On s'occupera de votre voiture.

Dill remercia et repartit. De part et d'autre de l'allée bitumée, le gazon bien vert était toujours sous le jet des arroseuses.

— Beauchamp Lane, murmura Anna Maude comme pour elle-même, le château d'Ace Dawson. M'y voici enfin.

— Moi, j'avais onze ans la première fois que j'y suis venu, pour un arbre de Noël.

— Je sais, Felicity m'avait raconté. Mais toi, tu avais resquillé tandis que moi, je suis invitée pour de bon. Enfin, presque.

Une douzaine de voitures étaient déjà garées dans le prolongement de l'allée, toutes du dernier modèle et du plus coûteux : quatre Cadillacs, deux Lincolns, une Oldsmobile 98 et une Buick Riviera décapotable, mais aussi deux Mercedes, une Porsche et une grande BMW. Dill estima qu'il y en avait pour trois ou quatre cent mille dollars, sans compter sa Ford de location.

Un autre jeune Mexicain se précipita pour ouvrir la portière à Anna Maude, avec un sourire poli qu'il garda en attendant que Dill fût descendu à son tour. Quand il se glissa sous le volant, le pan de sa chemise blanche se releva, découvrant la crosse d'un automatique 9 mm de marque étrangère. Manœuvrée d'une main experte, la Ford se trouva bientôt garée entre une Cadillac et la BMW.

Dill n'eut pas le temps de déclencher le carillon. La porte de chêne s'ouvrit sur une Daphne Owens souriante, encore moins vêtue que la première fois, d'un cache-sexe vert pâle et d'une sorte de bustier.

Dill fit les présentations et s'aperçut qu'en dépit des apparences dictées par les convenances mondaines, les deux femmes se haïssaient d'emblée.

— Allons de l'autre côté, dit Daffy, prendre un verre et faire la connaissance de tout le monde.

Ils la suivirent dans l'immense vestibule jusqu'à des portes-fenêtres qui donnaient sur un patio dallé d'ardoise noire, en morceaux inégaux que séparaient d'étroites bandes de fin gazon. Quatre personnes étaient en train de barboter dans la vaste piscine.

Daphne Owens présenta les arrivants à trois groupes d'invités paraissant la trentaine ou la quarantaine, tous apparemment cossus et bien élevés, ils tenaient à la main un verre de vin ou de Perrier, mais pas de cigarette. Tous les hommes avaient l'air de courir dix kilomètres par jour, toutes les femmes semblaient suivre le régime de Jane Fonda. Dill oublia immédiatement leurs noms. Mais il n'oublia pas celui des deux personnes suivantes, deux hommes beaucoup plus âgés. Le premier était si vieux qu'il n'aurait sans doute pas pu se lever de son fauteuil de jardin. L'autre, qui n'avait que soixante-sept ans, le fit sans difficulté.

— Je ne crois pas, dit Daffy, que vous ayez déjà rencontré les Hartshorne. Voici M. Jim Hartshorne et son...

L'homme qui s'était levé ne la laissa pas achever. Il tendit la main à Anna Maude en disant :

— Jimmy Hartshorne Junior.

— Anna Maude Singer et Ben Dill.

— Qui est-ce, fiston ? questionna le plus vieux du fond de son fauteuil.

— Miss Singer et M. Dill, papa.

— Dill ? Dill ? répéta le vieillard d'une voix cassée. Venez prendre un verre avec nous, Dill.

Daphne Owens leur demanda ce qu'ils voulaient boire, prit la commande et s'en alla. L'ancêtre tapota le bras du fauteuil voisin du sien et dit :

— Asseyez-vous là, jeune dame dont je regrette de n'avoir pas saisi le nom.

— Anna Maude, dit-elle en prenant place.

Le vieillard portait un pantalon gris qui remontait presque jusqu'aux aisselles, couvrant la plus grande partie d'un polo bleu à manches courtes marqué d'un petit alligator. Il avait aux pieds des chaussures de sport également bleues. De son oreille gauche, du côté d'Anna Maude, émergeait un minuscule appareil acoustique, et des lunettes violettes couvraient ses yeux. Quelques cheveux subsistaient au-dessus des oreilles, mais, mais le reste avait depuis longtemps déserté le crâne lisse et hâlé. Avec le front commençaient les rides, rigoureusement parallèles jusqu'à la racine du nez, puis s'incurvant et sillonnant le visage en tous sens. Il avait les lèvres bleuâtres et la bouche, quand il l'ouvrait, n'était qu'un trou noir. Le nez était resté pointu et fureteur, mais le menton jadis volontaire semblait tomber en ruine. James Hartshorne Senior avait quatre-vingt-dix-sept ans.

— Asseyez-vous là, Dill, dit-il avec un geste de la main droite. Et toi, fiston, va chercher une autre chaise.

Quand l'un et l'autre eurent obéi, il se retourna vers Anna Maude.

— J'aime les bras nus, dit-il en donnant un petit coup à celui de sa voisine. Ceux des dames, bien sûr.

Anna Maude réussit à faire dévier la conversation sur Ace Dawson.

— Vous l'avez connu, je crois.

— Ce vieil Ace, je pense bien ! (Il émit une sorte de croassement qui devait être sa façon de rire.) Il venait du Texas, et moi de Shreveport. J'ai longtemps cru qu'on ne faisait plus de bonshommes de ce calibre, jusqu'à ce que je rencontre le gars qui l'a remplacé. Au fait, d'où le connaissez-vous ?

— Moi, je ne le connais pas encore, dit Anna Maude comme le jardinier maître d'hôtel apportait les drinks.

Le vieux se tourna vers Dill.

— Alors, c'est vous, le copain de Jake ?

— C'est moi, oui.

— Depuis longtemps ?

— Depuis toujours.

— Si vous étiez à ma place, feriez-vous des affaires avec lui ?

— Dans quel domaine ?

— La politique, peut-être.

— Je crois que c'est ce qu'il a toujours visé.

— Il vise loin, non ? fit Hartshorne Senior avec un sourire bleu.

— Papa, interrompit Hartshorne Junior, je crois que nous devrions remercier M. Dill.

— Oui, tu as raison. Junior et moi tenons à vous remercier de ce que vous avez fait hier soir au Club de la Presse, quand vous avez essayé de sauver le jeune Laffter, le bouche-à-bouche et tout, avec ce serveur nègre — comment s'appelle-t-il au fait ? — ah oui ! Harry, à qui j'ai déjà téléphoné pour le féliciter. Quelqu'un de l'hôpital avait fait la connerie d'avertir ce nègre de la mort de Laffter. Pas si con que ça, d'ailleurs, puisque le nègre était son légataire universel. (Il se tourna vers son fils.) A propos, tu es sûr que Laffter n'est pas de la pédale ?

Junior fronça le sourcil.

— Papa, je t'ai déjà dit que s'il a tout laissé à Harry, c'est pour le récompenser de s'être occupé de lui pendant des années.

— Bon, tu dois t'y connaître. Tout au moins en pédés. (Il se remit à croasser en regardant Dill.) Figurez-vous que le fiston ne s'est jamais marié. Le plus beau parti de la ville depuis quarante-cinq, quarante-six ans maintenant ! Pas vrai, fiston ?

Le fiston, ignorant son père, s'adressa à Dill.

— En tout cas, monsieur Dill, nous voulions vous dire toute notre reconnaissance.

— Vous êtes vraiment si reconnaissants que ça ?

Hartshorne Senior ôta lentement ses lunettes violettes et les remplaça par des verres ronds à monture d'écaille. A triple foyer, remarqua Dill que le vieux examinait maintenant de ses yeux noirs, vifs et étonnamment jeunes.

— Qu'avez-vous derrière la tête, Dill ?

— Pourquoi avez-vous passé cet article sur ma sœur ?

L'ancêtre regarda son rejeton.

— Quel article ?

L'autre se renfrogna de nouveau.

— Felicity Dill. Inspecteur à la Criminelle. Assassinée. Irrégularités financières. Le dernier papier de Laffter.

— Oh ! Vous êtes le frère. J'aurais dû faire le rapprochement tout de suite. Mais je ne comprends toujours pas votre question.

— Pourquoi avez-vous passé ce papier au sujet des finances de ma sœur ?

— Vous pensez faire un procès ?

— Non.

— Ça ne vous mènerait nulle part ; nous ne manquons pas d'hommes de loi qui y veillent. Et pourquoi n'aurais-je pas passé ce papier ? Vous figurez-vous qu'on me dicte ce que je dois publier ou non ? (Avant que Dill eût pu répondre, il se tourna vers son fils.) Et pourquoi l'a-t-on publié, ce foutu papier ?

Jimmy Junior avait une grosse tête ronde et une petite figure rose. Il ne ressemblait guère à son père, sauf par les yeux également noirs et brillants, mais sans vivacité ni jeunesse. Il porta son verre de vin blanc à sa petite bouche en cul de poule, but, le reposa sur la table et déclara lentement :

— Nous l'avons passé parce que la police nous en a priés. Nous coopérons fréquemment avec la police, surtout quand cela peut l'aider dans ses recherches. Presque tous les journaux en font autant.

— Ses recherches sur quoi ?

— Sur la mort de votre sœur, évidemment. Et aussi celle de cet ancien footballeur qui a été tué hier, Corcoran.

— Monsieur Hartshorne, intervint Anna Maude Singer, puis-je vous poser une question ?

— Je vous en prie.

— Qui, dans la police, vous a demandé d'y aller ?

C'est le vieux qui répondit, en croassant une fois de plus.

— Voilà le genre de question que j'aime. Direct, droit au but, sans tourner autour du pot. Dis-lui, fiston, le nom du poulet qui nous a dit d'y aller.

— Ce n'était pas un ordre, papa, mais un service qu'il nous demandait.

— Dis-lui.

— Strucker. Le chef de la Criminelle.

Hartshorne Senior regarda Dill.

— Vous allez lui en parler, à Strucker ? Peut-être lui demander ses raisons ?

— Ça se pourrait.

— Il est ici, vous savez. Je l'ai vu il n'y a pas une demi-heure comme il allait discuter avec votre copain Spivey dans la bibliothèque. (Il jeta un coup d'œil du côté de la piscine.) M^me^ Strucker est d'ailleurs encore là. Celle en maillot noir.

Dill suivit son regard et vit une grande femme très brune, en équilibre au bord de la piscine du côté du grand bain. Elle plongea dans un style impeccable.

— Belle femme, apprécia le vieux. Son mari et Jake peuvent bien discuter le bout de gras à l'intérieur.

— Nous pensons les rejoindre tout à l'heure, dit Jimmy Junior.

— Pour parler de l'avenir politique de Monsieur le Directeur, précisa son père en regardant M^me^ Strucker qui sortait de l'eau. A votre avis, Dill, quelle est la chose la plus importante qu'une femme puisse apporter à la campagne politique de son mari ?

— L'argent.

L'ancêtre approuva du chef sans quitter M^me^ Strucker des yeux.

— Et ce n'est pas ce qui lui manque.

— Il y a quelque temps, reprit Dill, vous avez arrêté un article que Laffter avait écrit sur ma sœur. D'après lui, un truc inoffensif à propos des femmes dans la police. Pourquoi l'avez-vous sucré, si c'est vous ?

— Cette question-là aussi, monsieur Dill, vous feriez mieux de la poser à son mari.

# CHAPITRE XXIX

Le Mexicain à tout faire vint disperser le quatuor en demandant à Dill s'il voulait bien rejoindre le *Señor* Spivey dans la *biblioteca.* Personne ne parut relever l'aspect cocasse de ce cérémonial, pas même Anna Maude qui commença à déboutonner son chemisier en exprimant l'intention de piquer une tête. Hartshorne Junior dit qu'il allait faire un tour et son père, ricanant, annonça qu'il ferait un petit somme dès qu'Anna Maude aurait fini son strip-tease.

Dill emboîta le pas au valet-jardinier. Ils passèrent devant l'endroit où les trois Mexicains avaient creusé l'avant-veille. C'était une énorme fosse à barbecue où rôtissait tout un quartier de bœuf au-dessus d'un lit de braises. Les côtelettes d'au moins trois ou quatre cochons cuisaient sur un gril, tandis que le jus mijotait dans un grand pot de fer. Le chef était un Noir aux cheveux blancs qui semblait connaître son affaire. Dill trouva l'odeur très appétissante.

Le Mexicain ayant tiré les portes de la bibliothèque, Dill vit Spivey assis derrière son bureau et Strucker planté devant, comme sur le point de prendre congé.

— Comment va, Pick ?

— Ça va.

— Tu connais le Chef, bien sûr.

Dill dit oui et salua Strucker d'un signe de tête.

— J'allais partir, dit le policier.

— Je pourrai vous voir, après ?

— Bien sûr. (Il se retourna vers Spivey.) On reparlera de tout ça dans l'après-midi.

— Nous trouverons bien une solution, dit Spivey en se levant.

Puis il le regarda partir et, la porte refermée, sourit à Dill.

— En voilà un qui voudrait bien être maire. Pour commencer.

— Et après ?

— Député. Gouverneur. Ou sénateur. Il y a le choix. Il a attrapé la fièvre électorale et ce n'est pas sa femme qui l'en guérira. Tu l'as rencontrée ?

— Juste aperçue.

— C'est quelque chose ! Riche comme des Russes, comme nous disions avant d'entendre parler de Crésus.

— A propos de fric, Jake, il m'en faudrait un peu. Aujourd'hui.

— Hého ! On est dimanche. Combien te faut-il ?

— Mille en liquide.

— Bof ! C'est ça que tu appelles du fric...

D'une poche de son jean, il sortit un rouleau de billets, serré par un élastique qu'il fit sauter. Il compta dix coupures de cent qu'il étala sur le bureau et remit l'élastique autour du rouleau, qui avait toujours cinq bons centimètres de diamètre. Dill s'assit sur la table, ouvrit son carnet de chèques et sortit son stylo.

— Si tu es juste, dit Spivey, ça ne presse pas. Tu m'enverras ça par la poste un de ces jours.

— Non, ça va.

Il remplit le chèque, le détacha et le donna à Spivey, qui le plia sans le regarder et le glissa dans sa poche de chemise.

Puis les deux hommes burent de la bière et les nouveaux amis de Spivey firent les frais de la conversation. Selon lui, c'étaient des rescapés de la turbulente jeunesse de 1965, maintenant assagis ; pourvus de belles situations, ils évitaient les liqueurs fortes et le tabac, ne se droguaient plus ou presque, pratiquaient la culture physique, votaient pour Reagan et prenaient très au sérieux leurs devoirs civiques. Aux yeux de ces quadragénaires ou quasi-quadragénaires, John Spivey était une espèce de gourou politique pour la simple raison que, Dora Lee Strucker mise à part, c'est lui qui avait le plus de pognon.

— Et ton poulain, interrogea Dill, c'est Strucker ?

— A condition que les Hartshorne marchent avec nous, mais ils marcheront.

— Je vois d'ici le maire à poigne qui fera respecter l'ordre.

— Est-ce que tu serais contre ?

Dill sourit et but une gorgée de bière.

— Tu pourrais bien réussir, Jake.

— Ce que je veux réussir, au fond, c'est à faire pousser un buisson d'épines bien à moi, assez haut et assez épais pour que personne ne vienne s'y frotter. Sauf peut-être ton Petit Sénateur.

— Je lui ai parlé, fit Dill en regardant en l'air.

— Et alors ?

— Je crois qu'il veut t'avoir, Jake.

— Il marche avec Clyde, hein ?

— Il semble persuadé de pouvoir vous épingler tous les deux.

— Là, il se berlure. Il n'aura pas Brattle sans ma collaboration, et si je n'obtiens pas l'immunité, il peut se brosser.

Il alluma une cigarette, aspira goulûment et envoya la fumée au plafond.

— Tu as vu mon gus à l'entrée ?

— Oui.

— Et celui qui gare les voitures ?

— Lui aussi.

— Je suis sûr que ce vieux Clyde veut me faire la peau.

— Lui-même ?

— Non, voyons ! Il aura chargé Harley et Sid de recruter quelqu'un. Ils ont peut-être déjà passé une annonce dans *Soldier of Fortune*. A moins que Sid en fasse une affaire personnelle. Ce serait assez dans son style.

— Tu veux parler au sénateur ?

— Quand ?

— Demain. Il arrive à quatre heures avec Dolan.

— Quand voit-il Brattle ?

— A sept heures.

— A ton avis, ai-je intérêt à passer en premier ou en dernier ?

— En premier. Ça me permettra peut-être de t'obtenir une garantie quelconque.

— Et ça me coûtera combien ?

— Tu as beaucoup d'influence sur Strucker ?

— Pas mal. Qu'est-ce que tu veux ?

— Qu'il me dise tout sur Felicity. Même si c'est très désagréable.

— Je vais voir ce que je peux faire.

Dill ne rencontra Dora Lee Strucker qu'après avoir exécuté un saut de l'ange pas tout à fait irréprochable du haut du plongeoir. Il se rendit compte en entrant dans l'eau que son dos aurait pu être plus droit, mais que c'était quand même un beau plongeon. C'était le seul sport qu'il eût pratiqué sérieusement, probablement parce que c'est une discipline strictement individuelle. En première année de droit, comprenant qu'il avait atteint la limite de ses possibilités, il avait abandonné l'entraînement sans regret, et même avec une sorte de soulagement. Depuis, il ne pratiquait plus que dans la piscine du Watergate quand l'envie lui en prenait, soit à peu près tous les quinze jours.

Il sortit de la piscine sous les applaudissements ironiques

d'Anna Maude Singer, en bikini rouge foncé réduit à si peu de chose qu'elle aurait paru beaucoup moins nue si elle l'avait enlevé...

— Je voulais seulement, dit-il, vérifier que le cerveau est encore capable de commander au corps.

Elle se retourna vers la femme au maillot noir.

— Je ne crois pas que tu connaisses déjà M$^{me}$ Strucker. Ben Dill.

M$^{me}$ Strucker tendit une main ferme. Sa voix ne l'était pas moins.

— Je trouve que c'était un beau plongeon, dit-elle.

Dill remercia et prit place à côté d'Anna Maude assise en tailleur sur une grande serviette. M$^{me}$ Strucker, pour sa part, occupait un fauteuil en tubes d'aluminium et treillis de plastique. Elle avait de longues et solides jambes bien bronzées, les hanches un peu fortes, la taille très fine, une poitrine généreuse qui semblait bien se tenir et des épaules superbes. Son abondante chevelure d'un noir d'encre était relevée en chignon sur le dessus de sa tête. Le visage était hardi, les pommettes hautes, les yeux noirs et le nez un tantinet busqué. Dill se demanda à la fois si elle n'avait pas d'Indiens parmi ses ancêtres, et comment elle avait pu devenir si riche. Il évalua son âge à quarante-trois ans, dont elle aurait pu facilement rabattre cinq en cas de besoin. Le patron de la Crim', décidément, avait fait un beau mariage.

— Je disais à M$^{me}$ Strucker...

— Dora Lee, je vous en prie.

— C'est juste, reprit Anna Maude. Je disais donc à Dora Lee que tu connaissais Spivey depuis des années.

— Des ères, rectifia-t-il.

— Je ne sais pas trop combien dure une ère, mais c'est sûrement très long.

— Vous l'avez dit, madame, une éternité.

— A-t-il toujours été aussi farouchement optimiste ?

Dill fit un geste qui embrassait la piscine, la maison et le parc.

— Il a de bonnes raisons de l'être, dit-il en souriant. Avec lui, ce qui doit arriver arrive toujours.

— Vous ne semblez pas le moins du monde envieux, monsieur Dill. Ou Ben, si vous me permettez cette familiarité.

— Pas du tout. Je veux dire que je ne suis pas du tout jaloux de Jake, et que je ne vois aucun inconvénient à ce que vous m'appeliez Ben.

— J'ai cru remarquer, insista-t-elle, que la fortune d'un vieil ami fait souvent le désespoir d'un autre vieil ami.

— Vous avez sans doute raison. Quand quelqu'un que vous connaissez se casse la gueule, vous dites Dieu merci, c'est pour lui et pas pour moi. S'il réussit, c'est Seigneur, pourquoi lui et pas moi. Mais en ce qui concerne Jake, c'est une espèce de miracle ambulant. On n'y croit pas tout à fait, mais on souhaite que ce soit vrai.

— Vous l'aimez bien, on dirait.

— C'est peu dire. Nous nous sommes toujours parfaitement compris. Ça va plus loin que le penchant réciproque.

— Johnny — c'est mon mari — dit qu'il n'a jamais rencontré un homme aussi intelligent.

— Je ne sais pas au juste ce que votre mari entend par là. Disons qu'il est le plus roublard, le plus malin, le plus...

— Retors ? suggéra Anna Maude.

— Et le plus retors.

Un demi-sourire aux lèvres, M^me^ Strucker regarda attentivement Dill.

— J'ai aussi l'impression, dit-elle, que vous lui faites entièrement confiance.

Avant qu'il eût pu répondre qu'elle se gourait complètement, la voix de Spivey résonna à six mètres de distance.

— Qui est cette jolie petite chose peu vêtue que personne ne m'a encore présentée ?

— Pas si petite que ça, répliqua Dill au maître de maison qui s'approchait à grandes enjambées.

Spivey fit un grand sourire à Anna Maude.

— C'est vrai qu'elle n'est pas si petite.

— Jake Spivey. Je te présente mon petit cœur, Anna Maude Singer.

— Mon petit cœur ! Voilà bien de tes expressions archaïques. Vous savez comment il m'appelle, moi ? Il me traite de pote. (Puis il s'intéressa à M^me^ Strucker.) Comment allez-vous, Dora Lee ?

— Tout a fait bien, Jake. Merci.

— Pas tout ça. On bouffe dans une demi-heure. Si vous avez besoin de quelque chose, tous autant que vous êtes, dites-le-moi tout de suite.

— Moi, dit Anna Maude, j'ai envie de quelque chose.

— Quoi donc, ma chère ?

— Si je marche sur les mains en croquant une sauterelle, est-ce que quelqu'un me fera visiter la maison ?

— Eh bien ! je vous donne pour guide Jake Spivey en personne, qui commentera pour vous les merveilles du manoir d'Ace Dawson.

D'un bond, elle fut sur ses pieds.

— C'est sérieux ?

— Tout ce qu'il y a de plus. A propos, Pick. Le gars que tu voulais voir t'attend dans la bibliothèque.

— Merci.

Spivey se tourna vers Anna Maude.

— A vos ordres, mon chou.

Quand Dill, qui s'était rhabillé, revint dans la bibliothèque, le patron de la Crim' ne lui accorda ni un sourire ni un signe de tête. Il était assis devant le bureau et Dill fut un instant tenté de s'installer derrière, idée stupide qu'il chassa aussitôt. Strucker, lui aussi, était en tenue de weekend : chemise de sport bleu foncé, pantalon crème, mocassins souples et chaussettes blanches à grosses côtes. Sur lui, tout cela faisait l'effet d'un uniforme comme un autre, et pas le plus confortable.

— Votre sœur en croquait, dit-il froidement dès que l'autre se fut assis.

Dill ne répondit rien et le silence se prolongea, de plus en plus pesant. Les deux hommes s'affrontaient du regard, celui du policier impassible et implacable. Le regard de la Justice.

— Combien ? dit enfin Dill.

Strucker leva les yeux au plafond, de l'air de quelqu'un qui cherche à résoudre un difficile problème de calcul mental, en même temps qu'il pêchait un cigare dans sa poche de chemise.

— En dix-huit mois... (il alluma son cigare) à une semaine près... (il vérifia que le cigare tirait bien) quatre-vingt-seize mille deux cent quatre-vingt-trois dollars lui sont passés par les mains. (Il souffla l'allumette et la déposa dans un cendrier sur le bureau de Spivey.) Ce qui représente en moyenne, et en chiffre rond, douze cent cinquante par semaine. Nous savons en partie où ce fric est passé : la maison qu'elle a achetée, la police d'assurance et le loyer de son autre appartement. Mais il reste dans les cinquante mille dollars.

— A peu près, observa Dill, ce qu'il lui fallait pour finir de payer la maison.

— En effet.

— Pourquoi diable avez-vous fourni tous ces renseignements à la *Tribune,* en faisant tout pour que ça passe ?

Strucker eut un haussement d'épaules.

— La publicité est souvent bien utile dans une enquête, Dill. Vous le savez très bien.

— Le vieux Fred Laffter m'a dit qu'il avait écrit, il y a des mois, un papier aimable sur Felicity. Vous l'avez fait sucrer. Pourquoi ?

— Nous l'avons jugé prématuré, voilà tout. Il lui aurait fait plus de tort que de bien.

— Par qui se faisait-elle arroser ?

— Nous ne le savons pas encore.

— Pourquoi l'a-t-on tuée ?

— Nous ne le savons pas davantage. Mais avant que vous me demandiez qui l'a tuée, et ce qu'elle faisait pour palper douze cent cinquante dollars par semaine, je dois vous rappeler qu'une enquête est en cours et que je ne peux pas vous en dire beaucoup plus.

— Dites-moi quand même quel rapport il y a entre la mort de Corcoran et celle de ma sœur.

— Il n'y en a pas.

— Mon œil.

— J'avoue qu'il y a encore des points obscurs. Corcoran a été tué d'une balle de 6,35 tirée d'une douzaine de mètres. C'était une balle à expansion et je m'étonne qu'elle n'ait pas fait un plus gros trou. Mais ce qui m'étonne davantage, c'est que le tireur l'ait touché. Il fallait qu'il soit le plus formidable tireur du monde. Si c'est bien Corcoran qu'il visait.

— Qui d'autre ?

— Il y avait vous et Miss Singer.

— Personne ne m'a tiré dessus.

— Et Miss Singer ?

— Encore moins.

Strucker tira encore une bouffée de son cigare et prit son temps pour la savourer.

— J'ai passé deux ou trois coups de fil à Washington. Il semble que vous y soyez assez connu. A ce que j'ai cru comprendre, vous êtes sur la piste de quelques anciennes barbouzes et il se peut que l'une d'elles, se sentant serrée d'un peu trop près, se soit procuré l'uniforme d'une police quelconque pour tirer sur vous sans se faire remarquer. Mais il vous aurait loupé et c'est ce pauvre Corcoran qui aurait morflé. Ça se tient comme hypothèse.

— Non. Pas possible...

Dill hésita à poursuivre.

— Il paraît que la mairie vous intéresse ?

Strucker balaya le propos d'un coup de cigare.

— Des racontars.

— Mais si ça allait un peu plus loin que des racontars, Jake Spivey vous serait très utile, non ?

— Oui, sans doute. Son aide serait précieuse, s'il jugeait bon de me l'accorder...

— C'est que, voyez-vous, je peux tirer la chaîne sur Spivey et l'envoyer dans un égout d'où il ne pourra plus rien pour personne.

Strucker ôta son cigare de la bouche, le regarda et dit :

— Votre plus vieil ami...

— Mon plus vieil ami, c'est vrai, répondit-il d'une voix blanche. Mais elle, c'était ma sœur, toute ma famille à elle seule. Je sais que ce n'était pas une fille à se vendre, et je suis à peu près sûr que vous le savez aussi. Je suis également à peu près persuadé que vous savez ce qui est arrivé à Felicity et pourquoi. J'ai besoin de savoir ce que vous savez. Et si vous ne me le dites pas, c'est la chasse d'eau pour mon vieil ami, et votre avenir politique avec.

— Ça doit être dur, d'avoir à choisir entre un ami vivant et une sœur qui ne l'est plus, fit Strucker, hochant la tête d'un air de commisération.

— Pas tant que ça.

— Pour vous, peut-être pas. (Il s'absorba une fois de plus dans la contemplation de son cigare.) Combien de temps me donnez-vous ? Une semaine ?

— Trois jours.

— Une semaine, ce serait mieux.

— J'aimerais vous dire oui, mais je ne dispose que de trois jours.

Strucker se leva, s'étira un peu et lâcha un de ses gros soupirs.

— Soit. Disons trois jours... C'est vrai que vous feriez plonger votre meilleur ami ?

— Tout ce qu'il y a de plus vrai.

Quand la porte se fut refermée sur Strucker, Dill passa derrière le bureau de Spivey, explora de la main le dessous du plateau et finit par rencontrer le commutateur. Il se mit à quatre pattes et vit qu'il était sur la position « marche ». Il n'y toucha pas, mais ouvrit successivement le tiroir du haut, le tiroir du milieu et celui du bas dans le corps de droite. Le magnétophone de fabrication japonaise, tournant lentement, se trouvait dans le dernier, que Dill repoussa doucement avant de se relever.

— Je ne plaisantais pas, Jake, dit-il à haute et intelligible voix. Tu peux être sûr que je le ferais.

# CHAPITRE XXX

Les invités de Jake Spivey ne s'étant dispersés qu'au coucher du soleil, Dill et Anna Maude Singer n'arrivèrent à la maison de Felicity qu'un peu après neuf heures du soir. Les fenêtres du rez-de-chaussée étaient éclairées.

— Il doit être chez lui, dit Anna Maude.

— Si je vais avec lui dans la cuisine, tâche de la retenir dans le living. Si elle va dans la cuisine, accompagne-la et arrange-toi pour qu'elle y reste au moins deux ou trois minutes.

— D'accord.

Ils descendirent de voiture et allèrent à la porte, où Dill sonna. Quelques secondes plus tard, Harold Snow vint ouvrir en T-shirt et short de tennis, le regard de travers. Dill ne lui laissa pas ouvrir la bouche et dit un peu trop haut :

— Nous venons pour le loyer !

Après un bref instant d'ahurissement, Harold montra qu'il avait compris.

— Ah oui ! Le loyer. Entrez donc.

Ils traversèrent le petit vestibule en entrèrent dans la salle de séjour où Cindy McCabe était en train de se passer du vernis rose sur les ongles des orteils tout en regardant la télévision. Dill fit les présentations et Cindy dit : « Salut ! »

— Arrête cette chierie, ordonna Snow. Ils viennent au sujet du loyer.

Elle revissa le bouchon du flacon de vernis, se leva et, soucieuse de ne pas abîmer la peinture fraîche, marcha gauchement sur les talons jusqu'au poste de télé grand modèle, qu'elle ferma.

— Qu'est-ce qu'il a, le loyer ? dit-elle.

— Il en fait un plat, dehors ! proclama Dill en espérant n'avoir pas à ajouter que ça donne soif.

Ce ne fut pas nécessaire. Ses yeux de coyote pétillant d'astuce, Snow saisit la balle au bond.

— Vous prendrez bien quelque chose. Une bière ?

— Une bière, sourit Dill, ce serait parfait.

— Va nous chercher quatre bières, dis, poupée.

— Je vais vous aider, s'empressa Anna Maude en suivant vers la cuisine Cindy qui se dandinait toujours sur ses talons.

— Où sont mes mille dollars ? chuchota Harold Snow.

— C'est fait ?

— C'est fait. Comme vous me l'avez demandé, au-dessus du living. Et mon pèze ?

Dill sortit de sa poche les dix billets de cent et les tendit à Snow qui les compta précipitamment en râlant : « Vous auriez pu mettre ça dans une enveloppe. » Il compta les coupures une seconde fois et les mit dans la poche droite de son short.

— Vous êtes sûr que ça marche ?

— Ça marche très bien, j'ai vérifié. Mais ce qui est marrant, c'est que j'ai trouvé quelque chose d'autre.

— Quoi ?

— Ça, c'est en plus.

— Le loyer, fit Dill excédé. Je vous en fais cadeau pour ce mois-ci.

— Et le mois prochain ?

— Gare à votre genou, Harold !

L'avertissement porta et Snow fit un pas en arrière.

— Bon. Ce que j'en dis... Le nouveau, c'est que

nous avons de la concurrence. Le living-room était déjà sur écoute. Ça ressemble assez à du travail de flic.

— Pourquoi, de flic ?

— Travail de pro, je veux dire. Pas aussi futé que moi, mais connaissant tout de même son boulot. J'ai tout laissé en place, mais j'ai mouillé un peu le micro. Il prend toujours du son, mais il faudra une semaine pour éliminer la distorsion, sans quoi ils n'en tireront qu'un drôle de bruit. Mais... vous n'avez pas l'air tellement surpris.

Effectivement, Dill ne l'était pas. Il se disait que Brattle, sachant où devait se tenir la réunion projetée, avait dû prendre ses précautions. Et rien ne pouvait l'étonner de la part de Brattle.

— Rien que pour vous montrer combien j'apprécie votre collaboration, dit-il, je vous dispense aussi du prochain mois de loyer.

Au lieu de montrer quelque satisfaction, Snow manifesta de l'inquiétude.

— Ne le dites pas à Cindy, chuchota-t-il. On la mettra dans le coup pour ce mois-ci, mais pas pour le suivant. Ça colle ?

— Ça colle.

— Si on s'asseyait ? enchaîna Harold Snow en montrant à Dill le fauteuil précédemment occupé par Cindy. (Lui-même prit place en face, au bord d'un divan dont la housse s'ornait de papillons.) Entre nous, tout ce micmac, c'est à cause de votre sœur ?

— Pas du tout.

De confidentielle, la mine de Snow devint sceptique. Mais le retour de Cindy avec un plateau chargé de quatre boîtes de bière l'empêcha de préciser ses doutes. Anna Maude suivait, avec deux verres dans chaque main.

— J'ai apporté des verres, dit-elle, pour le cas où quelqu'un en voudrait.

Personne n'en voulut. Cindy distribua les bières, puis

s'assit près de Snow, et Anna Maude prit le seul fauteuil disponible.

— Alors, fit la blonde créature, ce loyer ?

— Nous n'avons pas à le payer ce mois-ci, dit Snow.

— Sans blague ! Pourquoi ça ?

Elle avait posé la question à Dill, mais c'est Harold qui répondit :

— Il voudrait qu'on surveille l'appartement jusqu'à ce qu'il ait pris une décision à son sujet. Eventuellement le faire visiter à des acheteurs ou locataires éventuels. C'est bien ça ?

— C'est ça.

— Chouette ! C'est au poil.

— Mais il faudra payer le mois prochain.

— Oui, bien sûr, mais un mois de loyer gratuit, c'est toujours ça de pris... T'as remercié, au moins ?

— Evidemment, c'te question !

— Des fois que tu aurais oublié...

On sonna à la porte d'entrée et Snow dit ce que tout le monde dit en pareille circonstance :

— Qui ça peut être, bon Dieu ?

Il se leva, sa bière à la main, traversa le living et disparut dans le petit vestibule. Les autres l'entendirent ouvrir la porte en disant : « Oui, qu'est-ce que c'est ? »

Une formidable explosion secoua la maison, puis une deuxième. Et ce fut le silence absolu, jusqu'à ce que Cindy McCabe se mît à hurler. Elle était restée assise et écrasait sa boîte de bière des deux mains, sans prendre garde au liquide qui inondait ses jambes nues. Anna Maude se leva, se précipita sur Cindy et la gifla à toute volée, mettant fin aux hurlements. Puis elle s'agenouilla près d'elle, envoya promener la boîte de bière et entoura de ses bras la jeune femme qui, maintenant, sanglotait.

Dill était debout. Il se dirigea lentement vers l'entrée en se répétant qu'il ne voulait pas regarder. Quand il vit, il eut un haut-le-cœur qu'il réprima en respirant à fond, quatre fois de suite. Snow gisait sur le dos, sa boîte de bière dans la main gauche. Toute la partie droite de sa figure avait disparu, et l'œil gauche resté ouvert n'avait plus l'air malin. Une bonne partie du haut du thorax n'était plus qu'une dépression humide et rouge. Les murs et le miroir accroché au fond du vestibule étaient éclaboussés de sang et de débris de chair et d'os. Dill se baissa en essayant de se rappeler dans quelle poche le défunt avait mis son paquet de dollars. Il misa sur celle de gauche, constata qu'il s'était trompé et sortit la liasse de la poche droite pour la glisser dans la sienne. En se relevant, il s'aperçut qu'il avait fait tout cela sans respirer, comme pour éviter inconsciemment l'odeur du sang et de la mort.

Quand il rentra dans le living, Cindy McCabe releva la tête et articula péniblement :

— Il... il est... ?

— Il est mort, Cindy.

— Oh merde ! Dieu de Dieu ! Merde ! gémit-elle en laissant retomber sa tête sur l'épaule d'Anna Maude et se remettant à sangloter.

Parcourant la pièce du regard, Dill repéra le sac à main de Cindy posé sur le poste de télé. Il alla l'ouvrir et y glissa les dix coupures de cent dollars après s'être assuré qu'il n'y avait pas de sang dessus. Puis il prit le téléphone et appela la police.

Deux jeunes flics en uniforme, dans une voiture de patrouille toutes sirènes hurlantes et gyrophares éblouissants, furent les premiers sur les lieux. Aucun n'avait de beaucoup dépassé vingt-cinq ans. L'un d'eux avait un nez bien dessiné, l'autre un menton en galoche, ce qui permit à Dill d'oublier leur nom aussitôt que prononcé. Le Menton jeta un coup d'œil au cadavre de Snow et se détourna vivement, comme s'il cherchait un endroit où dégueuler. Le Nez, au contraire, n'en détachait pas son regard.

— Canon scié, hein ?

— Ça m'en a tout l'air.

Le Nez se tourna vers son collègue, qui semblait s'intéresser vivement au petit attroupement qui s'était formé à distance respectueuse.

— Va leur causer, dit-il. Prends leurs noms. Demande-leur s'ils ont vu ou entendu quelque chose. Fais aussi un tour par-derrière, pour le cas où le flingueur traînerait dans le coin.

Quand Dill et le Nez se retrouvèrent seuls dans l'entrée — avec le cadavre en tiers —, le second demanda au premier :

— Qui êtes-vous ?

— Benjamin Dill.

Le flic écrivit le nom sur son calepin.

— Et lui ?

— Harold Snow.

Le Nez nota de nouveau et pointa son crayon vers le living.

— Qui c'est qui fait tout ce raffut ?

— Sa petite amie et mon avocate.

Le mot d'avocate le fit tiquer, mais il passa outre et reporta son attention sur le macchabée, qui semblait décidément le fasciner.

— Qu'est-ce qu'il faisait, le... défunt ?

— Je ne sais pas trop. Sauf qu'il ouvrait sa porte la nuit tombée.

L'interrogatoire ne commença vraiment qu'après l'arrivée de la brigade criminelle, représentée par le sergent Meek et l'inspecteur de première classe Lowe. Dill s'étant nommé, Meek l'observa avec curiosité.

— Le frère de Felicity ?

— Vous la connaissiez ?

Le sergent contempla le plancher avant de répondre.

— Oui, je la connaissais assez bien. Une fille... épatante.

C'est lui qui procéda à l'interrogatoire pendant que Lowe se chargeait de la partie technique. C'était un grand type sec approchant la quarantaine, alors que Lowe, nettement plus jeune, de taille et de corpulence moyennes, ne se signalait que par des yeux très vifs dans un visage fermé.

Le médecin légiste était venu et reparti, le photographe avait fini d'opérer et l'on s'apprêtait à enlever le corps quand le capitaine Gene Colder entra dans la salle de séjour en tenue de jogging bleu marine avec un pot de crème glacée, qu'il tendit à l'inspecteur Lowe en lui demandant de le mettre au frigo. Le sergent Meek se porta volontaire et Lowe parut lui en être reconnaissant.

Cindy McCabe avait enfin cessé de sangloter. Toujours assise sur le divan, les mains sur les cuisses et les genoux serrés, elle ne parlait que quand on lui adressait la parole, et d'une voix faible presque inaudible. Une fois de plus, à l'intention du capitaine Colder, elle donna sa version des faits. Dill, puis Anna Maude, répétèrent la leur. Colder lança un regard interrogateur au sergent Meek, qui entendait l'histoire pour la troisième fois, et qui confirma d'un signe.

Colder, la mine pensive, revint à Dill.

— Allons dans la cuisine, voulez-vous ?

— C'est officiel ?

— Que voulez-vous dire ?

— Si c'est officiel, Miss Singer vient avec moi.

— Si vous y tenez...

Il se leva et passa dans la cuisine, suivi de Dill et Anna Maude. Ils le virent ouvrir le réfrigérateur, en sortir le pot de crème, trouver une cuiller, s'installer à la table et se mettre à manger avec cette seule explication : « Je n'ai pas dîné. » A la moitié du pot, il le reboucha et le remit dans le freezer. Puis il se rassit et demanda à Dill :

— Que savez-vous d'Harold Snow ?
— Pas grand-chose.
— Felicity n'en parlait pas dans ses lettres ?
— Non. (Il s'adressa à Anna Maude.) Vous ne voulez pas vous asseoir ?
— J'aime autant rester debout.
Colder tira une chaise de dessous la table, mais elle resta inoccupée.
— Nous avons enquêté sur lui, dit-il, dès la mort de Felicity. Et savez-vous ce que nous avons découvert ? Il truandait comme pas possible.
Dill joua l'incrédulité.
— Il m'a dit qu'il était représentant en ordinateurs de ménage.
— Il l'était à temps partiel, mais ce n'était qu'une couverture. Rien ne l'obligeait à travailler tous les jours. Il pouvait rester tranquillement chez lui s'il en avait envie, ou sortir pour exploiter son principal talent, c'est-à-dire le vol.
— Mais que volait-il ?
— Du temps. Du temps d'ordinateur, qui vaut pas mal d'argent.
— Je commence à comprendre.
— Snow repérait les équipements, branchait son matériel dessus et revendait le temps qu'il réussissait à piquer. C'était une espèce de génie de l'électronique en général et de l'informatique en particulier. Il y a des gens comme ça, qui ne paient pas de mine et ne sont pas tellement malins dans la vie courante, mais qui sont de prodigieux techniciens. Bref. Quand Snow ne trafiquait pas du temps d'ordinateur, il mettait sur écoute des bureaux, des chambres à coucher et des lignes téléphoniques, encore que ce soit difficile à prouver maintenant. Devinez un peu qui a été son dernier client ?
— Je donne ma langue au chat.
— Vous avez raison. C'était Clay Corcoran, qui est tombé mort à vos pieds au cimetière. Et voilà que ce

pauvre Harold tombe mort à vos pieds ce soir. Avouez que pour une coïncidence...

— Elle est aussi étrange que rare, reconnut Dill. Mais dites-moi plutôt ce que Snow et Corcoran ont à faire avec ma sœur ?

Avant de répondre, Colder le fixa d'un regard insistant, aussi hostile que soupçonneux.

— Nous y travaillons, monsieur Dill. Nous y travaillons même très dur.

Il se leva, reprit le pot de carton dans le freezer et retourna dans le living où Cindy McCabe était toujours assise dans la même position. Suivi de Dill et Anna Maude, il alla vers elle.

— Miss McCabe, s'il y a quelqu'un que nous pouvons avertir de votre part, au sujet de Harold...

— Il y a son frère.

— Comment s'appelle-t-il ?

— Jordan Snow. Je n'ai pas son numéro, mais vous pouvez l'avoir par les renseignements de l'interurbain. C'est le seul Jordan Snow dans l'annuaire de là-bas.

— Mettez quelqu'un là-dessus, dit Colder au sergent Meek.

— Où c'est, « là-bas » ?

— Kansas City, répondit Colder.

## CHAPITRE XXXI

Ils se disputèrent tout le long du chemin. Dans la voiture, dans le garage de l'hôtel, dans l'ascenseur, dans le corridor et jusque dans la chambre 981 où Anna Maude s'engouffra, poursuivie par la voix de Dill qui la traitait de « bougre d'idiote ».

— Ça marchera ! insista Dill en refermant la porte.

— Jamais ! aboya-t-elle.

— Attends un peu. (Il décrocha le téléphone et l'interrogea du regard.) Alors ?

— Mais qu'est-ce qui te prend ? protesta-t-elle, rose de colère sous son hâle. Est-ce que je te dois quelque chose ? Pour quoi ? Parce que nous nous sommes envoyés en l'air deux ou trois fois ? Je ne te dois rien, Dill. Rien du tout.

— Mais si, répliqua Dill qui commençait à composer un numéro. Tu es mon petit cœur.

— Ton petit cœur ? Ça, c'est le comble ! Je suis ton avocate, un point, c'est tout. Une avocate, c'est fait pour donner des conseils et en voici un : si tu tiens absolument à téléphoner, appelle le FBI.

— On l'a déjà prévenu. A Washington. Si je l'appelle maintenant et que je me trompe, ça fout tout simplement par terre les plans du sénateur. Tandis que comme ça, même si je me trompe, ça ne fera rien du tout.

— C'est à voir, objecta Anna Maude tandis que Daphne Owens répondait à la cinquième sonnerie.

Dill se nomma et, quelques secondes plus tard, Spivey fut au bout du fil.

— J'ai bien reçu ton message, Pick. Celui qui est en bout de bande. J'ai l'impression que tu en as bouché un coin au vieux Strucker. Tu crois vraiment qu'il sait qui a tué Felicity ?

— Il croit le savoir, en tout cas.

— Et quelle est ton idée ?

— Ça t'intéresserait de te débarrasser de Clyde Brattle pour de bon ?

Spivey ne répondit pas tout de suite et quand il le fit, ce fut par une question prudente.

— Traiter avec lui, veux-tu dire ?

— Quelque chose comme ça.

— Quel genre d'arrangement ?

— Pas par téléphone, Jake. Mais je pense que vous devriez en discuter ensemble. Seulement vous deux et moi.

— Quand ?

— Demain soir, après que vous aurez vu le sénateur chacun de votre côté.

— Mais où ça ? Avec un mec comme Brattle, le lieu est aussi important que ce qu'on peut se raconter.

— Une seconde... (Il appuya le combiné sur sa poitrine et regarda Anna Maude, qui était maintenant allongée sur le lit, les yeux au plafond.) Eh bien ?

— D'accord, dit-elle au plafond. Chez moi.

Dill remit l'écouteur à l'oreille.

— Je pensais à l'appartement d'Anna Maude à la Résidence des Vieux, mais il reste quelques détails à régler. Je peux te rappeler d'ici un quart d'heure vingt minutes ?

— Je ne bouge pas d'ici, dit Jake avant de raccrocher.

Dill raccrocha à son tour et interpella Anna Maude.

— Allons-y !

— Je me demande pourquoi j'ai dit oui, confia-t-elle au plafond.

Dans l'étroite cage d'escalier qui conduisait à l'appartement de Felicity, il faisait au moins cinq degrés de plus qu'à l'extérieur où la température semblait s'être stabilisée pour la nuit à 33 degrés. Suivi d'Anna Maude, Dill gravit lentement les marches, ouvrit la porte et alla allumer le lampadaire de cuivre. Comme la jeune femme allait refermer la porte, il lui dit de la laisser ouverte. Puis il prit le téléphone et rappela Spivey, qui répondit lui-même.

— C'est moi, annonça Dill.

— Alors, c'est arrangé ? J'ai réfléchi de mon côté et je crois que la Résidence des Vioques peut faire l'affaire. Il suffira de placer quelqu'un dans l'escalier et à l'ascenseur. Mes Mexicains s'en chargeront. A quelle heure, le rendez-vous ?

— Demain soir dix heures.

— Et quand voyons-nous le sénateur ?

— Il arrive demain après-midi à quatre heures. Pourquoi ne viendrais-tu pas à l'aérogare avec moi ? Je leur réserve une suite au Hawkins. Nous pourrions revenir ensemble, bavarder en route et continuer à l'hôtel.

Comme Dill s'y attendait, Spivey fit une contre-proposition.

— Et si je venais te prendre à trois heures avec ma Rolls ? Un peu de fantaisie ne peut pas nuire dans une affaire comme ça.

— Okay, mais pas de chauffeur.

— Dis, bonhomme, tu me prends pour un bleu ?

Vingt-cinq minutes plus tard, Dill et Anna Maude étaient chez elle, assis chacun à un bout du divan. Elle tenait à la main un scotch à l'eau et parcourait son living-room du regard comme si elle ne devait jamais le revoir.

— Comme ça, fit-elle, c'est ici que ça va se passer. Dans mon unique chez moi.

— Ici même.
— Tu crois donc toujours à ta stratégie téléphonique ? Et si aucun des postes n'est sur écoute, où est-ce que ça te mène ?
— Je crois que le mien, à l'hôtel, est branché. Et celui de Jake, j'en suis presque sûr. Celui de Felicity — dans son appartement près du parc, c'est plus que probable. S'il ne l'était pas hier, il doit l'être maintenant. Or, quiconque lit les bandes doit savoir que Clyde Brattle et Jake Spivey se rencontreront ici demain soir. Je serais bien étonné qu'ils tiennent à ce que l'entrevue ait lieu.
— Pourquoi ?
— Parce que Corcoran avait trouvé quelque chose que cette réunion pourrait bien révéler. C'est même pour ça qu'il s'est fait descendre.
— Ça promet du vilain, non ?
— Je le crains.
— Ici, dans cette pièce.
— Eh, oui.
— Et que comptes-tu faire si ça arrive ?
— Je ne sais pas encore.
— Tu ferais peut-être bien d'y penser.
— Tu as raison. Je ferais bien d'y penser.

Dill passa la nuit chez son petit cœur d'avocate. Il regagna son hôtel à 7 h 50 au moment où le speaker de la radio, d'une voix lasse, annonçait 40 degrés pour trois heures. Il mit la Ford au garage, prit l'ascenseur et s'arrêta au rez-de-chaussée pour voir s'il avait du courrier ou un message quelconque. Il n'y avait rien, mais la dame-âgée-qui-devait-habiter-l'hôtel-en-permanence se trouvait aussi à la réception. Elle le regarda, hésita et, finalement, parla.
— N'êtes-vous pas le fils de Henry Dill ? demanda-t-elle doucement.
— Si, c'est moi. Vous l'avez connu ?

— Il y a longtemps… Je suis Joan Chambers… Vous lui ressemblez beaucoup, vous savez. Le même nez, les mêmes yeux. Nous avons passé un été ensemble en 1940, l'avant-dernier été avant la guerre. Je me dis souvent que c'était le plus bel été de ma vie. (Elle se tut un moment, puis ajouta :) J'ai appris par les journaux ce qui est arrivé à votre sœur… Je suis vraiment navrée…

— Merci, madame.

# CHAPITRE XXXII

Songeur, Dill remonta dans sa chambre, où il prit une douche et se rasa. Puis, vêtu de son seul caleçon, il s'allongea sur le lit, les mains croisées derrière la tête, et s'absorba dans la contemplation du plafond. A dix heures, il se fit appporter un pot de café. A une heure, il commanda un sandwich au jambon et un verre de lait. Ce repas frugal expédié, il alla porter le plateau dans le couloir et s'assit au petit bureau pour dresser par écrit le bilan des faits qui lui étaient connus. Le résultat fut si peu concluant qu'il jeta le stylobille sur le sous-main, à peu près convaincu qu'il ne saurait jamais qui avait fait piéger la voiture de sa sœur.

A deux heures et demie, il prit son costume bleu marine dans la penderie et l'étala sur le lit, puis sortit d'un tiroir son avant-dernière chemise blanche propre. Il s'habilla, se prépara un scotch à l'eau sans glace et alla le boire près de la fenêtre, en regardant défiler les voitures dans Our Jack et Broadway. Il était trois heures moins cinq quand il finit son verre et se dirigea vers la porte. Au moment de l'ouvrir, il revint en arrière et, non sans avoir hésité, alla chercher sous un tas de chemises sales le Smith & Wesson calibre .38 qu'il avait pris à Harold Snow. Il contempla l'arme pendant quelques secondes en se disant qu'elle lui était inutile, et que même en cas de besoin il ne s'en servirait pas. Il la remit donc au fond du tiroir, qu'il referma, mais il le rouvrit presque aussitôt et fourra le cinq-coups dans sa poche revolver de droite. En passant devant le miroir qui garnissait la porte sur toute sa hauteur, il vérifia que l'engin ne faisait pratiquement pas de bosse.

Quand Jake Spivey arrêta sa Rolls-Royce Silver Spur devant l'hôtel, il était 15 h 01 et la température, comme prévu, s'élevait à 40 degrés.

Dill monta dans le véhicule gris métallisé et attendit qu'il se fût inséré dans la circulation pour poser la question.

— Jake, ça fait combien de temps que nous nous connaissons ?

— Une trentaine d'années, je crois.

— Et dans ces trente ans, as-tu jamais imaginé qu'un jour, tu viendrais me prendre au Hawkins dans une Rolls ?

— Dans une Rolls, non. A l'époque, je ne rêvais que d'une Cadillac.

En traversant la partie rénovée du centre ville, ils cherchèrent à se rappeler ce qu'il y avait à la place des immeubles neufs ou en cours de construction. Ils s'en souvenaient quelquefois, mais pas toujours, et Spivey disait que ça lui fichait un coup de vieux.

— Sincèrement, questionna Dill, pourquoi es-tu revenu ici ? Ce n'est pas seulement pour faire pousser ton buisson d'épines ; tu pouvais le faire n'importe où.

— Probablement pour la raison qui fait que Felicity n'en est jamais partie : c'est chez moi. Toi, tu as toujours détesté cette ville. Moi, jamais. Je me rappelle l'été où ton vieux t'a emmené à Chicago. Tu devais avoir onze ans, et c'était la première fois que tu te trouvais devant une étendue de flotte dont tu ne pouvais pas voir le bout. Ah, Chicago ! Une espèce de paradis à t'en croire. Tu nous en as rebattu les oreilles pendant des mois. Mais quand j'y suis allé à dix-sept ou dix-huit ans, je n'ai vu qu'un grand tas de crottin, bâti au bord d'un grand lac dégueulasse par des gens qui avaient un drôle d'accent.

— J'aime toujours Chicago.

— Moi, j'aime la ville où nous sommes parce que je comprends les gens d'ici, parce que j'en fais partie. C'est à eux que je veux montrer ce qu'est devenu le petit Jake Spivey. C'est à tous ces cons que je veux en foutre plein la vue !

— L'esprit de revanche, murmura Dill.

— N'en dis pas de mal.

— Pas question d'en dire du mal.

A mi-chemin de l'aéroport, Dill se décida à poser la première d'une série de questions dont les réponses signifieraient la mort pour certains et la prison pour d'autres. Il le fit sur le ton le plus détaché qu'il put.

— Quand disais-tu avoir rencontré Brattle en dernier ?

— Il y a environ un an et demi. A Kansas City.

— Juste pour signer quelques papiers.

— C'est-à-dire que... Ce n'était pas tout à fait aussi simple. Clyde était vachement monté contre moi. Il estimait que je lui devais trop pour lui refuser un faux témoignage devant les Fédéraux. Il fallait que je lui fasse comprendre que ma reconnaissance n'allait pas jusque-là. Pour personne. Nous avons pris quelques verres ensemble et il s'est mis à râler comme un pou, comme quoi si je ne voulais pas témoigner en sa faveur, je ne témoignerais certainement pas contre lui. Je lui ai dit de bien viser et il m'a répondu que je pouvais y compter. Là-dessus, je lui ai envoyé une pêche, qu'il m'a rendue, mais Sid et Harley nous ont séparés avant que nous piquions une crise cardiaque tous les deux. Alors, Clyde a fait son numéro de tragédien. Il m'a montré à ses sbires en disant : « Vous le voyez ? Regardez-le bien parce que c'est un homme mort ! » Une fois nos affaires réglées et tous les papiers signés, je me suis tiré et j'ai repris l'avion. C'est au retour que j'ai embauché mes Mexicains.

— Et depuis, Brattle n'a rien tenté ?

— Je ne suis pas sûr. Il y a à peu près un an, j'ai embauché un nommé Corcoran en plus de mes Mexicains. Celui qui s'est fait tuer à l'enterrement de Felicity.

— Embauché pour quoi faire ?

— Pour voir s'il pourrait franchir le barrage des Mex.

— Il a pu ?

— Il m'a dit qu'il ne pouvait pas, mais qu'il aimerait faire un autre essai avec l'aide d'un autre gazier, un vrai crack, paraît-il, dans l'art de trafiquer les téléphones, de poser des micros, et autres trucs dans ce genre-là. Je lui ai dit banco. Un mois avant de se faire descendre, Clay Corcoran m'a dit que son plombier se dégonflait ; il jugeait impossible de s'approcher de chez moi. Sur le moment, ça m'a rassuré, mais maintenant que Corcoran est canné...

— Il n'a jamais dit le nom du plombier en question ?

— Non, et je ne lui ai pas demandé. Pourquoi ?

— C'est sans importance. Mais qui a choisi Kansas City comme lieu de réunion ? Toi ou Brattle ?

— Brattle.

— Pourquoi ?

— Est-ce que je sais ! Ça ne m'a pas surpris puisque c'est là qu'il est né.

— Tiens, je l'ignorais, mentit Dill. Ou alors, j'avais oublié.

## CHAPITRE XXXIII

Tim Dolan et Jake Spivey ne s'étaient jamais rencontrés. Quand ils se serrèrent la main au pied de la statue de William Gatty, Dill fut frappé par leur ressemblance, à laquelle contribuaient leurs costumes, l'un gris et l'autre bleu, mais pareillement fripés, et leurs cravates desserrées autour d'un col ouvert. Tous deux pesaient huit ou dix kilos de trop, en majeure partie réfugiés dans la bedaine, et transpiraient abondamment malgré l'air conditionné. Et tous deux crevaient visiblement de soif.

Cependant, la ressemblance n'était pas que physique. Il sautait aux yeux que Spivey et Dolan s'étaient instantanément reconnus comme appartenant à la même race, faits pour s'entendre et capables de négocier un compromis raisonnable. Mais il fallait d'abord en passer par les banalités d'usage. Spivey demanda à Dolan s'il avait fait bon voyage, à quoi l'autre répondit qu'il n'en était pas sûr, ayant roupillé tout le temps depuis Herndon en Virginie. Dolan s'inquiéta à son tour de savoir s'il faisait toujours ce temps-là dans le pays, Spivey affirma qu'il faisait un peu frais pour un mois d'août, mais que ça s'arrangerait probablement vers la fin. Et de s'esclaffer en chœur. Ils cultivaient bien le même genre d'humour.

Dolan s'adressa ensuite à Dill et, non sans s'être informé de sa santé, lui annonça que l'avion du sénateur aurait vingt ou vingt-cinq minutes de retard. N'était-ce pas l'occasion rêvée d'aller s'humecter le gosier au bar de l'aérogare ? Dill acquiesça et Spivey jugea l'idée enthousiasmante. A aucun moment, Dolan n'avait montré la moindre surprise de la présence inattendue de Spivey.

Ils s'installèrent dans un compartiment circulaire et commandèrent trois bouteilles de Budweiser, que Jake paya sans soulever d'objection. Ils levèrent leur verre en disant « santé ! », ou quelque chose d'aussi insignifiant, burent un grand coup et se mirent à parler base-ball. Plus exactement, Spivey et Dolan parlèrent base-ball tandis que Dill faisait semblant d'écouter. Dolan parut impressionné par l'argumentation de Spivey, selon laquelle les Red Sox pouvaient très bien arriver en finale. Comme ils avaient toujours soif, ils commandèrent une deuxième tournée, qu'ils achevaient d'expédier quand l'avion du sénateur fut annoncé. C'est alors que Dill joua sa deuxième carte.

— Jake, dit-il, j'ai quelques petites choses à discuter avec Tim. Ça ne t'ennuierait pas d'aller accueillir le sénateur à sa descente d'avion ?

Spivey n'hésita qu'un instant.

— Avec plaisir. Je ne l'ai jamais rencontré, mais j'ai vu sa tête dans les canards et à la télé. Ça devrait me suffire pour le repérer.

— Repérez simplement le plus jeune passager, dit Dolan.

Spivey partit en rigolant et Dolan se tourna vers Dill.

— Qu'est-ce que c'est que cette blague ?

— Parlons d'abord du FBI. Qu'est-ce que tu as goupillé avec eux ?

— Rien du tout.

— Comment ça, rien du tout ?

Dolan prit un air inspiré qui, selon Dill, sentait à plein nez l'hypocrisie bostonienne.

— Il y a deux raisons, Ben. La première, c'est les fuites.

— Des fuites au FBI !

— Une vraie passoire.

— Et la seconde ?

— La seconde — tu dois comprendre —, c'est la portée politique. Si le môme règle ça tout seul, il va boire du lait.

— Et s'il échoue, il bouffera de la merde. Et toi aussi.

— Nous en avons discuté, et nous avons conclu que c'était un risque à prendre.

— Ecoute-moi bien, Tim, pour mémoire. Je crois que vous faites tous les deux une connerie, et une grosse. A mon avis, vous auriez dû alerter le FBI.

Dolan haussa les épaules.

— Bon, c'est noté. Maintenant, dis-moi pourquoi tu as envoyé Spivey chercher le gosse.

— Tu n'as pas remarqué qu'il y est allé sans se faire prier ? Ça prouve qu'il ne craint pas de passer par le détecteur de métaux.

Cette fois, la bonne bouille irlandaise de Dolan accusa le coup. Un brin de trouille se mêlait à la surprise.

— Merde ! fit-il. C'est à ce point-là ?

— Exactement.

Quand ils débarquèrent du trottoir roulant au bout duquel Dill et Dolan les attendaient, le sénateur et Spivey semblaient bavarder aimablement. Spivey portait le sac de voyage de Ramirez, qui avait gardé sa serviette à la main. Le sénateur salua ses collaborateurs, puis Spivey confia le sac à Dill pour aller chercher la voiture.

— Quoi de neuf ? demanda le sénateur à Dolan.

— Ben estime que nous aurions dû marcher avec le FBI. Il veut que ce soit mentionné dans le procès-verbal.

Ramirez hocha la tête de l'air de quelqu'un qui s'y attendait.

— Qui ne risque rien n'a rien, prononça-t-il.

Puis son regard fit le tour des installations de l'aéroport, achevé depuis deux ans à peine.

— Au fait, qui était ce Gatty ?

— Il a fait le tour du monde avec Wiley Post en 31, dit Ben sans préciser qui était Wiley Post.

Le sénateur devait le savoir, car il émit un « ah ah ! » appréciateur et se remit à son examen.

— Bel aéroport, fit-il. Et quel est le dernier prix de Spivey ?

— L'immunité.

— Qu'est-ce que vous en pensez ?

— Acceptez !

— Et vous, Tim ?

— Acceptez sous réserves.

Le sénateur réfléchit et dit :

— Au moins jusqu'à ce que nous sachions ce que Clyde Brattle a à nous proposer... Enfin... Nous prendrons une décision le moment venu.

La statue de bronze accapara de nouveau son attention et Dill profita de son silence pour se livrer à d'amères réflexions sur l'ambition démesurée, sans frein d'aucune sorte, du jeune politicien.

— Seigneur Dieu ! s'exclama soudain Dolan comme Spivey arrêtait devant l'entrée de l'aérogare sa belle Anglaise de cent mille dollars.

Le sénateur eut un mince sourire.

— C'est curieux, dit-il. J'étais sûr que ce serait une Rolls.

Ce n'est pas vraiment une suite que Dill avait réservée au cinquième étage du Hawkins pour le sénateur Ramirez et Tim Dolan, mais deux chambres communicantes. Ils avaient fait monter du café, et les tasses vides garnissaient maintenant la table ronde, en compagnie des cendriers et du bloc-notes jaune à en-tête de Dolan, sur lequel pas un mot n'avait encore été écrit. Spivey fumait un cigare, Dolan ses cigarettes, le sénateur et Dill rien du tout. Tous étaient en manches de chemise sauf Dill, à cause de sa poche-revolver garnie. La conférence, qui durait depuis trois quarts d'heure, était dans l'impasse.

Spivey se renversa dans son fauteuil, le cigare bien calé au coin de la bouche, et dit gaiement :

— Ce que vous me demandez, Tim, c'est tout simplement de grimper sur l'échafaud, de passer ma tête dans le nœud coulant et d'attendre que vous vouliez bien ouvrir la trappe ou non, selon votre humeur du jour.

— Il n'est pas question d'ouvrir la trappe, dit Dolan.

Spivey le regarda d'un air railleur.

— Vous avez les voix de toute la commission ?

— A l'unanimité, confirma Ramirez.

— Voyons, monsieur le sénateur, vous savez compter aussi bien que moi, probablement mieux car je ne suis pas très fort en calcul. Mais j'ai des avocats à Washington qui passent pour très calés — je les paie assez cher — et qui comptent pour moi. D'après eux, il vous manque deux ou trois voix. Plutôt trois.

— Dans ce cas, je vous conseille de changer d'avocats.

— Une simple question, s'il vous plaît. Ce que vous attendez de moi, c'est bien que je vous aide à prendre Brattle ?

Ramirez approuva d'un signe de tête.

— Et qu'est-ce que j'y gagne ?

— Vous demandez l'immunité complète, non ?

— C'est bien ce que je demande. Mais qu'est-ce que j'aurai ?

— L'immunité est une possibilité, dit Ramirez.

— Une possibilité, c'est un peu juste.

— Dans l'état actuel des choses, monsieur Spivey, il serait prématuré de notre part d'en dire plus, vous le savez.

— Jake, dit Tim Dolan, laissez-moi vous expliquer : Brattle est un salaud et nous voulons sa peau. Vous, vous n'êtes qu'un demi-salaud, peut-être même un quart de salaud, et si nous avons à choisir entre vous et Brattle, c'est lui que nous livrerons à la justice. Dans ce cas, je suis presque sûr que vous aurez l'immunité complète.

Spivey sourit encore, mais Dill nota que ses sourires étaient de plus en plus froids.

— Toujours des « presque », dit-il. Ça ne vaut pas beaucoup mieux que des possibilités. Vous savez ce que je crois ? Que vous essayez de nous épingler tous les deux. Vous allez vous arranger avec Clyde, qui ira se reposer un ou deux ans dans un country-club fédéral, en échange de quoi il me balancera, moi et peut-être une paire d'autres types auxquels je pense. Du moins, c'est ce qu'il dira. Car lui et la vérité, ça fait deux. Il ment matin, midi et soir. Moi, c'est du solide.

Dill intervint dans la conversation, et Spivey parut lui en être reconnaissant.

— Et ces histoires au Vietnam, Jake ?

— Une vieille histoire, non ? Et maintenant, tout le monde s'en fout. Mais ce que j'ai fait là-bas, je l'ai fait pour le compte du gouvernement des Etats-Unis. Et si ce n'était pas joli-joli, ce n'était pas pire que ce que bien d'autres ont fait. Si vous comptez sur moi comme bouc émissaire à ce propos, vous vous gourez complètement. Il vous en faudrait plus que n'en a Clyde Brattle. Il vous faudrait l'appui de la CIA, et vous n'êtes pas près de l'obtenir.

— Et ensuite ?

— Tu veux dire après que le dernier hélicoptère a décollé du toit de l'ambassade, quand nous avons perdu et plié bagage ? Eh bien ! j'ai acheté et revendu des trucs. C'est tout.

— Ça peut s'appeler faire du commerce avec l'ennemi, remarqua le sénateur.

— Ça ne s'est pas encore fait et savez-vous pourquoi ? Parce qu'on m'a dit de le faire.

— Qui donc ?

— L'état-major de la CIA. Il y a longtemps de ça,

sénateur. Près de dix ans et vous ne vous en souvenez peut-être pas, mais...

— Je m'en souviens, coupa Ramirez.

— ... mais nous foutions le camp en abandonnant des tonnes et des tonnes de matériel lourd et léger, peu importe. Le vrai gâchis. La bande de l'oncle Ho avait gagné, comme n'importe quel individu avec un grain de bon sens pouvait le prévoir, mais elle n'avait pas besoin de tout ce fourbi. Une partie, bien sûr, mais pas tout. La CIA, elle, connaissait des gens qui en avaient besoin. En Afrique, au Moyen-Orient, en Amérique du Sud et en Amérique centrale, vous avez le choix. Partout où sévissait ou menaçait une petite insurrection, contre-révolution ou émeute à la godille. La CIA, qui avait ses protégés dans ces patelins-là, nous a chargés Clyde et moi de leur vendre comptant le matériel racheté comptant à l'oncle Ho. C'est ce que nous avons fait et c'est comme ça que nous avons fait fortune. Alors, si vous voulez me faire passer en jugement pour ça, vous pouvez faire inculper aussi la moitié de La CIA et des tas d'autres gens. Sans vouloir vous offenser, sénateur, je ne vous crois pas assez gonflé pour aller jusque-là.

— Mais encore plus tard, Jake, après le Vietnam ?

— Après ? Clyde a attrapé la grosse tête, s'est encore enrichi dans des trafics dégueulasses, et j'ai repris mes billes. Je ne suis mêlé en rien à l'après-Vietnam, mais je sais ce qui s'est passé. Alors, les gars, si vous tenez toujours à pendre Clyde Brattle, je fournis la corde. (Sa voix se fit plus basse, mais aussi plus dure.) Quant à moi, pas touche !

Il y eut un silence, que le sénateur rompit avec un sourire.

— Eh bien ! Il semble que nous soyons arrivés au moins à une définition claire de nos positions respectives. Vous ne trouvez pas, Tim ?

Le sénateur se leva, imité par Spivey auquel il tendit la main.

— Vous avez été très franc, Jake — vous permettez que je vous appelle Jake ? — et croyez bien que nous l'apprécions. Nous allons discuter de tout ça entre nous et je suis sûr que nous arriverons à une solution raisonnablement satisfaisante pour nous tous.

Il avait le sourire en serrant la main de Spivey, et même un sourire chaleureux, mais pas assez pour l'engager à quoi que ce soit. Spivey ne lui en rendit que la moitié en chaleur et moins encore en durée, ramassa sa veste qu'il jeta sur l'épaule et se dirigea vers la porte. La voix de Dill l'arrêta.

— Je t'accompagne, Jake.

Comme ils attendaient l'ascenseur, Spivey dit :

— Je crois que je ferais mieux de m'arranger avec Clyde.

— Moi aussi, approuva Dill.

# CHAPITRE XXXIV

A six heures, ils faisaient l'amour sur le grand bureau de chêne d'Anna Maude Singer, dans l'appartement à usage professionnel qu'elle partageait avec un expert comptable. Celui-ci, vaincu par la chaleur, était rentré chez lui peu après quatre heures et sa secrétaire, qu'il partageait également avec l'avocate, en avait fait autant un quart d'heure plus tard.

Dill avait commencé par signer les procurations qui donnaient à Anna Maude tous pouvoirs pour toucher son assurance et vendre éventuellement la maison de brique jaune. Après avoir tracé le dernier paraphe, il avait jeté le stylobille et touché le bras nu d'Anna Maude. Et soudain, ils s'étaient retrouvés debout, lèvres jointes, frénétiquement enlacés, elle s'escrimant sur la ceinture de Ben et lui sur son slip, à elle, qu'il faisait glisser de ses hanches sur ses jambes nues. La ceinture débouclée, il s'était prestement débarrassé de sa veste. Son pantalon était tombé par terre avec un bruit sourd, produit par le revolver sorti de sa poche. Ni Dill ni Anna Maude, trop occupés par la gymnastique de la chose, n'y avaient prêté attention. Mais après les halètements et les petits cris, ce fut bientôt l'orgasme simultané et la bienfaisante accalmie.

Dill se releva au bout d'un moment, caleçon et pantalon toujours autour des chevilles. Anna Maude se redressa, assise au bord du bureau, ramenant sa jupe sur les genoux et visiblement contente d'elle, puis regarda par terre, sans doute prête à rire à la vue du pantalon et du caleçon en tas d'où émergeaient les jambes de son complice. Mais c'est le revolver qu'elle vit. Son sourire s'effaça et, au lieu de rire, elle dit merde.

Après s'être reculotté, Dill ramassa l'arme et la remit en place, puis enfila son veston.

— Sur qui veux-tu tirer ? questionna Anna Maude.

— Tu n'as qu'à dire.

Elle se laissa glisser à terre et alla à la fenêtre qui donnait sur Main Street cinq étages plus bas.

— Tu roules les mécaniques et ce n'est pas le moment. Je viens de prendre le pied le plus formidable de ma carrière amoureuse et tu dois te douter que ce n'est pas rien. Je me demande pourquoi, d'ailleurs, mais c'est comme ça.

— J'ai eu la même impression, avoua Dill sur un ton presque grave.

— Puis j'ai aperçu ce damné pétard et ça a tout foutu en l'air. C'est surtout de lui que je me souviendrai désormais.

— Je regrette...

Elle passa derrière son bureau, ouvrit un tiroir, en sortit son sac à main, et prit dans le sac un trousseau de clés qu'elle tendit à Dill.

— Celle qui porte une marque de vernis rouge ouvre ma porte. (Elle regarda sa montre.) Maintenant, tu ferais bien de partir.

— J'ai encore quelques minutes...

— Tu ferais bien de partir.

— Bon, d'accord.

— Quand pourrai-je rentrer chez moi ?

— Onze heures et demie, je crois. Pas plus tard.

— Tu y seras ?

— Sûrement. Si tu veux bien de moi.

— Je me le demande...

— Si c'est non, tu pourras toujours me foutre dehors.

— Ne te mets pas en retard.
— J'y vais, dit-il en se dirigeant vers la porte.

A sept heures moins cinq, la Ford de location était garée à une douzaine de mètres de l'entrée de l'allée qui desservait l'appartement où avait vécu Felicity, et où Dill avait donné rendez-vous à Clyde Brattle pour sept heures. Dill était au volant, Tim Dolan à côté de lui et Joseph Luis Emilio Ramirez, le Petit Sénateur du Nouveau-Mexique, à l'arrière, ses yeux noirs brillants d'excitation.
— Comment avez-vous dit qu'ils s'appellent? demanda-t-il en regardant l'Oldsmobile 98 arrêtée un peu plus loin avec, à l'avant, deux hommes dont on ne distinguait pas les traits.
— Harley et Sid, dit Ben. Ils travaillent pour Brattle, depuis toujours autant que je sache.
— Ça consiste en quoi ?
— A faire tout ce qu'on leur dit de faire. Dans le cas présent, il s'agit probablement de vérifier que le FBI n'a pas été invité.
— Et Brattle ?
— Il ne va pas tarder.
Au bout d'une minute ou deux, un taxi tourna le coin à l'intersection de la 20e Rue et de Fillmore Street et s'avança parallèlement à l'ancienne briqueterie transformée en parc.
— Ou je me trompe fort, déclara Dill, ou Brattle est dans le taxi.
Juste avant d'arriver à la hauteur de l'Oldsmobile, le taxi accéléra.
— C'est bien Brattle, confirma Dill.
— Pourquoi ne s'est-il pas arrêté ?
— Il va revenir. Harley et Sid ont dû lui faire signe avec les feux de stop. (Il consulta sa montre.) Bon. Il est moins une. Je crois qu'on peut y aller.

Dill descendit et fit le tour de la voiture, tandis que le sénateur sortait du côté droit, sa serviette à la main.

— Laissez-la ici, lui dit-il, si vous ne voulez pas que Harley tripote dedans.

— Oh ! Oui... je vois.

Il remit la serviette sur la banquette arrière. Dill vérifia que les quatre portières étaient bloquées et ils se dirigèrent vers l'ancienne remise. L'Oldsmobile fit un appel de phares et Dill un signe de la main.

— Brattle voudra s'assurer qu'aucun de nous ne promène un émetteur, dit-il en sortant sa clé. Vous n'êtes pas branchés, j'espère.

Ramirez secoua la tête et Dolan dit foutre non.

— Il nous fera probablement déboutonner nos chemises.

— Et lui ? demanda Dolan.

— Brattle ? Nous lui ferons déboutonner la sienne.

Clyde Brattle arriva à sept heures cinq, accompagné de Harley et Sid. Dill avait mis le climatiseur en marche et la température était presque agréable. Le sénateur et Dolan avaient tombé la veste, et comme le second demandait à Dill pourquoi il n'en faisait pas autant, Dill avait répondu qu'il n'avait pas si chaud que ça. Tim avait paru interloqué, mais le coup frappé à la porte lui avait coupé la parole.

Dill ouvrit et se trouva en face de Harley, dont la silhouette massive cachait presque celle de Sid. Brattle était assez loin derrière, dans l'escalier.

— Vous n'êtes que tous les trois ? interrogea Harley.

— Tous les trois.

— Vous permettez qu'on vérifie, Sid et moi ?

— Je vous en prie.

Harley et Sid entrèrent, suivis de Brattle qui salua Ramirez et Dolan d'un signe de tête, sans paraître voir Dill. Harley se dirigea vers le fond de l'appartement où étaient la chambre à coucher et la salle de bains. Sid passa en revue le living et la cuisine, accompagné de Dill qui admira sa compétence. Il savait exactement où il fallait regarder et où ce n'était pas la peine. Pas de temps perdu. En moins de cinq minutes, il en eut terminé et fit un signe à Brattle. L'instant d'après, Harley reparut et fit de même.

Brattle adressa un sourire d'excuse à Ramirez et dit :

— Si ça ne vous fait rien, sénateur, nous aimerions que vous et M. Dolan ouvriez votre chemise, juste pour éviter toute surprise désagréable par la suite.

Ils s'exécutèrent, révélant un torse plat et bronzé pour l'un, pâle et mou, sans un poil, pour l'autre.

— Toi aussi, Clyde, ordonna Dill en déboutonnant sa propre chemise.

Brattle enleva sa veste sans protester et se prêta à la cérémonie. Dill avait gardé la sienne, mais sorti les pans de sa chemise pour faciliter l'examen. Brattle ne fut pas dupe et adressa un clin d'œil à Sid.

— Tâte-lui quand même un peu les côtelettes, dit-il en souriant.

Sid trouva le revolver presque aussitôt et le montra à son patron.

— Il a ça, dit-il. Rien d'autre.

Brattle parut s'intéresser à la trouvaille, puis haussa les épaules et dit :

— Bon. Je crois que tout le monde peut se rhabiller.

Sid rendit le revolver à Dill, qui l'empocha et se mit en devoir de renfoncer sa chemise dans son pantalon. Il n'avait pas achevé cette remise en ordre quand il se tourna vers Sid et Harley.

— Les gars, dit-il, vous pouvez disposer.

Les deux gardes du corps s'en allèrent, non sans avoir sollicité du regard — et obtenu — l'accord de leur patron. Chose curieuse, personne ne dit rien tant qu'on put entendre le bruit de leurs pas dans l'escalier.

Puis le sénateur prit la direction des opérations. Il fit asseoir Brattle dans un fauteuil, s'assit lui-même sur le divan avec Dolan et demanda à Dill s'il n'y avait pas quelque chose de frais à boire, ne serait-ce que de l'eau.

Dill revint de la cuisine avec les quatre dernières bouteilles du stock de sa sœur et quatre verres. Il posa le tout sur la table basse et laissa chacun se servir. Brattle fut le premier à le faire. Il remplit son verre, goûta, eut un sourire satisfait et dit au sénateur :

— Je suppose que vous avez déjà rencontré Jake ?

— Vous voulez dire aujourd'hui ? fit Ramirez sans se compromettre.

— Alors, il proteste toujours de son innocence ?

— Lui, au moins, n'est pas en fuite, sourit le sénateur.

Tim Dolan se pencha en avant, enveloppant son verre des deux mains.

— Vous êtes ici pour marchander, monsieur Brattle. Qu'avez-vous à offrir ?

— Je m'offre moi-même, bien sûr. Je plaiderai coupable sur certaines indiscrétions en échange d'une certaine dose d'indulgence.

— Longue comment, cette indulgence ?

— Mettons... euh... dix-huit mois.

Dolan eut un sourire qui ressemblait fort à un ricanement.

— Au lieu de quatre-vingt-dix-neuf ans, c'est bien ça ?

— Laissez-moi finir, dit Brattle.

— Je vous en prie, fit le sénateur.

— En plus de moi, je peux vous donner Spivey, dont la culpabilité dans cette affaire est à peine moindre que la mienne.

— Spivey ? dit le sénateur. Oui, bien sûr. Mais le poisson est déjà au bout de la ligne. Nous pouvons le ramener à la surface pour voir ce qu'il vaut et, selon le cas, le garder ou le rejeter à l'eau.

— Spivey fait partie de mon lot. J'ai bien peur que vous soyez obligés de le garder, menu fretin ou pas.

Dolan regarda Ramirez avec une grimace qui signifiait clairement : que Spivey tire un an ou deux, qui s'en soucie ? Le sénateur, d'un signe de tête, montra qu'il s'en foutait. Alors, Dill prit la parole.

— Jusqu'ici, Clyde, tu nous as proposé toi et Jake. Je ne sais pas si Jake vaut le coup ou non. Mais le gros poisson, le morceau de concours, c'est toi. En fait, il nous suffirait de prendre ce téléphone, de dire au FBI que tu es ici et de lui laisser le soin de ramener le filet. Ça ne demande aucun marchandage, aucune transaction. Seulement un coup de fil.

— Ça ne m'avait pas échappé, reconnut Brattle.

— Je m'en doute ! (Dill, souriant, se tourna vers le sénateur.) Je parierais que notre ami a autre chose à offrir. Quelque chose d'irrésistible.

— Vous allez être séduit, confirma Brattle d'un air radieux.

Le sénateur, sans lui rendre son sourire, lui demanda froidement de quoi il s'agissait. Brattle sortit d'une poche de sa veste un petit carton qu'il passa d'abord à Dolan. Celui-ci, ayant lu, émit un pieux juron et passa la carte au sénateur, qui la lut sans changer d'expression et se disposait à la mettre dans sa poche quand il vit la main tendue de Dill. Après un instant d'hésitation, il abandonna le document à Dill, qui prononça à haute et intelligible voix les quatre noms qui y étaient inscrits.

Deux d'entre eux étaient célèbres pour quiconque prêtait l'œil ou l'oreille aux médias. Les deux autres, moins connus du grand public, n'en éveillaient pas moins un écho familier et respecté dans les milieux politiques ou s'intéressant plus ou moins à la politique. En tout, un dirigeant très haut placé de la CIA, un de ses anciens collègues très influents dans les couloirs de Washington, un chef d'état-major adjoint de la Maison-Blanche et, surtout, une ancienne vedette de la CIA qui sévissait maintenant au Sénat.

— Tu veux dire, reprit Dill, que tu as de quoi compromettre tous ces types.

Il relut les quatre noms, mais cette fois d'une voix normale, presque indifférente.

— J'ai fait leur fortune à tous les quatre, dit Brattle.

— Et, bien sûr, dit le sénateur, vous pouvez le prouver.

— J'ai les preuves.

Dill s'étonna d'entendre Dolan poser la question suivante, que ses maîtres de Boston auraient jugée non seulement surprenante, mais décevante.

— En somme, vous voudriez qu'on vous aide à coffrer ces quatre gars.

— Voyons, Tim ! jeta le sénateur sans réussir tout à fait à dissimuler son exaspération.

Dolan regarda Ramirez et comprit. Il se tourna lentement vers Brattle et dit :

— Je vois. Vous ne tenez pas tellement à les mouiller. Ce que vous nous offrez, c'est l'occasion de les maintenir au sec.

Brattle lui sourit, un peu comme un professeur agréablement surpris de la bonne réponse d'un élève médiocrement doué.

— Exactement, dit-il. Eh bien, sénateur ?

Dill crut deviner le raisonnement du politicien : si j'envoie des gens importants en taule, je n'y gagnerai qu'une gloire éphémère ; si je leur épargne ce désagrément en faisant en sorte qu'ils sachent que c'est à moi qu'ils le doivent, j'aurai droit à leur reconnaissance éternelle et j'y gagnerai un immense pouvoir. Ce pouvoir qui est tout dans mon métier : l'art de le conquérir, de le garder et de s'en servir.

Il s'écoula bien dix secondes avant que le sénateur répondît à la question de Brattle.

— Je crois, dit-il lentement, que nous pouvons arriver à un accord.

Dill eut alors la certitude, à condition que feu Harold Snow ne lui ait pas bourré le crâne, que Jake Spivey ne passerait pas un seul jour en cabane.

## CHAPITRE XXXV

Dill raccompagna Brattle dans l'escalier. Au bas des marches, il lui dit que Jake voulait le rencontrer pour s'arranger avec lui. La première réaction de l'homme en cavale fut d'examiner son interlocuteur des pieds à la tête, comme s'il ne l'avait jamais vu.

— Quand ? dit-il enfin.

— Ce soir à dix heures.

— Où ?

— Dans l'appartement de mon avocate. Voici l'adresse.

Il lui tendit un bout de papier, que Brattle mit dans sa poche sans l'avoir lu.

— Ça se présente comment ?

— On ne peut y accéder que par l'escalier et un seul ascenseur. Jake viendra avec deux de ses Mexicains. Toi, tu peux amener Harley et Sid. A eux quatre, ils pourront faire un bridge ou se regarder dans les yeux.

— Qui d'autre ?

— Personne. A part moi.

— Pourquoi toi ?

— Et pourquoi pas ?

Au bout d'une seconde ou deux, Brattle hocha sa belle tête de Romain.

— Je vais y réfléchir.

Puis il passa la porte et disparut dans la nuit.

Il n'était pas tout à fait huit heures quand Dill revint dans le living. En raccompagnant Brattle, il avait donné au sénateur et à Tim Dolan le temps de mûrir leur petit complot en vue d'accepter les propositions de Brattle, une fois éliminé un certain Ben Dill.

— Tu crois qu'il a donné dans le panneau ? lui demanda Dolan.

— Brattle ? Oui, on dirait.

— Je crois que nous l'avons manœuvré assez adroitement, dit le sénateur avec un sourire satisfait. Surtout quand Tim a joué les ahuris.

— En effet, approuva Dill, c'était convaincant. Et maintenant, que faisons-nous ?

— Maintenant, dit le sénateur, nous allons fatiguer le poisson pendant un ou deux jours, après quoi nous n'aurons plus qu'à le ferrer. Cependant, je crois qu'à partir de maintenant nous devrions laisser Tim mener la négociation avec Brattle. Qu'en pensez-vous ?

— C'est logique, approuva Dill. Le conseiller, c'est lui.

— Bien. A propos, Ben, je tiens à vous féliciter pour la façon dont vous avez tout arrangé ici. Beau travail. De première classe.

— Merci.

Le sénateur avait encore une question en réserve, qu'il formula le plus négligemment possible :

— Vous croyez que c'est vrai ?

— L'histoire des quatre types qu'il a enrichis ?... C'est sûrement vrai. Je ne vois pas quel intérêt il aurait à inventer une chose pareille.

— C'est exactement ce que je pense, dit le sénateur.

— Et moi aussi, souligna Dolan.

Ramirez se leva et proposa avec une jovialité un peu forcée :

— C'est pas tout ça. Je crève de faim. Si nous allions manger un steak quelque part ?

— Allez-y sans moi. (Dill ne fut pas sans remarquer une expression de soulagement sur le visage du sénateur, qui devint presque aussitôt légèrement soupçonneux. Mais Ben avait une explication toute prête :) Je vais rentrer à Washington demain ou après demain, et c'est probablement la dernière occasion que j'ai de regarder s'il n'y a pas ici quelques souvenirs de Felicity que j'aimerais conserver. Des photos de famille, des lettres, des trucs comme ça. Prenez donc la voiture. Moi, j'appellerais un taxi plus tard.

Quand Dill eut remis les clés à Dolan en lui recommandant de les laisser dans son casier à l'hôtel, le sénateur promena un dernier regard sur la pièce et dit :

— Votre sœur a vécu longtemps ici ?

— Pas tellement longtemps, non.

— N'empêche que c'est charmant.

Après le départ des deux hommes, Dill transporta le tabouret de cuisine dans la chambre à coucher. Ayant repoussé les vêtements qui garnissaient la penderie, il le plaça sous la trappe de la soupente. L'escabeau n'était pas bien haut et, perché sur la dernière marche, Dill avait le sommet de la tête au ras de la trappe, qu'il dégagea sans difficulté. Puis il saisit à deux mains le bord de l'ouverture, sauta et réussit un rétablissement. A partir de là, ce fut relativement facile. Les joints du plafond étaient recouverts de feuilles de contreplaqué qui formaient une sorte de plancher. Il sortit de sa poche un bout de bougie trouvé dans la cuisine, l'alluma et se mit à ramper en direction du living, tout en invoquant les mânes de l'infortuné Snow : « Pourvu, Harold, que tu ne m'aies pas menti ! Mille dollars pour un quart d'heure de boulot, ce n'était pas si mal payé. »

Quand il atteignit ce qu'il supposait être le centre de la salle de séjour, Dill interrompit son exercice de reptation et vit que Snow, après tout, avait tenu parole. Le petit magnétophone était en place et tournait encore. Dill pressa le bouton de marche arrière accélérée, ôta la cassette et la mit dans sa poche. Laissant l'appareil où il était, il regagna le trou, redescendit et rabattit la trappe.

De retour dans la cuisine pour ranger l'escabeau, il prêta l'oreille. Non qu'un bruit quelconque l'eût alerté. C'était plutôt l'absence de toute espèce de bruit. Il alla à la fenêtre qui donnait sur l'allée et, au-delà, sur une cour où se dressaient six grands peupliers, de l'espèce que la moindre brise fait frémir avec un bruissement caractéristique. Cette fois, ils ne bougeaient absolument pas, faute du plus petit souffle de vent. Celui-ci arriva d'un seul coup, descendu du Canada, du Montana et des Dakotas. Les peupliers se remirent à trembler, puis vacillèrent et dansèrent follement sous le vent froid venu du nord.

Dill avait déjà vérifié la fermeture de toutes les fenêtres, éteint toutes les lumières, dégringolé l'escalier et bouclé la porte. Il était 20 h 33 et en trente-cinq minutes, la température était tombée de 17 degrés. Le vent du nord commençait à souffler en rafales, avec une odeur de pluie. Dill frissonna, en se disant que les journées de grande chaleur finissent toujours comme ça dans ce foutu pays.

Il traversa le parc en diagonale. Arrivé à la piscine où Spivey et lui avaient appris à nager, il fut rejoint par la pluie : d'énormes gouttes qui s'écrasaient sur la poussière en dégageant un parfum de propreté. Dill s'arrêta pour apprécier la douche, mais ce ne fut agréable qu'un instant. Au bout de quelques secondes, tout transi, il se remit en marche, cette fois au pas gymnastique. Il fut mouillé, puis trempé, et tout à fait ruisselant quand il sortit du parc, au coin de la 18e Rue et de TR boulevard.

Il se souvint d'un drugstore qui existait autrefois à ce carrefour — le *King Brothers* — et se demanda s'il existait toujours. Cet établissement conservateur qui se faisait gloire de livrer à domicile et d'avoir gardé sa fontaine à soda des années après que tous les autres drugstores eurent supprimé les leurs, était fidèle au poste. Dill repéra tout de suite sa vieille enseigne au néon — *King Bros Drugs* — et courut s'y mettre à l'abri.

On y trouvait toujours un peu de tout, et Dill commença par acheter une serviette de bain qui lui permit de s'éponger et de s'essuyer tout en parcourant le magasin à la recherche d'un petit magnétophone. Il en trouva un — un Super Walkman Sony — coincé entre les boîtes de café soluble et les assortiments de clés à pipe, et le porta au comptoir où trônait un sexagénaire. Peut-être l'un des frères King, pensa Dill, mais il n'en était pas sûr et attribua ce trou de mémoire aux approches de la sénilité.

L'homme prit l'appareil, regarda le prix et dit avec un hochement de tête approbateur :

— Imbattables, ces Japonais !

Il prit le billet de cent dollars que lui tendait Dill, glissa le Sony dans un sac à crème glacée et le lui remit avec quatre-vingt-dix-neuf *cents* de monnaie.

— Un sac en plastique, dit-il, ça le protégera de la pluie.

— Merci beaucoup. Vous n'avez pas un téléphone, pour que j'appelle un taxi ?

— Vous pouvez appeler, mais il n'en viendra pas par un temps pareil.

— Tant pis. Je vais appeler quelqu'un d'autre.

— C'est par là-bas. (Le sexagénaire montra le fond du magasin en regardant Dill plus attentivement.) Mais dites-moi, vous n'étiez pas client étant gosse ? Ça doit faire — bon Dieu ! — vingt-cinq ou trente ans. Vous étiez toujours fourré avec un copain, un peu joufflu à l'époque...

— Il l'est toujours.

— C'est votre nez qui m'a rappelé quelque chose, pourtant, ça fait longtemps que je ne vous ai pas vu. Vous avez déménagé ?

— Oui. Je suis un peu plus au nord, et à l'est.

— Ouais... Y a des tas de gens qui sont partis comme ça.

Dill mit une pièce de dix *cents* dans le taxiphone et

appela Anna Maude Singer à son cabinet. Elle répondit presque aussitôt. Il lui dit où il était bloqué et elle promit de venir le chercher. Le second coup de fil fut pour Spivey.

— C'est fait, lui dit-il.

— Clyde y sera ?

— Il a dit qu'il allait y réfléchir.

— Ça veut dire qu'il viendra. Qui d'autre ?

— Seulement moi. Arrive à neuf heures et demie plutôt qu'à dix.

— D'ac. Je crois qu'on ne va pas s'emmerder ce soir.

Quand il eut raccroché, Dill regagna le devant du drugstore et se jucha sur un tabouret à la fontaine de soda. En attendant le café qu'il avait commandé, il examina le Walkman et s'aperçut qu'il n'avait pas de piles. Il alla en acheter, les plaça , brancha l'écouteur qu'il porta à son oreille et mit l'appareil en marche.

Il entendit d'abord la voix de Harold Snow, bien plus vivante que son propriétaire, qui mêlait des réflexions personnelles, du genre « Dill, je t'emmerde », aux formules rituelles des essais de micro. Après un silence ce fut la voix de Dolan : « Tu ne retires pas ton veston ? », et sa propre réponse : « Je n'ai pas si chaud que ça. » Puis la voix de Harley : « Vous n'êtes que tous les trois ? », et encore la sienne. « Merci, Harold ! » pensa-t-il en appuyant sur la touche « Stop ». Puis il brancha la marche avant accélérée et, après quelques tâtonnements, arriva à ce qui l'intéressait : le début de la conversation entre le sénateur Ramirez et Tim Dolan pendant qu'il raccompagnait Brattle. C'était instructif.

Dolan parlait le premier : « Il est parti ? »

— Oui, disait le sénateur. Vous comprenez maintenant ?

DOLAN — Tiens ! Un gosse de dix ans pigerait.

RAMIREZ — Il me faut ces quatre gars, Tim.

DOLAN — Je ne vous blâme pas. Vous aurez toute la

publicité que vous voulez quand vous aurez envoyé Spivey et Brattle au trou. Et par la suite, vous n'aurez qu'à siffler pour que les autres viennent vous lécher les bottes.

RAMIREZ — Oui, mais il y a Dill.

DOLAN — Vous pouvez le virer.

RAMIREZ — Ce ne serait pas élégant.

DOLAN — Trouvez-lui une bonne petite sinécure à Rome, à Paris ou ailleurs. Il vous en sera reconnaissant.

RAMIREZ — Il y a mieux à faire. Je crois que je vais commencer à le pousser dehors dès ce soir. Laissez-moi faire.

DOLAN — Attention, il revient.

Ensuite, il y eut le bruit de la porte ouverte et refermée, puis la voix de Dolan qui demandait : « Tu crois qu'il a donné dans le panneau ? » Dill coupa et rembobina, remit le Walkman et les écouteurs dans le sac, et but son café qu'il avait oublié de sucrer. Alors, il se prit à songer à la profondeur du trou qu'il s'était lui-même creusé et aux moyens de s'en sortir, s'il y parvenait jamais.

# CHAPITRE XXXVI

De retour dans sa chambre du Hawkins, Dill prit une douche et se changea pendant qu'Anna Maude écoutait la bande sur le Sony. L'audition tirait à sa fin quand il remit sa veste et récupéra sur la table pièces de monnaie, clés, billet d'avion et portefeuille. Le dernier article était le revolver de Snow. Il le fourra dans sa poche fessière droite sous les yeux d'Anna Maude qui ne dit rien. Elle écouta jusqu'au bout, arrêta, rembobina et dit simplement :

— C'est de la dynamite.

— Je sais.

— Il y a une copie ?

— Non.

— Il faudrait en faire faire.

— Je compte sur Spivey.

— Parce que tu veux la lui donner ?

— Je crois bien que oui.

— Tu as le choix entre ton ami et ton gouvernement, et tu choisis l'ami. Tu ne crois pas que c'est lourd de conséquences ?

— Tu crois que j'ai tellement le choix ?

Dill prit le téléphone et demanda les renseignements pour s'enquérir du numéro privé de John Strucker. Il attendit un bon moment, s'entendit répondre que ce numéro n'était pas sur les listes, et raccrocha.

— Liste rouge ? questionna Anna Maude. (Il fit un signe affirmatif.) Je vais essayer autre chose.

Elle prit son carnet d'adresses dans son sac, le feuilleta et composa un numéro.

— Mike ? C'est Anna Maude...

Ils bavardèrent quelques instants, après quoi la jeune femme dit qu'elle avait besoin de contacter John Strucker chez lui. Le nommé Mike avait sans doute le numéro sous la main, car elle l'écrivit au dos d'une enveloppe qu'elle tendit à Dill, remercia et raccrocha.

— Qui est Mike ? fit Ben sans avoir l'air d'y toucher.

— Mike Geary, de l'Associated Press.

— Je suis jaloux, dit-il en composant le numéro.

— Mais non !

Le téléphone sonna trois fois, puis une voix de femme répondit, vraisemblablement celle de Dora Lee. Dill se nomma, s'excusa de la déranger à une heure si tardive et demanda s'il pouvait parler à son mari. Elle répondit qu'elle était heureuse de l'entendre à n'importe quelle heure et qu'elle allait passer la communication à Johnny dans son bureau.

— Oui, fit Strucker sans se compromettre.

— Ça vous intéresserait de cravater Clyde Brattle ?

Le chef de la Crim' poussa le plus lugubre soupir de son répertoire.

— Brattle, de Kansas City ?

— C'est en tout cas sa ville natale.

— Où ça ?

Dill lui donna le numéro de téléphone et l'adresse du domicile privé d'Anna Maude Singer.

— Quand ?

— Dix heures pile.

— Je vais voir.

Strucker raccrocha, laissant son correspondant quelque peu perplexe. Dill s'était attendu à une autre réaction, du moins à une réaction plus enthousiaste. A moins que le patron de la brigade criminelle ait éprouvé le besoin de procéder à quelques vérifications. Dill composa de nouveau son numéro et le trouva occupé, puis celui de Spivey qui l'était également. Ça pouvait signifier que les deux hommes étaient en communication, mais va savoir !

— Tu as l'air tout drôle, dit Anna Maude. Comme s'il t'avait envoyé promener.

— Il m'a dit qu'il allait voir.

— Evidemment... Un flic serait plutôt censé dire : gardez-le bien au chaud et ne le perdez pas de vue jusqu'à mon arrivée.

— A moins que...

L'idée qui venait de l'effleurer lui paraissait si odieuse, si extravagante qu'il hésitait à la formuler.

— A moins que quoi ?

— A moins qu'il ait été au courant avant mon coup de fil.

Les yeux d'Anna Maude s'agrandirent, et Dill remarqua une fois de plus combien ils étaient beaux, d'un ton presque violet sous l'effet de l'inquiétude.

— Dans ce cas, fit-elle, ça veut dire que quelqu'un va se faire baiser. Probablement toi.

— Ça se peut, mais pas forcément.

Ce fut l'occasion d'une nouvelle dispute. Anna Maude voulait l'accompagner. Il refusa. Elle insista, jurant qu'après tout, c'était son appartement, bon sang, et qu'elle pouvait y aller quand bon lui semblait. Il répliqua que, nom de Dieu ! elle ne viendrait sûrement pas. Elle menaça de téléphoner au sénateur pour lui révéler l'existence de la bande, décrocha, fit le zéro et demanda la chambre du sénateur Ramirez, sur quoi il lui arracha le combiné de la main et coupa la communication. Ils finirent tout de même par arriver à un compromis : elle irait avec lui, mais n'entrerait pas, et l'attendrait dans la voiture. Elle ne cacha pas que ce plan lui paraissait complètement idiot, mais demanda des instructions pour le cas où il ne serait pas de retour au bout d'une heure. Il lui dit qu'il faudrait appeler quelqu'un, mais fut incapable de préciser qui. Ils en restèrent là.

La pluie tombait toujours dru quand la Ford de location arriva à la Résidence des Vieux, alias Van Buren Towers. Dill repéra une place libre juste devant l'entrée de l'immeuble, mais Anna Maude le défia d'y faire entrer sa grande machine.

— Attends un peu, dit Ben qui se faisait fort de garer les plus grosses voitures dans des créneaux impossibles.

Effectivement, il réussit la manœuvre avec maestria. Quinze centimètres à peine séparaient la voiture de ses voisines devant et derrière. Mais la jeune femme resta de marbre devant l'exploit.

— Et si je dois repartir en catastrophe ?

— Je crois que tu ne pourras pas.

— Neuf heures vingt-cinq, dit-elle en regardant sa montre.

— Il faut que j'y aille.

— Tu as un imper ?

— Non.

— Tu devrais.

— Sans doute, mais je n'en ai pas.

— Je ne veux pas que tu ailles te fourrer là-dedans.

— Pourquoi donc ?

— Devine un peu, idiot.

Il sourit, l'entoura de son bras et l'attira contre lui sans qu'elle résistât. Ils échangèrent un long baiser un peu anxieux, comme un baiser d'adieu. Puis elle prit du recul et le regarda pensivement.

— Je ne sais pas, Dill.

— Quoi ?

— Je suis peut-être ton petit cœur, après tout.

Trimbalant le Sony dans le sac imperméable des King

Brothers, Dill traversa la rue au pas de course et se retrouva dans le vestibule des Van Buren Towers, où il constata qu'il était mouillé, mais pas trempé. Il prit l'ascenseur jusqu'au quatrième, et le couloir jusqu'à l'appartement d'Anna Maude et entra. Après avoir allumé deux lampes, il consulta sa montre qui marquait 9 h 29, et passa dans la salle de bains. Il prit une serviette pour s'essuyer les mains et les cheveux, ainsi que la bouche où le rouge à lèvres avait laissé des traces. Le miroir lui renvoya l'image d'une figure fatiguée, vieillie, inquiète, avec un nez trop grand.

Il était de retour dans le living quand il entendit frapper. C'était Spivey, revêtu d'un trench-coat Burberry.

— Bon Dieu ! Jake, tu as l'air de sortir d'un film d'espionnage.

— Non. J'ai l'air d'un gros mec en trench-coat, et ça me va comme un tablier à une vache. Mais comme c'est Daffy qui me l'a offert et qu'il pleuvait, je l'ai mis.

Tout en déboutonnant son imper, Spivey regarda autour de lui.

— Ça, dit-il, c'est du style rétro ou je ne m'y connais pas. Au fait, tante Louise, c'était à cet étage ? Tu te rappelles, la tata de Jack Sackett. Moi, je me rappelle tout comme si c'était hier, même la date et l'heure, mais pas l'étage.

— Au troisième, fit Dill à qui la mémoire revenait brusquement. Appartement 428.

— Je crois que tu as raison. (Il brandit son trench-coat à bout de bras.) Et ça, qu'est-ce que j'en fais ?

Dill prit le vêtement et alla l'accrocher derrière la porte de la salle de bains. Quand il revint, Spivey, assis sur le divan, regardait les tableaux. Il lui demanda s'il voulait boire quelque chose.

— Non, dit-il. L'alcool et Clyde, ça ne se mélange pas. Tu le crois disposé à un arrangement ?

— Peut-être. Ça dépend de ce que tu as à lui offrir.

— J'y ai pensé et ça n'a pas donné grand-chose. Ce que j'ai sur lui pourrait lui coûter vingt-cinq ans, mais qu'est-ce que c'est que ça pour un type qui en risque une centaine ?

Dill prit le sac des King Brothers sur l'électrophone rétro et le donna à Spivey qui demanda ce que c'était avec une visible méfiance.

— Une bombe glacée.

Spivey le regarda pendant quelques secondes, puis se décida à ouvrir le sac avec autant de précautions que s'il avait contenu un serpent. Il en sortit le Walkman et demanda :

— Tu veux que j'écoute ?

— Bien sûr.

Spivey repéra rapidement les commandes de l'appareil, le posa sur la table à thé et le mit en marche. Le son sortait maintenant du minuscule haut-parleur et les voix, si elles restaient audibles, avaient un son métallique. Tout son attention se concentrait sur la conversation enregistrée et il ne posa que deux questions — « Ramirez ?... Dolan ?... » au moment où chacun de ces deux personnages entrait en scène. Il ne manifesta ni surprise, ni émotion d'aucune sorte tant que la bande se déroula, mais retrouva ensuite le sourire, son sourire de voyou roublard et plein d'humour.

— Tu ne voudrais pas me vendre cette mignonne petite cassette, mon vieux Pick ?

— Ça se pourrait.

— Combien en veux-tu ?

— Combien peux-tu y mettre ?

— A peu près tout ce que j'ai, et Daffy par-dessus le marché. Tu te rends bien compte de ce que cette petite saloperie représente pour moi ? C'est tout ce qui manque encore à mon buisson d'épines. Plus question après ça de finir au ballon ! Sérieusement, tu en veux combien ?

— Mon tout dernier prix ?

— Dis un chiffre, je paierai.

Dill sentit une tension qui, des épaules, lui remontait

dans le cou et lui serrait la gorge. Il se sentit la bouche sèche et les lèvres en carton. Vas-y, s'exhortait-il, crache le morceau, et si tu n'as pas assez de salive, écris-le !

— Ce que je veux, Jake, dit-il posément, c'est la peau de celui qui a tué Felicity.

Le sourire de Spivey se mua en grimace. Il était visiblement déçu. Il se mordit trois ou quatre fois la lèvre inférieure, puis se remit à sourire, les yeux brillants à la fois de ruse et de bonne volonté.

— Alors ? fit Dill.

— Pas de problème, affirma Jake Spivey.

# CHAPITRE XXXVII

Le châtelain de Beauchamp Lane ayant changé d'avis quant à l'opportunité de prendre un verre, Dill alla inspecter dans la cuisine la maigre provision de spiritueux d'Anna Maude. Il en revint avec deux vodkas *on the rocks,* en tendit une à Spivey et dit :

— Je t'écoute.

Jake but une gorgée, s'essuya la bouche du dos de la main et, sans cesser de sourire, l'invita à se relaxer.

— Ne bouge plus et laisse-moi faire, Pick.

— Autrement dit, je dois te faire confiance.

— C'est ça.

— L'ennui, c'est que je n'ai confiance en personne.

— Tu dois te sentir bien seul.

Il allait en dire davantage, mais un coup frappé à la porte l'interrompit. Dill regarda sa montre, qui marquait dix heures exactement.

— Fais donc entrer ce vieux Clyde, dit Spivey en se levant.

Brattle était effectivement dans le couloir, arborant un petit sourire amusé. Malgré l'imperméable mastic, le chapeau et le parapluie ruisselant, il avait plus que jamais l'air d'un consul romain. Dill l'invita à entrer et il s'exécuta. C'est alors que Spivey surgit de derrière le battant de la porte et lui colla un automatique au creux des reins. Brattle cessa de sourire.

— Comme c'est agréable de te revoir, Jake.

— Va au mur, Clyde, près de ce joli tableau.

Brattle y alla et s'y appuya des deux mains, sans toutefois lâcher son parapluie.

— Pick, poursuivit Spivey, débarrasse-le de son manteau, de son chapeau et de son riflard. Tu mettras tout ça là-bas dans le placard.

Quand ce fut fait, Dill retourna auprès de Spivey.

— Et maintenant ?

— Maintenant, tu le fouilles. Sérieusement. Les chevilles, les bijoux de famille, tout. On ferait même bien de lui faire ouvrir la bouche pour voir ce qu'il y a dedans.

— Il y a des jours, observa Brattle d'un ton désolé, où tu te conduis comme un vrai plouc.

— Les mauvaises manières font la vie longue, répliqua Spivey.

— Des proverbes, maintenant ! On aura tout vu.

Dill, qui avait commencé par le bas, en était à la taille quand il trouva le petit Walther automatique dans une gaine de cuir attachée sur le côté du pantalon. En examinant l'arme, il se rappela que Brattle ne portait jamais de ceinture. Quelquefois des bretelles, avec un costume trois-pièces, mais jamais de ceinture.

— Passe-moi ça, dit Spivey.

Il prit le Walther, le mit dans la poche gauche de son veston, puis s'adressa à Brattle.

— Maintenant, tu peux te redresser et te retourner. Il y a là un bon fauteuil qui te tend les bras. Pick va même t'offrir un verre. Je sais qu'il y a au moins de la vodka.

— La vodka, c'est parfait.

Brattle alla s'asseoir, tandis que Spivey reprenait sa place sur le divan et posait son propre automatique — un Colt calibre .38 — à côté du Walkman.

— Avec des glaçons ? demanda Dill.

— Très bien.

De la cuisine où il jouait les barmen, Dill n'entendit rien

de ce qui se disait dans le living-room. Et pour cause. Quand il rejoignit les deux hommes avec le verre destiné à Brattle, ils se taisaient comme deux très vieux amis qui ont depuis longtemps épuisé tous les sujets de conversation d'intérêt commun.

— Clyde, dit enfin Spivey, nous sommes ici pour nous mettre d'accord. Mais avant de discuter, j'aimerais que tu écoutes quelque chose.

— C'est intéressant ?

— A toi de juger.

Spivey mit en marche le petit magnétophone et Brattle écouta, d'abord le sourcil froncé, puis l'air détendu comme s'il venait de reconnaître un morceau de musique familier. Il se laissa aller en arrière et ferma les yeux.

Il les rouvrit quand ce fut fini et demanda à Dill :

— Une idée à toi ?

— Oui.

— Ingénieux. (Il se tourna vers Spivey.) Mes félicitations, Jake. Voyons maintenant quel genre d'arrangement nous pourrions mettre au point. Qu'est-ce que tu demandes ?

— Deux choses. D'abord, l'oubli de tout ce que j'ai pu faire ou ne pas faire dans les années où nous fricotions ensemble.

— Ça va de soi. Quoi d'autre ? Du fric ?

— Foutre ! Je n'y avais même pas pensé. Mais non ! Du fric, j'en ai assez comme ça.

Brattle haussa le sourcil gauche.

— Voilà bien la première fois que j'entends quelqu'un dire ça. Si, en plus, tu le penses... enfin, ça te regarde. Qu'est-ce que tu veux, alors ?

— Le nom de l'ordure qui a rectifié la sœur de Pick, ici présent.

Cette fois, les deux sourcils se levèrent et c'est d'un air sincèrement intrigué que Brattle regarda Dill.

— Ta sœur ?

— Felicity Dill. Inspecteur de deuxième classe à la Brigade criminelle.

— Comme je te l'ai dit, j'en ai eu connaissance par les journaux, ainsi que des obsèques grandioses où un mec s'est fait descendre. Mais à part ça, je ne sais rien de rien. Parole !

— Clyde, répliqua Spivey, tu es le pire menteur que la terre ait porté, bon Dieu.

— Tu veux absolument faire porter le chapeau à quelqu'un ? Si c'est ça, je peux te balancer Harley ou Sid, ou les deux. Ils n'y sont pour rien, bien sûr, mais je te les offre avec ma bénédiction. Tu peux même les suicider avec des aveux écrits. T'en connaissais un rayon, Jake, en fait d'aveux manuscrits.

Spivey hocha la tête en souriant.

— Tu ne manques pas d'air, Clyde. Il y a un an et demi environ, tu m'as envoyé un tueur. Comment je le sais ? Tout simplement comme tu le saurais si c'était moi qui t'en avais envoyé un. Ça se devine, ça se flaire, ça se sent. Oh ! il prenait tout son temps ; il guettait le lieu et le moment propices. Ça aussi, je le sentais. Mais la sœur de Dill s'est mise en travers je ne sais comment et ça lui a coûté la vie. Alors, dis-moi gentiment qui tu as chargé de me refroidir et je pourrai renseigner mon ami Pick.

Brattle sirota un peu de vodka et secoua la tête d'un air désolé.

— Que veux-tu que je te dise, Jake, sinon que tu te goures complètement...

Un coup frappé à la porte le fit taire. Lui et Spivey échangèrent un regard soupçonneux qui se porta sur Dill au bout d'une fraction de seconde. On frappa encore, mais plus violemment, à enfoncer la porte, tandis qu'une voix agressive braillait : « Police ! Ouvrez ! »

C'est Dill qui alla ouvrir au capitaine Colder, lequel se précipita dans la pièce l'arme au poing. Il était vêtu d'une courte pèlerine imperméable et d'un pantalon de gabardine marron, passablement mouillés, et des caoutchoucs recouvraient en partie ses chaussures lacées.

— Personne ne bouge ! aboya-t-il.

Il se tenait dans la position réglementaire de tir instinctif, les genoux fléchis, le buste en avant, les deux mains enveloppant la crosse de l'arme.

— Reculez jusqu'au mur, ordonna-t-il à Dill.

— Les mains en l'air ?

— Pas la peine, mais je veux les voir. (Il jeta un coup d'œil à Spivey, toujours assis sur le divan.) Toi, le gros, reste où tu es. Spivey, je suppose ?

— Jake Spivey.

Toujours en position de tir, Colder se tourna alors vers Brattle qui, les jambes croisées, n'avait pas quitté son fauteuil.

— Et vous ? Qui êtes-vous ?

Brattle sourit largement, posa son verre et porta la main à la poche intérieure gauche de son veston.

— Si vous permettez que je vous montre mes pap...

Il n'acheva pas. Une balle le frappa en plein front, au-dessus de l'œil gauche, et l'impact le projeta au fond du fauteuil. Comme il commençait à s'affaisser, Colder tira encore, cette fois dans la poitrine.

Personne ne bougea ni ne parla pendant une ou deux secondes. Puis le capitaine Colder se redressa, rengaina son revolver sous sa pèlerine et dit à Dill :

— Il allait sortir son flingue. Je n'avais pas le choix.

— C'est évident, confirma Ben.

Spivey se leva et s'approcha lentement du cadavre de Brattle, qu'il contempla un bon moment.

— Et puis merde, Clyde. Tu l'as bien cherché.

Il s'accroupit comme pour voir le cadavre de plus près, puis releva la tête vers Colder resté debout comme pour évaluer l'angle et la distance. Soudain, il sortit de sa poche gauche le Walther de Brattle, le braqua sur le capitaine et tira.

Touché au ventre, Colder chancela, recula d'un pas, puis de deux, et tomba à genoux. Comprimant la plaie de ses deux mains, il regarda le sang couler entre ses doigts, puis releva les yeux vers Spivey dont le visage fermé ne lui apprit rien. Alors, il hurla un nom, qui était celui de Strucker.

Une seconde plus tard, le patron de la Crim' franchit la porte restée ouverte, tiré à quatre épingles dans un costume de soie grise qui valait bien huit cents dollars et qui ne paraissait même pas mouillé. Un cigare allumé à la main gauche, Strucker referma la porte, adressa un signe de tête à Dill et s'approcha de Colder toujours agenouillé.

— Spivey, murmura le blessé. C'est Spivey...

Strucker hocha tristement la tête.

— Vous savez ce que vous êtes, Colder? Un sale con.

Il tourna les talons, se rapprocha de Spivey et tendit la main, où l'autre déposa le Walther. Strucker sortit le fin mouchoir qui ornait sa poche de poitrine et essuya soigneusement le petit automatique.

— C'était celui de Brattle? (Spivey confirma d'un signe de tête.) Il était gaucher ou droitier?

— Droitier.

— Strucker, gémit Colder, faites quelque chose!

— Ça ne va pas tarder, fit le Chef avec un gros soupir.

Il prit son cigare entre les dents, se pencha sur le corps de Clyde Brattle, lui glissa le Walther dans la main droite, fit passer l'index sous le pontet au contact de la détente, braqua l'arme sur Colder et appuya sur le doigt du mort.

Le coup partit, atteignant dans la région du cœur le capitaine qui sursauta sous le choc, puis tomba en avant et bascula sur le côté gauche. Le corps fut parcouru d'un tressaillement, puis s'immobilisa.

Strucker ôta le cigare de sa bouche et regarda le cadavre. Il se baissa, sortit doucement le revolver du holster et le posa près de la main droite du mort. Cela fait, il se releva, se tourna vers Dill et dit :

— Content ?

— Je ne sais pas encore. Racontez-moi.

# CHAPITRE XXXVIII

Le chef de la Brigade criminelle consulta sa montre.

— Vous n'aurez droit qu'à la version abrégée, dit-il, car quand mes hommes auront passé cette porte, je présenterai Colder comme un flic exemplaire qui, n'écoutant que son devoir, s'est expliqué les armes à la main avec le criminel le plus recherché d'Amérique. Qu'en dites-vous, Spivey ?

— Au poil.

— Votre sœur, reprit-il en s'adressant à Dill, travaillait pour moi et personne d'autre. Six mois après avoir été parachuté de Kansas City, Colder avait beaucoup changé. Ce n'est plus à son boulot qu'il s'intéressait. Il n'est pas facile d'expliquer ça à un civil, mais je sentais bien qu'il se passait quelque chose. Il dépensait des sommes énormes par rapport à ses ressources. Il s'est payé une maison qui était un peu trop belle. Ses costumes coûtaient toujours cent dollars de trop. Il n'était pas assez bête pour s'offrir une Mercedes, mais il n'a pas pu résister au charme d'une Olds 98. Puis il y eut ce coup tordu avec sa femme. Vous devez être au courant.

— Oui. Il l'a fait interner.

— C'est à peu près à ce moment-là que j'ai fait part de mes soupçons à Felicity et que je lui ai dit ce que j'attendais d'elle. C'était une fille intelligente, et une belle fille par-dessus le marché. Moi-même — hum ! — si je n'avais pas été trop vieux et si heureux en ménage avec Dora Lee, je lui aurais volontiers fait du gringue sans tenir compte du fait qu'elle était pauvre comme Job. Une tradition de famille, disait-elle.

— Elle disait vrai, confirma Dill.

— Bref. Elle s'est faite tout miel et Gene Colder a marché à fond. On ne peut pas le lui reprocher, remarquez. Moi, ce que je voulais, c'est savoir combien il avait de blé, d'où il sortait et ce qu'il faisait pour le gagner. C'est lui qui a douillé pour le premier versement sur le duplex, et bien d'autres choses encore que vous avez sans doute découvertes tout seul.

— En partie.

— Malheureusement, elle n'a rien pu découvrir quant à la provenance du fric, pour la bonne raison qu'il ne venait de nulle part. Il l'avait, et puis c'est tout. Un jour, elle lui a parlé de vous et de Jake Spivey, comme quoi vous aviez grandi ensemble, et la suite. Vous pensez bien qu'il ne se lassait pas de l'entendre. Quelques mois plus tard, un samedi si je ne m'abuse, alors qu'elle était chez lui et qu'il s'était absenté pour faire quelques courses, elle a fouiné partout et trouvé un cahier grand comme ça (il indiqua le format de ses deux mains) où il avait consigné tout ce qu'elle lui avait raconté sur Spivey. Pas sur vous, seulement Jake. Alors, je me suis présenté au manoir de Beauchamp Lane.

— Et ç'a été le coup de foudre ! rigola Spivey.

— C'est comme ça, intervint Dill, que vous avez fait le rapprochement entre Kansas City, Clyde Brattle et Colder. Combien croyez-vous que Brattle a donné à Colder pour le débarrasser de Jake ? Un million ?

— Au moins. En tout cas, nous avons décidé de laisser courir tout en veillant à ce que Jake reste en vie. Brattle finirait bien par se pointer, histoire de voir pourquoi le contrat n'avait pas été exécuté. Ce jour-là, je le coffrerais et ça ne nuirait certainement pas à mon avenir politique. Nous en avions d'ailleurs déjà parlé, Jake et moi.

— Et pendant ce temps-là, explosa Dill, vous laissiez tomber Felicity.

— Vous oubliez, dit Strucker, que Colder n'avait encore rien fait.

— Selon vous, Colder a donc tué Felicity quand il s'est aperçu de ce qu'elle tramait contre lui.

Strucker se fendit d'un long soupir.

— Il n'y avait que des présomptions, hélas ! Rien d'assez solide pour agir.

— Allons donc ! Qu'avez-vous fait ensuite ? Vous pouviez l'épingler pour Felicity, puis pour son ancien petit ami — comment s'appelait-il ? — Corcoran, ou pour ce pauvre Snow. Avec celui-là, c'était vraiment du gâteau. Seulement, voilà : vous avez préféré attendre Brattle. En somme, vous avez échangé la vie de ma sœur contre Brattle.

En deux enjambées, Strucker fut sur Dill. Il le saisit par le bras et, le visage déformé par la colère, le fit tourner sur lui-même en montrant le plancher d'un index vengeur.

— Qui est-ce qui est étalé là, éructa-t-il, dans son jus, sa pisse et sa merde ? C'est Gene Colder, le capitaine Gene Colder, le flic le plus compétent que j'aie jamais connu. Il a rectifié votre sœur sans laisser la moindre trace et fait un speech à son enterrement. Il a descendu Corcoran à douze mètres de distance, à travers une haie, avec un petit 6.35, en présence de six cents autres flics qui n'ont bougé ni pied ni patte. Il a pulvérisé Harold Snow avec un fusil à canons sciés qu'il a aussitôt échangé contre un demi-litre de crème glacée pour prendre l'enquête en main. Ensuite, il a pris prétexte d'une perquisition au domicile de la victime pour le truffer de pièces à conviction — des détonateurs au fulminate notamment — pour lui attribuer le coup de la voiture piégée. Vous croyez qu'il ne savait pas ce qu'il faisait ? Pourquoi croyez-vous qu'un gars comme Clyde Brattle lui aurait filé un million de dollars ? S'il avait eu un peu plus de veine ce soir, il aurait éliminé Brattle et gardé le pognon avec la bénédiction de la loi. Manque de pot, le voilà par terre et tout à fait mort.

Dill se dégagea de la poigne de Strucker et s'approcha de la table à thé.

— Et si ce n'était pas lui ? Vous avez dit vous-même que vous ne pouviez pas prouver qu'il a tué Felicity, ni même Corcoran ou Harold Snow. Alors, pourquoi pas innocent ?

— Il les a tués, insista Strucker. Tous les trois.

— C'est votre opinion.

— C'est la tienne aussi, dit Spivey.

— Possible...

Il se baissa, prit le Walkman et en sortit la cassette, qu'il mit dans sa poche. Spivey bondit.

— Holà ! Tu n'as pas l'intention de partir avec cette bande ?

— N'était-elle pas censée parachever ton fameux buisson d'épines ? Maintenant que tu n'en as plus besoin, elle servira au mien.

Dill regarda Strucker, puis Spivey qui ramassait son Colt .38 sur la table.

— Vous m'inquiétez tous les deux, dit-il. Je ne sais pas où s'arrêtera votre ascension, mais je me demande quelles idées pourraient vous passer par la tête quand vous toucherez au but. Si vous parvenez assez loin et assez haut, il est bien possible que vous vous rappeliez un jour ou l'autre ce qui s'est passé ce soir dans cette pièce. De là à envisager la suppression du témoin... Alors, si ça devait se produire, rappelez-vous que j'ai la bande.

Spivey secoua tristement la tête et leva lentement le pistolet en direction de Dill.

— Pick, je ne peux pas te laisser partir avec cette bande.

— Qu'est-ce qu'il y a donc dessus ? questionna Strucker.

— Tout ce qu'il nous faut, répondit Spivey, pour me laisser en circulation et vous mettre sur le chemin de la mairie, puis du Sénat.

— Dans ce cas…

Dill fit un pas vers la porte.

— Bonsoir, dit-il. Je m'en vais.

— Nous t'en empêcherons d'une façon ou d'une autre. Sa voix était triste, mal assurée, et son regard guêtait l'appui du policier, qui fit « non » de la tête.

— Pourquoi non ?

— Parce que si nous lui prenons la bande de force, il parlera. Si nous le laissons aller, il ne dira rien. Pas vrai, Dill ?

— Tout à fait exact.

— A moins, dit Strucker à Spivey, que vous ne teniez à le plomber pour en finir une bonne fois. On trouvera bien un truc pour faire passer la chose.

Dill attendit ce que son vieux copain allait dire ou faire. Il le vit soulever l'automatique et le pointer soigneusement sur lui, avec une expression d'infinie tristesse répandue sur le visage. Dill se demanda si, dans ces cas-là, on a le temps d'entendre la détonation. Mais Spivey abaissa lentement son arme et dit :

— Merde ! Je ne peux pas.

Dill tourna le dos, ouvrit la porte et sortit.

# CHAPITRE XXXIX

Dans le corridor, des portes s'entrebâillaient sur des figures inquiètes. Dill gagna l'ascenseur en leur jetant le mot magique — « Police ! » — et toutes se refermèrent.

Il ne trouva dans le vestibule que les deux Mexicains de Spivey, pareillement vêtus de gris anthracite. Le plus âgé lui fit un signe de tête qui pouvait signifier « ne vous en faites pas ». Dill lui demanda en espagnol où étaient passés les deux autres, l'armoire à glace et le maigre aux yeux morts. Le Mexicain sourit :

— Quand ils sont arrivés, nous les avons persuadés qu'un travail important les attendait ailleurs. Ils y sont allés.

Courant sous la pluie, Dill rejoignit la Ford, se faufila dans l'étroit espace qui restait derrière et ouvrit la portière avant côté passager.

— Tu conduis, dit-il à Anna Maude Singer.

Elle se glissa sous le volant en rouscaillant.

— Il va me falloir une heure rien que pour sortir de là.

— Un grand coup dans la tire qui est derrière, puis tu braques à fond sur la gauche en tapant dans celle de devant, et tu recommences jusqu'à ce que tu aies dégagé la droite de ton pare-chocs avant.

— Comme je le fais toujours, en somme ?

Vingt secondes et cinq secousses lui suffirent pour dégager la grosse Ford. Elle descendit Van Buren à vive allure jusqu'à la 23e Rue et, entendant les sirènes, passa sur la droite et stoppa. Une voiture de police blanche et verte, sirènes et gyrophares en action, tourna le coin en faisant crier ses pneus sur le macadam mouillé. Anna Maude allait lâcher la pédale de frein, mais elle se ravisa à la vue d'une limousine de couleur sombre, sans signes distinctifs sauf un feu rouge derrière la calandre, qui arrivait par l'autre côté. Anna Maude attendit sans bouger jusqu'à ce que Dill lui eût dit de repartir.

— Les flics, fit-elle. Ils vont chez moi, non ?

— C'est sûr.

— J'ai vu entrer Jake Spivey et ses deux Mexicains. Puis trois autres types dont deux sont repartis en courant au bout de quelques minutes.

— Harley et Sid, les gardes du corps de Clyde Brattle.

— Puis Strucker et Gene Colder sont arrivés ensemble.

— C'est bien ça.

— Que s'est-il passé ?

— Brattle et Colder sont morts.

— Où ?

— Dans le living-room.

— *Mon* living-room ?

— Je le crains.

— Oh ! Bon Dieu de bon Dieu ! (Elle accéléra sans s'en apercevoir.) Ne me dis plus rien, je ne veux pas savoir. Je ne sais même pas où je vais, d'ailleurs.

— A l'aéroport.

— Et tes affaires à l'hôtel ?

— Ça se garde. (Il sortit la cassette de sa poche.) Tu vois ça ?

— Je vois. Tu ne l'as donc pas donnée à Spivey ?

— Non. Je la mets dans ton sac. Tu sais où faire faire des copies ?

Elle fit oui de la tête.

— Fais en faire six demain.

— Demain ? Et ce soir, où est-ce que je vais dormir ?

— Il y a un Holiday Inn à l'aérogare, ou je me trompe ?

— Il y en a un.

Il sortit son portefeuille pour en extraire trois billets de cent dollars, presque les derniers, qu'il mit dans le sac à main à côté de la cassette.

— Tu prendras une chambre sous un faux nom — Mary Borden — et tu paieras en liquide.

— Est-ce que j'ai une tête à m'appeler Mary Borden ?

— Peu importe. Garde la Ford et ne sors demain matin que pour faire faire les copies. Puis remonte dans ta chambre. Je t'appellerai à midi.

— Midi ?

— Oui.

— Et si tu ne rappelles pas ?

Dill soupira.

— Dans ce cas-là, va porter la bande au FBI.

Devant l'entrée de l'aérogare, ils s'embrassèrent en vitesse, sans beaucoup de conviction. Anna Maude le regarda descendre de la voiture et dit :

— Surtout, rappelle-moi !

Dill consulta le tableau des départs et finit par repérer un vol Delta à destination d'Atlanta qui partait dans trois quarts d'heure. Il prit un aller simple en première sous le nom de F. Taylor et paya en espèces, sûr de trouver à Atlanta un vol pour Washington.

Il passa dans les toilettes des hommes la plus grande partie du temps qui lui restait avant de s'embarquer. Avec un mouchoir, il essuya consciencieusement le revolver de Snow, l'enveloppa dans un journal qu'il venait d'acheter et le laissa tomber dans la première corbeille à papiers qu'il rencontra en sortant. Dans l'avion, il se trouva assis à côté d'un personnage jovial, d'une cinquantaine d'années, qui semblait tout disposé à bavarder. Mais quand l'appareil eut décollé, l'attention du voisin, penché sur un hublot, fut accaparée par le spectacle des lumières de la ville battue par la pluie.

— C'est grandiose, dit-il. Vous voulez jeter un coup d'œil ?

— Non merci, fit Dill. Pas vraiment.

Le mardi matin à 9 h 46, un taxi déposa Benjamin Dill devant chez lui. Il regarda rapidement autour de lui et vit tout de suite les deux Mercury banalisées, auxquelles ne manquait que la marque officielle du gouvernement des Etats-Unis. L'une, de couleur bleu marine, était garée dans North Street avec deux hommes à bord. L'autre, gris foncé, était en stationnement interdit devant l'immeuble du vieux maniaque au Polaroïd. Celle-là aussi était occupée par deux hommes.

Dill entra et visita sa boîte à lettres. Il y trouva trois factures, neuf dépliants publicitaires, un exemplaire de *Newsweek* et une lettre de sa défunte sœur.

« *Mercredi 3 août*

*Cher Pick,*

*La seule nouvelle vraiment croustillante que j'aie à t'offrir cette semaine concerne ton grand amour de jeunesse, la très hautaine dame Barbara Jean Littlejohn, née Collins. Et si tu ne te rappelles pas tout à fait ce qui la rendait si fière, sache qu'elle présidait l'amicale de son lycée, « les Saucegrettes », les Grosses têtes, en verlan. Aujourd'hui mariée avec Art Littlejohn, directeur des plus grandes surfaces de la ville, la charmante Barbara Jean s'est fait pincer en flagrant délit de vol à l'étalage, la semaine dernière, devine où et tiens-toi bien ! Chez Sears, le principal concurrent de son mari. Elle allait sortir du magasin avec une étole de fausse martre qu'elle s'était mise autour du cou, comme si c'était vraisemblable en plein mois de juillet, par 38 degrés de chaleur !*

*En ce qui concerne ta petite sœur, la brillante enquêtrice, elle arrive au bout d'une longue et plutôt sordide aventure que je te raconterai un jour en détail. Demain matin, j'irai tout révéler à des gens qui ne plaisantent pas, ceux du FBI. Pourquoi pas, me diras-tu, à mon supérieur hiérarchique, l'honnête John Strucker, chef de la Brigade criminelle et heureux époux d'une veuve pleine aux as ? C'est que, vois-tu, ce brave John ne m'inspire plus confiance, pas plus que son nouvel ami qui n'est autre que ce crétin de Jake Spivey, ton vieux pote, qui se prélasse maintenant sur les marbres du château d'Ace Dawson. Tu vois ce que ça peut donner !*

*Voilà un an et demi que je suis un agent double ou triple au petit pied. Cette notion de triplicité me gêne beaucoup, car c'est une abstraction mathématique et, comme tu le sais, je suis d'un tempérament intuitif complètement allergique aux abstractions, surtout au Livre 3 d'algèbre qui m'a fait recaler deux fois.*

*Les principaux acteurs de ce méchant mélodrame sont, à part moi qui joue évidemment le rôle-vedette, le brave Strucker, Jake Spivey (jusqu'ici en coulisse) et mon jules du moment, le capitaine Gene Colder de la Brigade criminelle. Celui-ci, malgré ses airs terribles, est en fait un croisement entre la poire et la nouille. Tout se déroule sur fond de fric et de politique, avec la participation occulte d'un mystérieux personnage, un certain Clyde Brattle dont tu as dû entendre parler. J'en ai appris juste assez pour me flanquer la trouille... ou envoyer au trou cette poirenouille de Colder. Ça dépend. Je me dépêche donc de mettre ce mot au courrier. Demain matin, je me lèverai tôt et en pleine forme pour aller tout raconter au FBI.*

*A part ça, j'ai pris une assurance sur la vie de 250 000 dollars dont tu es le seul bénéficiaire. S'il m'arrivait quelque chose, appelle mon avocate, Anna Maude Singer, qui a à la fois de la gueule et du chou. Tu pourrais tomber plus mal.*

*Encore une chose. Si ça devait tourner mal pour moi, ne crois surtout pas un mot de ce qu'on pourra te raconter par ici.*

*J'espère que je ne t'ai pas trop barbé et je te dis à bientôt. Ta sœur qui t'aime.*

*Felicity* »

Elle avait employé son papier à lettres favori, du papier quadrillé de teinte jaune. Sa belle écriture cursive, qu'elle avait apprise seule à l'âge de douze ans pendant les grandes vacances, ne remplissait pas tout à fait les deux feuillets.

Dill s'était posté derrière une des hautes fenêtres de son appartement. Sa lecture achevée, il releva la tête et vit le vieux schnock d'en face qui prenait en photo la Mercury grise en stationnement interdit. Deux hommes en sortirent et se dirigèrent vers le vieillard, qui les apostropha en montrant le panneau d'interdiction. Les deux hommes répliquèrent en désignant l'appareil, que l'autre s'empressa de cacher derrière son dos tout en continuant à gueuler. Là-dessus, une voiture de patrouille s'arrêta et deux flics en uniforme noir en sortirent pour s'enquérir de la cause du tumulte. Puis les uniformes se brouillèrent et Dill s'aperçut qu'il avait les yeux humides. Il se détourna de la fenêtre et essuya ses larmes.

Ils se sont mis à plusieurs pour la tuer, se dit-il, et ils s'en seront tirés à bon compte. Contrairement à ce que disait le prédicateur, elle sera morte pour rien. Ce qui, après tout, n'est pas si terrible puisque c'est le cas général. Ce qui est grave, c'est de vivre pour rien et, sous ce rapport, Felicity n'a pas perdu un jour de sa vie.

Il décida qu'il lui restait cinq ou dix minutes avant que les agents du gouvernement, quels qu'ils soient, ne viennent frapper à sa porte. Il alla décrocher le téléphone mural dans sa cuisine et demanda aux renseignements de l'interurbain le numéro de l'Holiday Inn voisin de l'aéroport Gatty, où attendait Anna Maude Singer. Quand il entendit la sonnerie, il se demanda ce qu'elle valait comme avocate et si elle se plairait à Washington. Et surtout, si elle saurait lui épargner la prison.

## DU MÊME AUTEUR

*Aux Éditions Gallimard*

*Dans la collection Série Noire*

UN PETIT COUP DE MAIN, *nº 1138*

SUICIDEZ-MOI! *nº 1198*

DU SANG SUR LA PLANCHE, *nº 1500*

HARO SUR LE SÉNATEUR, *nº 1654*

AU DOIGT ET À L'OREILLE, *nº 1869*

*Dans la collection Super Noire*

DU SANG DANS LES URNES, *nº 66*

# SÉRIE NOIRE

*Dernières parutions :*

1761. — LA COUPEUSE DE TÊTES . . . . . . . . . . . *Thomas St. Martin*
1762. — UNE GÂCHETTE À LOUER . . . . . . . . . . *Timothy Harris*
1763. — UNE SI JOLIE PETITE BANQUE . . . . . . . . *John Wainwright*
1764. — À DÉGUSTER FROID . . . . . . . . . . . . . . *Brian Garfield*
1765. — DOUBLE TRAQUE . . . . . . . . . . . . . . . *Gunnard Landers*
1766. — UN BARBU S'ENVOLE . . . . . . . . . . . . . *John Redgate*
1767. — CERTAINS LES AIMENT JEUNETTES . . . . . *Sandy Johnson*
1768. — LES PAS BEAUX . . . . . . . . . . . . . . . . *Domini Wiles*
1769. — UN P'TIT TRAMWAY DANS LA TÊTE . . . . . *Timothy Harris*
1770. — LE SORT LE PLUS BEAU . . . . . . . . . . . . *R. E. Harrington*
1771. — LE SABBAT DANS CENTRAL-PARK . . . . . *William Hjortsberg*
1772. — RÉPERCUSSIONS . . . . . . . . . . . . . . . . *Glendon Swarthout*
1773. — L'UNIJAMBISTE DE LA COTE 284 . . . . . . . *Pierre Siniac*
1774. — A TABLE . . . . . . . . . . . . . . . . . . . . *John Wainwright*
1775. — SUPER STUP ! . . . . . . . . . . . . . . . . . *Kevin Klose & Philip A. McCombs*
1776. — REFLETS CHANGEANTS SUR MARE DE SANG . . . . . . . . . . . . . . *Pierre Siniac*
1777. — CALYPSO . . . . . . . . . . . . . . . . . . . . *Ed McBain*
1778. — A LA CRAVACHE ! . . . . . . . . . . . . . . . *Dick Francis*
1779. — NE CHINOISONS PAS . . . . . . . . . . . . . . *Brian Freemantle*
1780. — LA BARBAQUE À PAPA . . . . . . . . . . . . *Timothy Childs*
1781. — PIÈGE POUR UN FRIMANT . . . . . . . . . . *Nicholas Luard*
1782. — LE MUR DU SANG . . . . . . . . . . . . . . . *Kenneth Royce*
1783. — LA GRENOUILLE QUI TUE . . . . . . . . . . *Richard Owen*
1784. — LE FONDU DÉCHAÎNÉ . . . . . . . . . . . . . *Stuart Kaminsky*
1785. — UNE FIANCÉE UN PEU GONFLÉE !. . . . . . . *John Gill*
1786. — LA BOUFFE EST CHOUETTE À FATCHA-KULLA . . . . . . . . . . . . . . . . . . . . *Ned Crabb*
1787. — DES SERPENTS SUR VOS TÊTES . . . . . . . *Alan Scholefield*
1788. — RAPT-TIME . . . . . . . . . . . . . . . . . . . *Robert Destanque*
1789. — CIBLE 5 . . . . . . . . . . . . . . . . . . . . *George Markstein*
1790. — LA GRANDE POISSE . . . . . . . . . . . . . . *Rex Burns*
1791. — COURT-JUS . . . . . . . . . . . . . . . . . . . *Thomas Chastain*
1792. — LA RUE DEVIENT FOLLE . . . . . . . . . . . *Malcolm Braly*
1793. — LES TRAINS NE SIFFLERONT PLUS . . . . . . *Peter Heath Fine*
1794. — PANIQUE EN PREMIÈRE PAGE . . . . . . . . *Linda Stewart*
1795. — LUJ INFERMAN' CHEZ LES POULETS . . . . *Pierre Siniac*
1796. — ASTROLOGIE D'UN MEURTRE . . . . . . . . . *Stanley Ellin*
1797. — QUATRE DAMES DAMNÉES . . . . . . . . . *E. V. Cunningham*

1798. — LA BALLADE DES DIAMANTS PERDUS . . . *Tim Sullivan*
1799. — LA VEUVE ET L'ORPHELINE . . . . . . . . . *The Gordons*
1800. — COCO & BEL ŒIL . . . . . . . . . . . . . . . . . *Fred Zackel*
1801. — LE COR SONNE LE GLAS. . . . . . . . . . . . *Robert B. Parker*
1802. — LA MORT SUR UN CHEVAL BLÊME . . . . . *James Sherburne*
1803. — FAUSSE TRAPPE . . . . . . . . . . . . . . . . *John Wainwright*
1804. — LA CASE DE L'ONCLE TOMAHAWK . . . . . *Jake Page*
1805. — LA CENDRE ET LE CLINQUANT . . . . . . . *Dennis Smith*
1806. — POUR VENGER PÉPÈRE . . . . . . . . . . . . *A. D. G.*
1807. — TERMINUS BERLIN. . . . . . . . . . . . . . . *Jim McCormick*
1808. — LE TÉLÉPHONE SIBÉRIEN . . . . . . . . . . *Clive Egleton*
1809. — SAFARI DANS LA 5e AVENUE . . . . . . . . . *Thomas H. Cook*
1810. — ON TUE OU ON TOURNE ? . . . . . . . . . . . *David Snell*
1811. — MORTELLE RANDONNÉE. . . . . . . . . . . . *Marc Behm*
1812. — L'ENFUIE ENFOUIE . . . . . . . . . . . . . . *Jonathan Valin*
1813. — LA BANDE À BONI . . . . . . . . . . . . . . . *Michael de Larrabeiti*
1814. — VA Y AVOIR DU SPORT . . . . . . . . . . . . *Shannon Ocork*
1815. — LA NUIT EST SALE . . . . . . . . . . . . . . . *Dan Kavanagh*
1816. — MOINS 40 DE FIÈVRE. . . . . . . . . . . . . . *Paula Gosling*
1817. — L'ARTICLE DE LA MORT . . . . . . . . . . . *Bill Pronzini*
1818. — RAMDAM-DAME . . . . . . . . . . . . . . . . . *Robert B. Parker*
1819. — LA CHASSE À L'OGRE . . . . . . . . . . . . . *Michael Angelella*
1820. — LE CIMETIÈRE DE CEINTURE . . . . . . . . *Alan Furst*
1821. — T'ES PAS TIMBRÉ ? . . . . . . . . . . . . . . . *Brian Freemantle*
1822. — PERSONNE NE DEVRAIT MOURIR COMME ÇA . . . . . . . . . . . . . . . . . . . . . . . *Andrew Coburn*
1823. — I.R.A.-CIBLE. . . . . . . . . . . . . . . . . . . *Lee Dunne*
1824. — ZZZ. . . . . . . . . . . . . . . . . . . . . . . . *John P. Browner*
1825. — BALLES NÈGRES . . . . . . . . . . . . . . . . *A.D.G.*
1826. — LA MORT AU PETIT TROT. . . . . . . . . . . *Dick Francis*
1827. — LES LOUPS SONT INNOCENTS . . . . . . . . *A. B. Guthrie Jr.*
1828. — PETITE MUSIQUE DE SANG. . . . . . . . . . *James Gollin*
1829. — LA PUPILLE DE LA MAFIA . . . . . . . . . . *Loren D. Estleman*
1830. — PARDONNEZ-MOI VOS OFFENSES . . . . . . *Michael L. Parrott*
1831. — DRACULA FAIT MAIGRE . . . . . . . . . . . *Stuart Kaminsky*
1832. — UN POULET CHEZ LES SPECTRES . . . . . . *Ed McBain*
1833. — LA FOIRE AUX LONGS COUTEAUX . . . . . *Gregory McDonald*
1834. — LES MAÎTRES DU BAL . . . . . . . . . . . . . *Richard Harper*
1835. — IL N'Y A PAS D'INNOCENTS . . . . . . . . . . *Bill Pronzini*
1836. — VOL ET VOLUPTÉ . . . . . . . . . . . . . . . *Lawrence Block*
1837. — LA LOUVE À DEUX PATTES. . . . . . . . . . *Jonathan Valin*
1838. — PRINTEMPS POURRI . . . . . . . . . . . . . . *Robert B. Parker*
1839. — GOOD-BYE, CHICAGO. . . . . . . . . . . . . . *W. R. Burnett*
1840. — TU MANQUES PAS D'AIR . . . . . . . . . . . *Thomas Chastain*
1841. — FLIP-FRAC. . . . . . . . . . . . . . . . . . . . *Philippe Conil*

1842. — LA DÉCHIRURE . . . . . . . . . . . . . . . . *Arthur Lyons*
1843. — ON TUE AUSSI LES ANGES . . . . . . . . . . *Kenneth Jupp*
1844. — LE PIGEON DU FAUBOURG . . . . . . . . . . *Jean Amila*
1845. — AGENT TROUBLE . . . . . . . . . . . . . . . *Norman Garbo*
1846. — CHÂTEAU EN ESBROUFE . . . . . . . . . . . *Donald E. Westlake*
1847. — L'ANNONCE FAITE À MATCHO . . . . . . . . *Bialot & Courchay*
1848. — EFFETS SPÉCIAUX . . . . . . . . . . . . . . *Max Perry*
1849. — LE CLOU DE LA SAISON . . . . . . . . . . . *John Crosby*
1850. — EXIT . . . . . . . . . . . . . . . . . . . . . *Paul Clément*
1851. — MEURTRES COUSUS D'OR . . . . . . . . . . *Richard Hugo*
1852. — LE PEUPLE DE L'OMBRE . . . . . . . . . . . *Tony Hillermann*
1853. — UN TRÈS MAUVAIS SOUVENIR . . . . . . . . *Dorothy Uhnak*
1854. — SACCAGE À CANNES . . . . . . . . . . . . . *Raf Vallet*
1855. — SOLO DE FLIC . . . . . . . . . . . . . . . . *Wayne C. Ulsh*
1856. — LA POSITION DU TIREUR COUCHÉ . . . . . *J.-P. Manchette*
1857. — LES PENDUS EN BALADE . . . . . . . . . . . *Robert J. Steelman*
1858. — UN FURET DANS LE MÉTRO . . . . . . . . . *Lou Cameron*
1859. — LA LIBERTÉ ET LA MORT . . . . . . . . . . . *Christopher Hudson*
1860. — VIVE LES VIOCS ! . . . . . . . . . . . . . . *L. A. Morse*
1861. — LA JAVA DES LOQUEDUS . . . . . . . . . . . *Jay Cronley*
1862. — ON N'EST PAS DES CHIENS . . . . . . . . . . *A. D. G.*
1863. — LES MÉCANOS DE LA MORT . . . . . . . . . *John Dunning*
1864. — LA BELLE ET LES TÉNÈBRES . . . . . . . . . *Robert B. Parker*
1865. — FAUT PAS AVOIR HONTE . . . . . . . . . . . *Arthur Lyons*
1866. — POUR QUI SONNE LE CLAP . . . . . . . . . . *Stuart Kaminsky*
1867. — LA PISCINE BALADEUSE . . . . . . . . . . . *E. V. Cunningham*
1868. — LES DAMNÉS DU BITUME . . . . . . . . . . . *Richard Stevenson*
1869. — AU DOIGT ET À L'OREILLE . . . . . . . . . . *Ross Thomas*
1870. — LE PORT DE LA MAGOUILLE . . . . . . . . . *Dan Kavanagh*
1871. — GRAFFITI ROCK . . . . . . . . . . . . . . . *Tito Topin*
1872. — FAUSSES NOTES . . . . . . . . . . . . . . . *Ed McBain*
1873. — MATCHO ET LES FOURMIS BLANCHES . . . *Bialot & Courchay*
1874. — JAZZ GANG . . . . . . . . . . . . . . . . . . *H. Paul Jeffers*
1875. — L'ENNEMI PUBLIC N° 2 . . . . . . . . . . . . *Gérard Lecas*
1876. — RETOUR EN FLÈCHES . . . . . . . . . . . . *Robert J. Steelman*
1877. — LE RESPECT SE PERD . . . . . . . . . . . . *Christian Garrison*
1878. — LES COW-BOYS DEHORS ! . . . . . . . . . . *Edmund Naughton*
1879. — DARLING DOLLAR . . . . . . . . . . . . . . *Raf Vallet*
1880. — ARRÊTEZ LE CINOCHE ! . . . . . . . . . . . *Evan Field*
1881. — LE BOUCHER DES HURLUS . . . . . . . . . . *Jean Amila*
1882. — LA SAUTERELLE ET LE DIRIGEABLE . . . . *Walter Wager*
1883. — FRIC EN VRAC . . . . . . . . . . . . . . . . *Gérald Petievich*
1884. — LA VIERGE DE GLACE . . . . . . . . . . . . *Marc Behm*
1885. — QUI VOUS PARLE DE MOURIR . . . . . . . . *G. Carré & D. Cohen*
1886. — COUP DE CHALEUR . . . . . . . . . . . . . . *Ed McBain*

1887. — PLANQUE À BILLETS . . . . . . . . . . . . . . *Gérald Petievich*
1888. — LES ANGES ONT CES YEUX-LÀ . . . . . . . . *Loren D. Estleman*
1889. — BRELAN DE NIPPONS . . . . . . . . . . . . . . *Tito Topin*
1890. — LES AZTÈQUES SONT TOUJOURS LÀ . . . . *Paul Spike*
1891. — KAMERAD . . . . . . . . . . . . . . . . . . . . *Alan Scholefield*
1892. — LE CAVALIER MAUDIT . . . . . . . . . . . . *James Sherburne*
1893. — UN ÉTÉ GLACÉ . . . . . . . . . . . . . . . . . *Philippe Conil*
1894. — UN CLOWN EN CAGE . . . . . . . . . . . . . *Stuart Kaminsky*
1895. — C'EST PAS UN MÉTIER . . . . . . . . . . . . *Bill Pronzini*
1896. — JE TUE À LA CAMPAGNE . . . . . . . . . . . *Paul Clément*
1897. — LA FUGUEUSE ENCHANTÉE . . . . . . . . . *Robert B. Parker*
1898. — CHAUDS LES BALLONS . . . . . . . . . . . . *John D. MacDonald*
1899. — LA NUIT N'EN FINIT PAS . . . . . . . . . . . *Arden Winch*
1900. — AUX ARMES, MÉGALOS . . . . . . . . . . . . *Raf Vallet*
1901. — LA PÉTROLEUSE ET LE PUR-SANG . . . . . *James Sherburne*
1902. — LE SOLEIL QUI S'ÉTEINT . . . . . . . . . . *Robin Cook*
1903. — RUE DU CHAT CREVÉ . . . . . . . . . . . . . *Joseph Bialot*
1904. — LA MARIÉE EST TROP MORTE . . . . . . . . *John D. MacDonald*
1905. — 55 DE FIÈVRE . . . . . . . . . . . . . . . . . *Tito Topin*
1906. — TOUT DANS LE COFFRE ! . . . . . . . . . . . *Loren D. Estleman*
1907. — LADY TÊTE-DE-LARD . . . . . . . . . . . . . *Hardiman Scott*
1908. — LA VALSE DES PAVÉS . . . . . . . . . . . . . *John Wainwright*
1909. — ELLE A DU CHOU . . . . . . . . . . . . . . . *Robert Leigh*
1910. — CORRIDA DANS LE MÉTRO . . . . . . . . . . *David Serafín*
1911. — CHÈQUE AU FLINGUEUR . . . . . . . . . . . *Adam Kennedy*
1912. — PETIT PAPA POURRI . . . . . . . . . . . . . . *Joseph Hansen*
1913. — APRÈS VOUS, MON PRINCE . . . . . . . . . . *John Pearson*
1914. — LA MORT TOURNE EN ROND . . . . . . . . . . *Chris Wiltz*
1915. — L'ASSASSIN EST AU CIEL . . . . . . . . . . . *William Bayer*
1916. — LES MINUTES DE SILENCE . . . . . . . . . . *Jack Livingston*
1917. — CHAUDES BISES . . . . . . . . . . . . . . . . *Marie & Joseph*
1918. — PIÈGE POUR KING-KONG . . . . . . . . . . . *Ed McBain*
1919. — ON NE MEURT QUE DEUX FOIS . . . . . . . *Robin Cook*
1920. — 14<sup>eme</sup> NOCTURNE . . . . . . . . . . . . . . . *Tito Topin*
1921. — TOUT LE MONDE SE TIRE . . . . . . . . . . . *Michael Z. Lewin*
1922. — TROTSKI SE FAIT LA PAIRE . . . . . . . . . . *Richard Hoyt*
1923. — C'EST DE FAMILLE ! . . . . . . . . . . . . . . *Joseph Hansen*
1924. — MON POTE LE VENDU . . . . . . . . . . . . . *Bill Pronzini*
1925. — L'AFFAIRE EST DANS LE LAC . . . . . . . . *Richard A. Moore*
1926. — LE FILS DU VENT . . . . . . . . . . . . . . . *Jean-Paul Demure*
1927. — LE DIABLE ET SON JAZZ . . . . . . . . . . . *Nat Hentoff*
1928. — LA VEILLÉE DES ROMBIÈRES . . . . . . . . *Max Collins*
1929. — CAME DANS LE COIN . . . . . . . . . . . . . *Richard A. Moore*
1930. — LE CHIEN DE MONTARGIS . . . . . . . . . . *Jean Amila*
1931. — LA CHASSE AUX FURONCLES . . . . . . . . *Frank Parrish*

1932. — ROCK BÉTON . . . . . . . . . . . . . . . . . . . *Luc Vernon*
1933. — ÇA S'ARROSE . . . . . . . . . . . . . . . . . . *Richard A. Moore*
1934. — LE TARÉ . . . . . . . . . . . . . . . . . . . . *Michael Collins*
1935. — LES ENFANTS DE LA NUIT . . . . . . . . . . *Thomas Chastain*
1936. — PIANO BARJO . . . . . . . . . . . . . . . . . . *Tito Topin*
1937. — LEQUEL DES DEUX . . . . . . . . . . . . . . *Mel Arrighi*
1938. — FOLIES D'INFÂMES . . . . . . . . . . . . . . *Pierre Siniac*
1939. — MOI, J'AIME LE CINÉMA . . . . . . . . . . . *Stuart Kaminsky*
1940. — CANINE ET GUNN . . . . . . . . . . . . . . . *Oppel & Dorison*
1941. — NID DE POULETS . . . . . . . . . . . . . . . *Ed McBain*
1942. — C'EST DU DÉLIRE . . . . . . . . . . . . . . . *Fredric Neuman*
1943. — AUTOPSIE D'UN MENTEUR . . . . . . . . . . *Jonathan Valin*
1944. — LA NUIT CANNIBALE . . . . . . . . . . . . . *Michael John*
1945. — MEURTRES POUR MÉMOIRE . . . . . . . . . *Didier Daeninckx*
1946. — ÇA N'ARRIVE QU'À MOI . . . . . . . . . . . *Donald E. Westlake*
1947. — UN PEU DE DISCRÉTION . . . . . . . . . . . *Robert B. Parker*
1948. — LE MÉCHANT SAMARITAIN . . . . . . . . . *William Campbell Gault*
1949. — MYGALE . . . . . . . . . . . . . . . . . . . . *Thierry Jonquet*
1950. — RADIO-PANIQUE . . . . . . . . . . . . . . . . *Stuart M. Kaminsky*
1951. — LES ÉCOLOS SONT LES PIGEONS . . . . . . *William Campbell Gault*
1952. — HONEY MONEY . . . . . . . . . . . . . . . . . *Tito Topin*
1953. — ON M'A VOLÉ MON ANGE . . . . . . . . . . *E. V. Cunningham*
1954. — SA MAJESTÉ LE FLIC . . . . . . . . . . . . . *Raf Vallet*
1955. — LA MILICE DES FOUS . . . . . . . . . . . . . *John Wainwright*
1956. — LE GÉANT INACHEVÉ . . . . . . . . . . . . . *Didier Daeninckx*
1957. — LES YEUX POUR PLEURER . . . . . . . . . . *Mark Sadler*
1958. — SI ED MCBAIN M'ÉTAIT CONTÉ . . . . . . . *Ed McBain*
1959. — LA MORT EST SANS REMÈDE . . . . . . . . . *Max Allan Collins*
1960. — RHAPSODIE EN JAUNE . . . . . . . . . . . . *Didier Cohen*
1961. — U.S. GO ROME . . . . . . . . . . . . . . . . . *Richard Oliver Collin*
1962. — LE GRAND NOIR ET LE PETIT BLANC . . . . *Edmund Naughton*
1963. — L'ORAGE NE VIENT JAMAIS SEUL . . . . . . *Mickey Friedman*
1964. — BALLON MORT . . . . . . . . . . . . . . . . . *Marc Villard*
1965. — PRIÈRE D'INCINÉRER . . . . . . . . . . . . . *Bill Pronzini*
1966. — LE QUAI DES EAUX TROUBLES . . . . . . . *Ted Wood*
1967. — LES MOIS D'AVRIL SONT MEURTRIERS . . . *Robin Cook*
1968. — NOUS AVONS BRÛLÉ UNE SAINTE . . . . . . *Jean Bernard Pouy*
1969. — LA TERRE DU BOURREAU . . . . . . . . . . *Bill Pronzini*
1970. — TU PAIES UN CANON ? . . . . . . . . . . . . *John Crosby*
1971. — MEURTRES À L'AMIABLE . . . . . . . . . . . *Lawrence Block*
1972. — LA QUEUE DU LÉZARD . . . . . . . . . . . . *Philippe Conil*
1973. — FAUT PAS FANTASMER COMME ÇA . . . . . *Mark Schorr*
1974. — L'AMOUR EN MIETTES . . . . . . . . . . . . *Jean-Paul Demure*
1975. — L'AQUARIUM AUX SIRÈNES . . . . . . . . . *Lawrence Block*
1976. — CONTES DES 9 ET 1 NUITS . . . . . . . . . . *Les Heureux Lauréats*

1977. — NE FAIS PAS À AUTRUI ............ *Arthur Lyons*
1978. — GANGRÈNE .................. *Emmanuel Errer*
1979. — DOPE À DETROIT ................ *Loren D. Estleman*
1980. — SI T'AS PEUR, JAPPE ............... *Marie & Joseph*
1981. — LA SOURIS DÉGLINGUÉE ............ *Henry Bromell*
1982. — TCHATCHA NOUGA ............... *Tito Topin*
1983. — BASE-BALL BOUM ................ *R. B. Parker*
1984. — SALUT LES COQUINS .............. *Raf Vallet*
1985. — DIEU A TIRÉ LE PREMIER ........... *Peter Hamill*
1986. — LE DER DES DER ................ *Didier Daeninckx*
1987. — LES HÉROS ET LES SALAUDS ......... *Anthony Burton*
1988. — COTE SANGUINE ................. *M. J. Naudy*
1989. — LES PNEUS DANS LE PLAT .......... *Don Flynn*
1990. — TRAÎTRES TROPIQUES ............ *Jean-Charles Fauque*
1991. — ON NE CHEVAUCHE PAS LES TIGRES .... *Jack Gerson*
1992. — HUIT MILLIONS DE MORTS EN SURSIS ... *Lawrence Block*
1993. — À COUPS DE GOUPILLON ........... *R. B. Parker*
1994. — LE MANTEAU DE SAINT MARTIN ...... *Joseph Bialot*
1995. — LE TUEUR DU DIMANCHE .......... *José Giovanni*
1996. — ÇA NOUS FEND LE CŒUR ........... *Teri White*
1997. — DES FOIS ÇA MORD .............. *Lawrence Block*
1998. — LE JAP SE DÉBRIDE .............. *E. V. Cunningham*
1999. — NOYADE INTERDITE .............. *Andrew Coburn*
2000. — LA BÊTE ET LA BELLE ............ *Thierry Jonquet*
2001. — FAISANS ET MALFAISANTS I ......... *Max Allan Collins*
2002. — FAISANS ET MALFAISANTS II ......... *Max Allan Collins*
2003. — UN TAXI POUR LAS VEGAS .......... *Mark Schorr*
2004. — AU BONHEUR DES OGRES .......... *Daniel Pennac*
2005. — LES MAUVAIS ANGES FONT
DU ZÈLE .................. *Peter Dunant*
2006. — LA CUEILLETTE DES MORTS ......... *Michael T. Hinkemeyer*
2007. — AU BALCON D'HIROSHIMA .......... *Jean Amila*
2008. — LE MAUSOLÉE DE LA VENGEANCE ..... *Bill Pronzini*
2009. — MÉTROPOLICE ................. *Didier Daeninckx*
2010. — LE DIAMANT ORPHELIN ........... *William Irish*
2011. — PRUNEAUX D'AGENTS ............ *Eric Kristy*
2012. — FUGUE POUR UN SURDOUÉ ......... *Jeremian Healy*
2013. — SUZANNE ET LES RINGARDS ......... *Jean-Bernard Pouy*
2014. — LE GROS COUP ................. *Lesly Andress*
2015. — LE TOUTOU DU PRÉSIDENT ......... *Stuart M. Kennedy*
2016. — MOURIR À BEVERLY HILLS ......... *Gerald Petievich*
2017. — LE TREIZIÈME MÔME ............. *Philippe Conil*
2018. — LA GRANDE ROUE DE BRAHMA ....... *Mickey Friedman*
2019. — LE BOIS DE JUSTICE .............. *John Wainwright*
2020. — LE SENTIER DE LA GUERRE ......... *Marc Villard*

2021. — DU SANG SUR L'AUTEL . . . . . . . . . . . . *Thomas H. Cook*
2022. — PROUVEZ-LE . . . . . . . . . . . . . . . . . . *Frédéric Fossaert*
2023. — VOIR LOS ANGELES ET MOURIR . . . . . . . *Gerald Petievich*
2024. — LA MAISON DES PÉRILS . . . . . . . . . . . . *Richard Stevenson*
2025. — LA GRANDE ARPENTE DES CHAMPS D'EN BAS . . . . . . . . . . . . . . . . . . . . . . . . *Marie & Joseph*
2026. — LES RAVAGES DE LA NUIT . . . . . . . . . . *Joseph Hansen*
2027. — SECOUE-TOI, SHÉRIF! . . . . . . . . . . . . . *D. R. Meredith*
2028. — LORFOU . . . . . . . . . . . . . . . . . . . . . *Georges Patrick*
2029. — À BAS LES TOURISTES . . . . . . . . . . . . *Roderick Cooper*
2030. — UN MAUVAIS MOMENT À PASSER . . . . . . *Gordon McGill*
2031. — FANTÔMES EN FLAMMES . . . . . . . . . . . *Bill Pronzini*
2032. — SHANGHAÏ SKIPPER . . . . . . . . . . . . . . *Tito Topin*
2033. — LA MORT DANS L'ART . . . . . . . . . . . . . *Jack Early*
2034. — LA BELLE DAME DANS UN VIOLON . . . . . *Jean-Paul Demure*
2035. — ADIEU LA VIE . . . . . . . . . . . . . . . . . *J.-P. Bastid et M. Martens*
2036. — GARE AU BON SAMARITAIN . . . . . . . . . *Jerry Oster*
2037. — LA TOUR, PRENDS GARDE . . . . . . . . . . *Paul Kinnet*
2038. — LA TRAVERSÉE DES ENFERS . . . . . . . . . *Bill Pronzini & John Lutz*
2039. — LE MACCHAB DE MA TANTE . . . . . . . . . *Albert Ashforth*
2040. — AU MALÉFICE DU DOUTE . . . . . . . . . . *John Wainwright*
2041. — PAS SI POURRI QUE ÇA . . . . . . . . . . . . *T. N. Murasi*
2042. — LA PÊCHE AUX ANGES . . . . . . . . . . . . *Jean-Bernard Pouy*
2043. — LA CAVE AUX ICÔNES . . . . . . . . . . . . . *Loren D. Estleman*
2044. — UNE MINE ÉPATANTE . . . . . . . . . . . . . *Bill Pronzini*
2045. — UN FLINGUE PEUT EN CACHER UN AUTRE *Max Allan Collins*
(III. — Faisans et malfaisants)
2046. — LE GRAND PATRON A EU LA TROUILLE . . *Max Allan Collins*
(IV. — Faisans et malfaisants)

*Prochain volume à paraître :*

2048. — MEURTRES SUR L'HUDSON . . . . . . . . . . *Don Flynn*

LES GRANDS CLASSIQUES
DE LA SÉRIE NOIRE SONT DÉSORMAIS
RÉIMPRIMÉS DANS

# CARRÉ NOIR

COLLECTION À COUVERTURE
ILLUSTRÉE

*Déjà parus :*

| | | |
|---|---|---|
| 515. | Curt Siodmak | *Le cerveau du nabab.* |
| 516. | Ed McBain | *La rousse.* |
| 517. | Francis Ryck | *La peau de torpédo.* |
| 518. | A. D. G. | *Les panadeux.* |
| 519. | Lawrence Block | *Le voleur insomniaque.* |
| 520. | Stanley Crawford | *Le grossium.* |
| 521. | Alex Varoux | *La bête de Troufignac.* |
| 522. | Carter Brown | *Faisans à foison.* |
| 523. | Jérome Charyn | *Marilyn la dingue.* |
| 524. | Bill Pronzini | *Taillons-nous.* |
| 525. | John D. MacDonald | *Vendetta Palace.* |
| 526. | William P. McGivern | *La planque.* |
| 527. | Richard Werry | *Sur un lit de cactus.* |
| 528. | Edward S. Aarons | *Le cyclope exorbité.* |
| 529. | Howard Browne | *A la schlague.* |
| 530. | John D. MacDonald | *Une valda pour Cendrillon.* |
| 531. | Kenneth Millar | *A feu et à sang.* |
| 532. | Lawrence Block | *Y a qu'à se baisser.* |
| 533. | Hervé Jaouen | *La chasse au merle.* |
| 534. | John D. MacDonald | *Strip tilt.* |
| 535. | M. E. Chaber | *Voué au blanc bleu.* |
| 536. | William Campbell Gault | *La prise du boa.* |
| 537. | Clark Howard | *Meurtre sous la loupe.* |
| 538. | Harry Whittington | *Le chant de l'alligator.* |
| 539. | Chute Verne | *Maldonne.* |

| | | |
|---|---|---|
| 540. | Robert Destanque | *Le serpent à lunette.* |
| 541. | John D. MacDonald | *L'encadré.* |
| 542. | Francis Ryck | *Incognito pour ailleurs.* |
| 543. | John Craig | *La malle et la belle.* |
| 544. | Tony Kenrick | *Trois petits soldats.* |
| 545. | A. D. G. | *La divine surprise.* |
| 546. | Ed McBain | *Flouze.* |
| 547. | John D. MacDonald | *La tête sur le billot.* |
| 548. | Joseph Bialot | *Le salon du prêt-à-saigner.* |
| 549. | Jérôme Charyn | *Zyeux-bleus.* |
| 550. | Clark Howard | *Une lance.* |
| 551. | Hervé Jaouen | *Pleure pas sur ton biniou.* |
| 552. | John D. MacDonald | *Maîtresse à bord.* |
| 553. | Charles Williams | *Ont-ils des jambes ?.* |
| 554. | A.D.G. | *La marche truque.* |
| 555. | W. R. Burnett | *La tête de lard.* |
| 556. | Ed McBain | *Envoyez la fumée.* |
| 557. | John D. MacDonald | *Bonne pâte.* |
| 558. | Emmanuel Errer | *L'envol des corneilles.* |
| 559. | Joseph Hansen | *Un blond évaporé.* |
| 560. | Bill Pronzini | *Fausse clé.* |
| 561. | P. J. Wolfson | *A nos amours.* |
| 562. | J.-P. Manchette | *La position du tireur couché.* |
| 563. | Clinton Seeley | *La peur blanche.* |
| 564. | Gil Brewer | *La machine à découdre.* |
| 565. | Jérôme Charyn | *Kermesse à Manhattan.* |

*Impression Bussière à Saint-Amand (Cher),*
*le 12 mars 1986.*
*Dépôt légal : mars 1986.*
*Numéro d'imprimeur : 466.*
ISBN 2-07-049047-5./Imprimé en France

37408